Regina de la Mancia

Bibliografische Information der Deutschen Nationalbibliothek:
Die Deutsche Nationalbibliothek verzeichnet diese Publikation in der Deutschen National-
bibliografie; detaillierte bibliografische Daten sind im Internet über
http://dnb.dnb.de abrufbar.

© 2022 SKRIPT-Verlag - Wolfgang Reif
Oleanderstraße 12 - 41470 Neuss
Tel. 0 21 37/95 27 88
Fax 0 21 37/95 27 83
Lektorat: Stephanie Keunecke
Satz und Layout: Wolfgang Reif
Umschlaggestaltung: Elisabetta Tavani
Alle Rechte vorbehalten
Taschenbuch: ISBN 978-3-928249-93-5
E-Book: ISBN 978-3-928249-94-2
www.skript-verlag.de

Zur Zitierweise in diesem Buch: Alle verwendeten Quellen sind benannt. Alle Zitate und Annäherungen an den Urtext beziehen sich auf: Don Quijote, Miguel de Cervantes Saavedra,
aus dem Spanischen übertragen von Ludwig Braunfels, Düsseldorf, 2003. Die direkten Zitate
werden in den Fußnoten mit den Seitenzahlen (S. 17) und die Annäherungen mit „vgl." (vgl.
S. 23) gekennzeichnet. Diese Textstellen sind eingerückt. Kürzere Bezüge sind im Text kursiv
gesetzt und direkt mit der Quelle ergänzt.

Jenny Perelli

Regina de la Mancia

Der weibliche Don Quijote

Jenny Perelli, Jahrgang 1970, geboren in München, lebt seit einiger Zeit in Italien, am Trasimener See. Nach dem Studium der Politikwissenschaft Tätigkeit als Content Creator, Drehbuchautorin, Übersetzerin und Journalistin. Ihr Faible für romantische, dunkle, traurige, aus dem Rahmen fallende Menschen führte sie in die Arme Don Quijotes. Oft lassen sie dessen Abgehobenheit, Naivität, Aufrichtigkeit, Unberechenbarkeit, Integrität, hemmungslose Entschlossenheit und Liebe zu einem erdachten Wesen entweder lachen oder weinen. Es war Miguel de Cervantes Saavedra höchstpersönlich, der sie in langen nächtlichen Unterredungen zum Schreiben dieses Romans ermutigte. Sie selbst definiert ihr Werk als reine Stilübung.

Lieber gelangweilter Leser! Ich hoffe sehr, hiermit das spannendste aller Bücher zu schreiben – sofern es mein Geist gestattet. Gleiches erzeugt Gleiches, das ist nun mal eine Konstante, weshalb meine Fantasie nur die Geschichte einer irren, verzweifelten und wunderlichen Frau mit den tollsten Gedanken gebären konnte – wurde ich doch selbst in einem Auto gezeugt. In einem Mercedes, was an sich schon kitschig genug ist.

Nun bist Du, werter Leser, keineswegs dazu gezwungen, all die romantischen Abenteuer meiner unglücklichen Heldin gutzuheißen. Ganz im Gegenteil! Beschimpfe sie ruhig ohne Rücksicht, und bespucke sie mit Verachtung – schließlich ist sie ja nicht Dein Kind, sondern eben nur meins. Du darfst mir also offen ein Übermaß an *Trägheit und Denkfaulheit* [1] vorwerfen, sollten Dir am Ende meine Erzählungen über die schräge und einfallsreiche Donatella Manca, Licht und Spiegel aller Träumer, doch nicht gefallen.

Abenteuer will ich berichten, von einer Schauspielerin aus der Toskana, der die Filme, die sie sah, den Kopf völlig verdrehten. Sie war derart auf Helden, Happy Ends und Filmmusiken fixiert, dass sie, wie in einem Rausch gefangen, ganz in ihrem Spleen lebte und selbst ein Teil ihrer Hirngespinste wurde. Von Dingen, die Dir, lieber Leser, vermutlich egal sein dürften, will ich nicht berichten. Auch werde ich es vermeiden, Philosophen zu zitieren oder lateinische Brocken aufzulisten. *Ich werde schreiben, als hätte ich Blei an meinen Beinen,* [2] denn jedes einzelne Wort zählt und bohrt und wirkt in alle Ewigkeit.

Dir, liebe Freundin und Maskenbildnerin, wünschen wir ebenfalls alles Gute! So bescheidenen Geistes warst auch du nicht! Sandra Wanst! Du warst im Langsamschminken wirklich groß! Rosy hingegen, der beste und zuverlässigste VW-Käfer der Welt.

---

1 vgl. Don Quijote, Miguel de Cervantes Saavedra, aus dem Spanischen übertragen von Ludwig Braunfels, Düsseldorf, 2003, S. 9

2 vgl. S. 15

KAPITEL 1

Über uns

Irgendwo in der Toskana lebte vor nicht allzu langer Zeit eine von jenen Frauen, die vor dem wirklichen Leben nicht kampflos kapitulieren, sondern lieber Schauspielerin werden. Eine von jenen Schauspielerinnen, die eine Perlenkette um den Hals tragen, einen alten, eleganten VW-Käfer fahren und stets eine silberne Füllfeder mit sich tragen. Sie aß meist nur einige Scheiben Parmaschinken und einen kleinen gemischten Salat. Abends genügte ein Glas Weißwein oder ein wenig Obst. *¾ ihrer Einkünfte verbrauchte sie für Essen und Kleidung, wobei besonders die Schuhe super wichtig waren.*[1] Nur vom Feinsten mussten sie sein und immer up to date. Jimmy Choo, Manolo Blahnik, Acne waren ihre Favoriten. Sie war so an die 50 Jahre alt.

Ihre beste Freundin und Stilberaterin war Sandra, eine professionelle Maskenbildnerin. Sie hatten sich im Theater kennengelernt, wo Sandra Donatella einige Male für Aufführungen geschminkt hatte. Zum Film, ihrer eigentlichen Leidenschaft, hatte es Donatella dann aber nie geschafft. Sie war hochgewachsen, mit Sanduhrfigur – ein klassischer 50er-Jahre Typ. Eigentlich eine schwanenhafte Schönheit. Fast schon so erhaben wie eine wohlgeformte, griechische Statue. Sie hatte mittellange, ungefärbte, flachsblonde Haare, graue Augen und wunderschöne, feine Hände und Füße, die ihr so manche Werbeshootings für Kosmetika und Schuhmode eingebracht hatten. Sie war eine notorische Spätaufsteherin und Freundin der Musik. Wann immer sie konnte, besuchte sie Konzerte. Von Oper bis Acid Jazz war alles dabei.

Doch noch mehr liebte sie Filme. So widmete sie jede freie Minute (und Freizeit hatte sie wirklich zur Genüge) der Filmkunst und sah sich so viele Spielfilme an wie nur möglich. Mit so viel Spaß und so oft, dass sie dafür ihr soziales Leben und alle anderen Interessen völlig aufgab. Diese Besessenheit ging so weit, dass sie ihre Eigentumswohnung verkaufte, um Movies in DVD, Bluray, die besten Bildschirme und DVD-Anlagen, Abonnements bei Spielfilmanbietern im Web, Dolby Surround-Ausstattungen der besten Qualität und weiteres filmbezogenes und amüsantes Equipment oder Props zu erwerben. Nicht zufrieden damit, hatte sie es sich in den Kopf gesetzt, alle Locations, in denen ihre Lieblingsfilme spielten, höchstpersönlich zu besichtigen. Deshalb

---

1 vgl. S.21

hatte sie bereits richtig viel von der Welt gesehen. Alle bekannten Filmstudios voran: Hollywood, Cinecittà, Warner Bros. Studios, Bavaria Filmstudios ... Jedes einzelne Detail hatte sie förmlich aufgesaugt. Vor allem begeisterte sie sich für Fantasy- und Sci-Fi-Filme, doch auch Liebesfilme konnten sie zutiefst bewegen.

Ach, und sie hatte so viele Lieblingsregisseure: Terry Gilliam, David Lynch, Stanley Kubrick, Clint Eastwood, Alfred Hitchcock ... sie war immer auf der Suche nach einer gewissen Abgehobenheit, einer Weltfremdheit und einer abstrakten Realitätsferne. Alle Aufnahmen dieser Art kamen ihr wie Schätze vor. Wenn sie etwa *Brazil* (Terry Gilliam) sah, verlor sie bei den unlogischsten Szenen beinahe den Verstand und war bis zum Exzess bewegt. Sie interpretierte jede noch so kleine Nuance von Text, Musik, Kameraeinstellung, Fotografie, Kleidung, Besetzung ... Auch wusste sie alles über das Privatleben der mitwirkenden Schauspieler. Aller Schauspieler! Nicht nur die Hauptfiguren, nein alle! Jede Anekdote über jeden ihr bekannten Film kannte sie. Irgendwie war sie so eine Art wandelnde Filmpedia. Nicht einmal die berühmtesten noch lebenden oder bereits verstorbenen Filmkritiker wussten so viel wie Donatella, selbst wenn sie zu diesem „Zweck aus dem Grab gestiegen wären".[1]

Donatella war mit dem Ausgang verschiedener Filme nicht unbedingt einverstanden und hätte so einige Drehbücher gerne eigenhändig umgeschrieben, wenn andere, größere Ideen sie nicht ständig davon abgehalten hätten. *Die Frau nebenan* (François Truffaut) etwa, hätte ihrer Meinung nach einen ganz anderen Schluss verdient, denn so verrückt die beiden Hauptfiguren auch waren, waren sie doch derart voneinander besessen, dass der Tod wirklich nur eine zu offensichtliche Lösung war. Oft stritt sie mit dem Kartenverkäufer des Kinos ihres Ortes, einem Kommunikationswissenschaftler, der in Sachen Film & Co. durchaus bewandert und auch sonst ein gebildeter Mann war, wer der bessere Regisseur sei, Wim Wenders oder Kurt Fassbinder. Doch Julia, die Friseuse aus dem Ort, sagte, dass keiner Fritz Lang das Wasser reichen könne. Er sei ein Meister der Fotografie und des Szenenbildes.

Schließlich versenkte sich Donatella so sehr in ihre Filme [2], dass sie sich ganze Nächte, aber auch ganze Tage hindurch nur Filme ansah. Vom vielen Starren auf den Bildschirm trockneten ihr das Hirn und die Augen so aus, dass sie zuletzt eine Brille tragen musste und fast den Verstand verlor. Ihre Fantasie war durchdrungen von allem, was sie in den Filmen sah: Liebesgeschichten, Krimis, Horrorfilme, Spionagestorys, Western, Thriller, Fantasy- und Sci-Fi-Movies und und und ... Und so setzten sich all diese Handlungen und

---

1 S. 22

2 vgl. S. 23

8

Geschichten derart in ihrem Kopf fest, dass sie schon bald nicht mehr wusste, wo die Wirklichkeit aufhörte und der Film begann. Für sie waren all diese, eigentlich nur der Fantasie entsprungenen, filmischen Abläufe die volle Wahrheit. Ja mehr noch, eine *zweifelsfreie Wahrheit* [1] gab es für Donatella nicht.

Sie erzählte viel Gutes über Holly Golightly (*Frühstück bei Tiffany*, Blake *Edwards*), die ja eigentlich nur irgendwie ungewollt in ihr unstetes Partyleben hineingeraten war, und verteidigte auch stets Travis Bickle (*Taxi Driver, Martin Scorsese*), der für das ganze Malheur doch nun wirklich nichts konnte.

Zuletzt, da es mit ihrem armen Verstand völlig den Bach hinuntergegangen war, verfiel sie dem närrischen Wunsch [2], es doch noch einmal mit der Schauspielkarriere zu versuchen. Das, so meinte sie, schuldete sie nicht nur sich selbst, sondern der gesamten Menschheit, damit vielen Filmen, Regisseuren und Drehbüchern die gebührende Ehre erwiesen werde. Sie beschloss all das zu machen, was eine Schauspielerin, wie sie gelesen hatte, so machte: an Castings teilnehmen, Schauspielunterricht nehmen, an Events partizipieren und sich an Orte zu begeben, durch die sie ewigen Ruhm erreichen würde. Naiv wie sie war, sah sie sich schon für ihre schauspielerischen Leistungen mit einem Oscar oder einem Golden Globe gekrönt.

Vertieft in diesen verlockenden Gedanken und angespornt von der magischen Anziehungskraft, die sie auf sie ausübten, machte sie sich umgehend daran, ihr Vorhaben in die Tat umzusetzen. Als Erstes holte sie ein altes Buch mit Übungen für die korrekte Aussprache aus dem Keller. *Diktion für Anfänger* lautete der Titel. Es war noch von ihrer Mutter und hatte seit langen Jahren vergessen und völlig verstaubt im hintersten Winkel gelegen. Es hatte allerdings weder von seiner Autorität noch von seiner Aktualität verloren, weshalb Donatella fleißig anfing, darin zu schmökern und die Sprechübungen nachzusagen. Doch es wurde ihr schnell klar, dass neuere und bessere Ausgaben erschienen waren, mit CDs oder Apps, die man sich auf sein mobiles Gerät herunterladen konnte. Das tat sie denn auch. Das war sehr viel bequemer und sie hatte die richtige Aussprache eines Wortes immer zur Hand.

Auch Lockerungs- und Improvisationsübungen konnten so immer und überall abgerufen werden. Von diesem Handbuch to go machte sie stets Gebrauch! Im Verkehr, vor der Kasse oder im Wartezimmer beim Arzt. Aber dann wollte sie immer auch gleich erproben, ob sie die Lektionen denn auch richtig begriffen hatte, und konnte es kaum erwarten, das Erlernte sofort

---

1 vgl. S. 23

2 vgl. S. 23

umzusetzen. So probte sie ihr neues Fachwissen auch auf der Straße, fragte etwa unbekannte Leute nach dem Weg oder bat den Busfahrer um eine Fahrkarte. Alles in einer Hochsprache, die eigentlich keiner mehr benutzte oder wirklich verstand. Nach einigen Monaten ging sie das Ganze dann doch moderater an. Feilte hier an der Aussprache der Umlaute, betonte das „S" nicht ganz so stimmhaft und fand, dass ihre Modulation der Sprache nun durchaus passabel war. Ohne neue Experimente anstellen zu wollen, erklärte sie ihre Sprache, den Klang ihrer Stimme und wie sie sie nutzte für ganz vortrefflich. Nachdem alles Sprachtechnische also ganz zu ihrer Zufriedenheit aktiviert worden war, wollte sich Donatella einen klangvollen Künstlernamen zulegen, der ihrer Kunst würdig war und sie angemessen charakterisierte. Darüber dachte sie volle acht Tage lang nach. Zuletzt entschied sie sich für *Regina de la Mancia*. Er sollte nicht nur Hinweis auf eine adelige Abstammung sein – nein! königlich musste er sein!

Da nun auch der Name gefunden war, brauchte sie nur noch einen Mann, am besten einen Kollegen aus dem Filmgeschäft, in den sie sich verlieben könnte. Eine Schauspielerin ohne Liebe war in ihren Augen wie ein Cappuccino ohne Milchschaum, ein Sommer ohne Sonne, Pünktchen ohne Anton. Sollte sie je den Oscar oder einen Emmy gewinnen, würde es da nicht gut sein, einen liebenden Mann an ihrer Seite zu haben, mit dem sie den Erfolg feiern konnte? Wie sehr freute sich unsere Schauspielerin, als ihr einfiel, wer dies sein könnte. Und das ging so: im Nachbardorf lebte ein ehemaliger, recht gut aussehender Drehbuchautor, in den sie sich bereits vor Jahren verliebt hatte, obwohl er nie etwas davon erfahren hatte. Er hieß Lorenzo Aldonzo und war Alkoholiker. Sie suchte für ihn einen Namen, der von ihrem nicht zu sehr abwich und ebenfalls auf eine adelige Abstammung hindeutete. So kam sie schließlich auf Duccio dal Tosco, weil er Italiener war und aus der Toskana stammte. Ein Name, der ihrer Meinung nach sehr wohlklingend und besonders war, so wie alle, die Regina erfand.

KAPITEL 2

Erste Schauspielabenteuer

Nach all diesen Vorbereitungen wollte sie mit ihrem Start in die Schauspielkarriere und der Umsetzung ihrer Absichten nicht länger warten. Sie war davon überzeugt, der Welt würde etwas Großartiges entgehen, sollte sie noch weiter zögern und die Realisierung ihres Traumes noch weiter aufschieben. Sie meinte, insbesondere die bekanntesten Spielfilmfiguren perfekt darstellen, ihre Lieblingsrollen selbst spielen und viele Drehbücher und Handlungsabläufe verbessern zu sollen.

Ohne irgendjemanden zu informieren, brach sie eines Morgens mit Rosy, ihrem Bukephalos, auf – es muss im Frühling gewesen sein, an einem lauen Junitag – wunderte sie sich doch, wie leicht ihr das Verlassen ihres Zuhauses fiel. Einen Koffer nahm sie mit und setzte sich in einem leichten Sommerkleid aus weißem Leinen, einem Burberrymantel und dezent geschminkt hinter das Steuer. Sie fuhr ganz entspannt und summend die Autobahn entlang, als sie ein schrecklicher Gedanke überfiel. Beinahe hätte sie „deshalb das angefangene Unternehmen wieder aufgegeben"[1] Plötzlich kam ihr nämlich in den Sinn, dass sie zwar bereits zum Fahrenden Volk, zu den sogenannten Vaganten, gehörte, allerdings ohne eine Maske und ohne eine Vorführung mit dieser Maske vor laufender Kamera keine echte Schauspielerin war.

Diese Erwägung ließ sie in ihrem Vorhaben schwanken, aber da ihre Narrheit größer war als ihre Vernunft, nahm sie sich vor, umgehend online eine Theatermaske, eine Persona, zu bestellen, sie sich zu ihrem ersten Hotel schicken zu lassen, in dem sie übernachten würde, und die Hotelangestellten zum Publikum ihrer ersten Aufführung zu ernennen. Selbstverständlich würde sie einen Videomacher engagieren, der ihre Performance aufnahm. Das beruhigte sie und sie setzte ihren Weg fort, ohne darauf zu achten, wohin. Das ließ sie Rosy entscheiden, als Ausdruck ihrer Überzeugung, *gerade darin bestände das rechte Wesen der Vaganten*[2]. Und sie begann ein ernstes Selbstgespräch: Sicher wird schon sehr bald jemand meine Biographie verfassen und darin von meinem Talent und meinen vielen Leinwanderfolgen berichten. Wer immer der Chronist sein und die Ehre haben wird, über

---

1 S. 27

2 vgl. S. 28

mein Leben zu schreiben, wird ganz bestimmt auch über diesen Morgen ein Kapitel verfassen. Vielleicht mit etwa diesen Worten:

Kaum hatte von Osten noch vor den Morgensendungen der prächtige Sonnengott Apollo die weite Welt mit einem schmeichelnden Lächeln geweckt und kaum trat mit ihm die frische Aurora [1]

auf den Bildschirm, als die berühmte Diva, Regina de la Mancia, aus den schlafwarmen Federn stieg und mit ihrer liebenswürdigen Rosy ihre legendäre Reise antrat.

Dann hauchte sie, als sei sie wirklich verliebt: „O Duccio, mein Duccio, Gebieter meines Herzens! Vergiss niemals, dass ich dich liebe und für dich so viel erleiden muss." Dabei bemühte sie sich, die schmachtende Sprache der bekanntesten Liebesfilme nachzuahmen, wie in *Love Story* (Arthur Hiller), The Crow - *Die Krähe* (Alex Proyas), *Ghost - Nachricht von Sam* (Jerry Zucker) ... Bei Einbruch der Nacht und nachdem sie den ganzen Tag lang einfach der Nase nach gefahren war, fühlte sie sich dann doch recht erschöpft und mordshungrig. Im gleichen Augenblick sah sie ein Leuchtschild zu einem Motel, bog ab und kam gerade zur Blue Hour dort an. Vor der Rezeption standen zwei Männergestalten mittleren Alters, die nicht unbedingt vertrauenswürdig schienen. Es waren rauchende bulgarische LKW-Fahrer, die sich auf ihrem Weg in den Norden für diese Nacht zufällig in diesem Motel einquartiert hatten.

Da es Regina so schien, dass alles, was immer sie auch dachte, sah oder sich einbildete, trage sich so zu wie in den Filmen, die sie gesehen hatte, meinte sie, sie sei nicht in einem drittklassigen Motel gelandet, sondern bei einem Casting. Sie dachte doch tatsächlich, sie befände sich im Vorzimmer eines bekannten Agenten und alle Leute draußen seien Schauspieler, die Schlange standen, um für eine begehrte Rolle vorzusprechen. Regina parkte ihren Wagen vor dem Eingang und trat über die Türschwelle, sogleich in Erwartung des typischen Flüsterns und Raunens, das sich beim Erscheinen einer berühmten Persönlichkeit erhebt. Doch da war nichts. Die Umstehenden blieben still und nahmen kaum Notiz von ihr. Da läutete das Handy eines LKW-Fahrers – er hatte es eigentlich leise gestellt, weshalb das Handy nur vibrierte und einen leichten Summton von sich gab. Und zufällig murmelte der Angestellte am Motelempfang im selben Augenblick einer Putzfrau etwas in das Ohr.

Das hieß für Regina augenblicklich, dass alles so war, wie sie es sich wünschte, weshalb sie sich der Rezeption mit dem höchsten Vergnügen näherte. Als sie mit selbstbewusstem Staccato ihrer Absätze herantrat, schwiegen die Umstehenden. Regina, die aus dieser Stille auf Ängstlichkeit oder gar

1 vgl. S. 28

12

Ehrfurcht schloss, strich rasch die Haare aus dem müden Gesicht mit dem verlaufenen Make-Up und ließ sanft hören: „Bitte, Sie brauchen nichts zu befürchten. Ich bin hier wegen der Anhörung, wie Sie alle. Und wie Sie alle, werte Künstlerkollegen, möchte ich allein und schonungslos nach meinen schauspielerischen Leistungen beurteilt werden und nicht nach meiner Bekanntheit. Es gelten für alle die gleichen Auswahlbedingungen und wir alle werden einfach vorsprechen und unser Bestes geben. Es möge der Bessere die Rolle erhalten."

Die Anwesenden blickten sie verlegen an und schwiegen weiter, aber sie konnten das Lachen nicht unterdrücken, waren sie doch als Künstler tituliert worden, ein Wort, das mit ihrem Beruf so gar nichts zu tun hatte. Das brachte Regina derart in Rage, dass sie Folgendes versetzte: „Die Tugendhaften verabscheuen Grobheit – ein derbes Lachen aus trivialen Motiven scheint ihnen zu geistlos. Ich will Sie damit allerdings nicht kränken." Die Trucker verstanden nicht und fanden Regina auch sonst recht schräg und verschroben, weshalb sie noch mehr lachen mussten, was wiederum Reginas Ärger steigerte. Es wäre wohl alles eskaliert, wäre in diesem Moment nicht der Motelleiter gekommen, ein Mann, der sehr mollig und deshalb auch sehr friedliebend war. Als er die seltsam groteske Situation erkannte, hätte er eigentlich lieber den bulgarischen Truckies beigepflichtet, doch da er im Grunde Regina und ihre verquere Sprache fürchtete, entschied er sich dafür, sie höflich zu behandeln.

„Wenn die gnädige Dame hier ein Zimmer sucht und mit einem sehr schlichten Einbettzimmer ohne eigenes Bad vorliebnehmen kann – denn die Zimmer mit eigenem Bad sind leider alle ausgebucht – so ist sie hier herzlich willkommen." Angesichts des zuvorkommenden Verhaltens des Castingleiters – denn dafür hielt sie den Moteldirektor – antwortete Regina: „Für mich, Herr Direktor, genügt alles. Mein Schmuck sind die Texte und mein Ausruhn ist die Aktion." „Na dann sind Sie hier ja richtig, gnädige Frau." Mit diesen Worten trug er Regina in das Register ein. Sie bat ihn noch, ihr Gepäck aus dem Auto in das Zimmer zu tragen und als der gute Mann den Rosthaufen sah, den sie liebevoll Rosy nannte und als das beste Pferd im Stall präsentierte, dachte er sich seinen Teil, kommentierte aber nicht. Als der Motelleiter mit dem Koffer in der Hand zurückkehrte, fragte er, ob der neue Gast etwas zu essen wünsche. „Ich würde gerne einen kleinen Imbiss zu mir nehmen", antwortete Regina, „was es auch ist - denn ich merke jetzt, wie hungrig ich doch bin."

Sie hatte inzwischen versucht, ihren Burberry-Regenmantel auszuziehen, doch irgendwie hatte er sich mit dem Kleid darunter verhakt und es gelang ihr einfach nicht, ihn aufzuknöpfen. Man hätte einige Knöpfe abschneiden müssen, um ihn zu öffnen, doch das fand Regina zu schade. Die Bulgaren, die sich bereits mit ihr angefreundet hatten, wollten ihr helfen, doch auch ihnen gelang es nicht, Regina den teuren Mantel über den Kopf abzustreifen. Währenddessen und aufgrund ihrer Einbildung, die LKW-Fahrer seien Schauspieler, die, wie sie selbst, auf das Vorsprechen warteten, wandte sie sich währenddessen mit höchst vornehmem Ausdruck an sie:

> „Niemals ward einer Schauspielerin, wie jetzt Regina de la Mancia, so wohl geholfen von dienlichen Kollegen, wie heute. Sie kam aus ihrer fernen Stadt, doch wertvolle, teure Darsteller bemühten sich um sie."[1]

Die Bulgaren, an solche Reden nicht gewöhnt, schwiegen etwas verlegen. Und so blieb sie den ganzen Abend, auch zu Tisch, in ihrem Burberry-Mantel, obwohl es im Speiseraum ziemlich warm war und sie unter dem gefütterten Popeline heftig schwitzte. Das war ein Bild für die Götter. Man stellte ihr wegen der kühleren Zugluft den Tisch vor die Tür des Restaurants und brachte ihr einen schlecht gebratenen Hamburger mit einem noch schlechteren Discount-Brot, so labbrig und abgestanden wie ihr verschwitzter Regenmantel. Es war trotzdem recht amüsant, zu sehen, wie sie aß, da sie sich in dem großen, irgendwie schief sitzenden Mantel nicht richtig rühren konnte, und es ihr schwer fiel, den Hamburger mit beiden Händen zum Mund zu führen. Sie bat den Kellner, den Hamburger für sie kleinzuschneiden und um einen Strohhalm für ihre Limonade, denn auch das Trinken war mühselig.

Währenddessen fuhr ein GTI vor das Motel. Selbst durch die Verglasung war die laute Musik zu hören: billiger Street-Hip Hop. Das bestärkte Regina vollends darin, dass sie auf einem bedeutenden Casting sei und der Tonmeister jetzt eingetroffen, sowie dass der Hamburger ein edles Lachsbrötchen, die Limo Evian-Mineralwasser, die Bulgaren Schauspieler und der Motelleiter der Castingleiter seien. Somit fand sie ihren Entschluss wegzufahren mehr als gelungen. Was ihr allerdings noch keine Ruhe ließ, war die Tatsache, noch keine Maske zu besitzen und noch nicht vor laufender Kamera vorgesprochen zu haben – denn sie glaubte, ohne Aufnahme eines Videos mit einer Theatermaske habe sie kein Recht, sich auf kommende Schauspieler-Abenteuer einzulassen.

---

1 vgl. S. 32

KAPITEL 3

Wie Regina de la Mancia zur
Schauspielerin ernannt wird

Von diesem Gedanken gepeinigt, beendete sie ihr kärgliches Mahl, rief den Motelleiter und schloss sich mit ihm in der Abstellkammer ein, wo sie vor ihm auf die Knie fiel und sprach: „Werter Herr Agent und Castingleiter! Ich stehe nicht eher wieder auf, bis Sie mir nicht versprechen, mir den Gefallen tun, um den ich Sie jetzt bitten möchte."

Der Motelleiter, der seinen Gast zu seinen Füßen sah, verwunderte sich sehr bei diesen Worten, schaute auf sie hinunter und wusste nicht, was er tun oder sagen sollte. Er bat sie höflich, sich zu erheben.[1]

Doch Regina weigerte sich, bis der Motelleiter sich gezwungen sah, ihr entgegenzukommen und es ihr zu versprechen.

Er hatte etwas Pikantes erwartet, aber Regina fuhr so fort: „Ich wünsche von Ihnen nur, dass Sie morgen einen Videoproduzenten hierherrufen, der ein kleines Video von mir drehen soll. Heute Nacht werde ich eine Szene einstudieren und den Text auswendig lernen; und morgen wird sich erfüllen, wonach ich mich so sehr sehne. So kann ich dann durch alle Weltteile ziehen, kann Rollen spielen, Filme drehen und alle Abenteuer erleben, die auf eine Darstellerin, wie ich eine bin, warten." Der Moteldirektor war nicht auf den Kopf gefallen, und ihm schwante bereits, dass der neue Gast nicht ganz klar im Oberstübchen sei; und als er Regina so reden hörte, sah er sich in seinen Vermutungen bestätigt. Da er an diesem Abend nichts gegen einen kleinen Scherz hatte, entschloss er sich, auf Reginas Capricen einzugehen.

Er erwiderte deshalb, sie habe absolut Recht und ein solcher Plan sei für eine so begabte Schauspielerin, wie sie eine zu sein schien, ganz normal. Er selbst habe in seiner Jugend versucht, Schauspieler zu werden und habe bei *Five Easy Pieces - Ein Mann sucht sich selbst* (Bob Rafelson)*, Uhrwerk Orange - A Clockwork Orange,* (Stanley Kubrick)*, Wie ein wilder Stier* (Martin Scorsese) mit kleineren Rollen mitgespielt. Schließlich habe er den Entschluss gefasst, sich zurückzuziehen, hier in diesen Studios als Agent zu arbeiten und gut Kohle damit zu verdienen. Hier stöbere er alle noch unbekannten Newcomer unter den Talenten auf, ganz einerlei, mit welchem Background und welcher

---

1 vgl. S. 34

Erfahrung. Er mache dies lediglich aus großer Lust an der Sache und um sie zu fördern. Selbstverständlich auch, um etwas dabei zu verdienen, doch das sei nicht das Wichtigste. Er fügte an, dass es in der Nähe zwar keine Kameramänner gebe, oder gar Videoproduzenten, dass sein Neffe allerdings ein sehr gutes Handy hätte, mit dem man fernsehreife Videos drehen könne. Am nächsten Morgen könnte der Dreh also mit der gebührenden technischen Ausstattung ausgeführt werden, damit Regina endlich ihre Video-Taufe erhalte und so zur echten Schauspielerin werde, und zwar so echt, „dass in der Welt nichts echter sein könne".[1]

Regina konnte ihr Glück nicht fassen. Sie bedankte sich, ging auf ihr Zimmer und bestellte umgehend online eine Persona, denn sie wollte das Video mit dem Monolog der Antigone von Sophokles aufnehmen lassen, etwas Klassisches. Mit dem Express-Service konnte sie mit einer Lieferung innerhalb der nächsten 12 Stunden rechnen, also noch vor Drehbeginn. Sie wählte eine weinende Maske, in einfachem Weiß, da sie fand, das habe Stil, Anspruch und Erhabenheit. Nach dieser Feuerprobe wäre sie, ihrer Meinung nach, für alle Filmrollen der Welt bereit. So begann sie mit dem Auswendiglernen des Monologs: „O Grab! O Brautbett! Unterirdische Behausung …", sprach sie vor sich hin. Doch das Auswendiglernen war ziemlich anstrengend und ihr Zimmer stickig und klein. Außerdem gab es dort keinen richtig großen Wandspiegel.

Sie wanderte während des Rollenpaukens stundenlang neben dem Bett auf und ab und übte auch die Körperhaltung, konnte diese allerdings in dem kleinen Schrankspiegel nicht richtig kontrollieren. Da erinnerte sie sich an den hohen Spiegel im Korridor. Super! Ihr fiel nämlich bereits die Decke auf den Kopf. Sie setzte ihr Studium also im stillen, halbdunklen Flur weiter, wo sie vor dem breitflächigen Spiegel oft innehielt und den Text weiter aufsagte. Das tat sie leise, beinahe im Flüsterton, denn sie wollte ja die anderen Gäste nicht aufwecken.

Der Motelleiter hatte ihnen allerdings von Reginas verstiegener Idee, dem erwarteten Videodreh und der Maske erzählt. Sie wunderten sich über dieses verrückte Vorhaben, das ihnen merkwürdig vorkam, weshalb sie sie aus der Ferne beobachteten und sahen, wie sie mal lässig auf und ab ging, mal an einem Türpfosten gelehnt die Blicke in den Spiegel richtete und murmelnd den Mund seltsam verdrehte. Da wollte einer der Motelgäste, der sturzbetrunken in die Hall getorkelt war, zu seinem Zimmer weiter und kam dabei an Reginas Übspiegel vorbei. Als er sich darin im Vorbeitaumeln im Profil sah, blieb er stehen, trat einen Schritt zurück, drehte sich und begann, sich selbst die Zunge herauszustrecken und andere Faxen zu machen.

Regina sah das und reagierte darauf, indem sie ihn mit lauter Stimme ansprach:

---

1 S. 35

„O du, wer auch immer du seiest, verwegener Pantomime, der du herankamst, um den Spiegel der begnadetsten Schauspielerin aller Zeiten zu berühren, siehe wohl zu, was du tust, und wage es ja nicht mehr, dich darin zu spiegeln, wenn du nicht das Leben lassen willst, zur Buße für deinen Frevel." Der Trunkenbold sorgte sich nicht um diese Worte – obwohl es besser gewesen wäre, er hätte sich gesorgt,[1] und gestikulierte im Gegenteil immer heftiger vor dem mächtigen Zauberspiegel, sprang davor herum und alberte vor sich hin. Regina verdrehte die Augen und rief, sich in Gedanken an Duccio wendend: „Sei mir nah, mein Liebster! Lasse mich in dieser ersten Herausforderung nicht allein!"

Solch hochtrabende Rede schwingend, ließ sie die Blätter mit dem Text fallen, packte ihre Louis Vuitton-Handtasche mit beiden Händen und hieb dem Besoffenen damit derart auf den Kopf, dass er übel zugerichtet zu Boden stürzte und die Sinne verlor. Danach strich sich Regina ihr Nachthemd glatt und ihre Haare aus dem Gesicht und fing mit derselben Ruhe wie vorher wieder an, vor dem Spiegel zu üben und auf und ab zu wandeln.

Kurz darauf kam, ohne zu wissen, was vorgefallen war – denn der Saufpeter lag noch betäubt da – ein anderer, nichtsahnend, und wollte sich ebenfalls in dem Spiegel betrachten. Als er immer näher auf den Spiegel zukam, hob Regina erneut ihre nicht gerade kleine Handtasche und drosch damit heftig auf den Kopf des Unglücklichen ein.[2]

Stumm, diesmal und ohne seine Reaktion abzuwarten. Ob des Radaus kamen alle Gäste aus ihren Zimmern, auch der Motelleiter. Als Regina das sah, presste sie ihre Handtasche fest vor die Brust und rief: „O mein Duccio! Mein Herzallerliebster! Bitte weiche in dieser so brenzligen Situation nicht von meiner Seite! Richte deine Augen auf mich und verlasse mich nicht!" Das flößte ihr so viel Mut ein, dass alle trunkenen Motelgäste der Welt sie nicht mehr ängstigen konnten.

Als die Reisegefährten den Mann am Boden und so übel zugerichtet sahen, begannen sie, Regina zu beschimpfen und sie mit allem zu bewerfen, was ihnen unter die Hand kam, Papiertaschentüchern, Handtüchern und leeren Bierdosen. Sie schützte sich jedoch so gut sie konnte mit ihrer Handtasche und wollte partout nicht vom Spiegel weichen. Der Motelleiter schrie, sie sollten sie gehen lassen, er habe ihnen doch schon gesagt, dass die Frau unzurechnungsfähig sei, und als solche würde sie freigesprochen werden, selbst wenn sie sie alle totschlüge. Auch Regina schrie, aber noch viel lauter.

---

1 vgl. S. 37

2 vgl. S. 37

17

Nannte sie Parvenus, Schurken und Flegel; der Motelleiter sei ein feiger und rüder Wicht, da er es zulasse, dass wandernde Schauspieler, die seine Gäste seien, derart behandelt würden. „Aber ihr Gesindel, ihr seid meiner Aufmerksamkeit gar nicht wert! Werft nur nach mir mit allem Möglichen; ihr werdet schon noch sehen, wie ich es euch heimzahle."

Sie legte so viel Feuer und Elan in ihre Worte, dass sie ihren Widersachern tatsächlich eine entsetzliche Angst einflößte. Sie hörten auf, Regina zu bewerfen und sie ließ es geschehen, dass die Verwundeten weggetragen wurden. Als sei nichts gewesen, nahm sie ihre Sprechübungen ruhig und gelassen wieder auf. Dem Motelleiter gefielen die Szenen seines neuen Gastes ganz und gar nicht. Er beschloss daher, Regina das verdammte Video gleich drehen zu lassen, bevor es zu einem neuen Zwischenfall käme. Er trat deshalb auf sie zu, entschuldigte sich für die Dreistheit der anderen Gäste und tat überrascht, da er sich ein derartiges Verhalten von Regina nie hätte vorstellen können. Es sei ihnen recht geschehen, und seiner Meinung nach würde eine Videoaufnahme mit seinem Smartphone völlig ausreichen, um Regina ganz offiziell in den Rang einer Schauspielerin zu erheben. Sie könne doch den Text bestimmt schon auswendig.

Regina fiel tatsächlich darauf herein und erklärte sich zu einer sofortigen Aufnahme bereit – auch ohne Maske, die ja erst am nächsten Morgen geliefert werden sollte, denn sie sei außer Stande, noch abzuwarten. Bei einem nochmaligen Angriff seitens der anderen Schauspieler würde sie wohl völlig in Rage geraten und wer weiß was anstellen. Sehr wahrscheinlich würde sie weitere Kollegen verletzen und sich nicht in Zaum halten können. Der Motelleiter sah sich gewarnt und tat ziemlich besorgt; er zückte eilig sein Smartphone, mit dem er noch vor einigen Stunden seine Geliebte während eines heißen Schäferstündchens in unzüchtigen Posen aufgenommen hatte, holte rasch noch einen pickligen Küchengehilfen zum Set, der im ersten Semester Bühnenbild studierte und sich auch sonst für Film und TV interessierte, und machte sich daran, Reginas Szene zu drehen.

Er befahl ihr, ihre Stellung einzunehmen, blätterte im Anwesenheitsregister des Motels, als ob er das Drehbuch durchsehe, erhob mitten im Lesen die Hand und befahl seinem Assistenten: „Ton ab! Klappe! Antigone, Szene 1, die Erste! Klapp! Set! Action!" Und schon war die Motelhalle ein Set. Das Smartphone war auf Kamera gestellt und nahm alles auf, was Regina von sich gab. Sie gab sich wirklich große Mühe und der Motelleiter nickte ihr während der Aufnahme eifrig zu. Nachdem das Video und bis dahin nie gesehene Formalitäten so unerwartet schnell abgeschlossen waren, konnte Regina es kaum erwarten, mit Rosy weiterzufahren und auf der Suche nach passenden Rollen weiterzuziehen. Rasch nahm sie ihre Sachen, verstaute sie im Kofferraum, umarmte den Motelleiter und dankte ihm für den Gefallen, sie zur Schauspielerin gemacht zu haben, mit Worten, die so überdreht waren, dass sie hier schlichtweg nicht wiedergegeben werden können. Um Regina nur endlich loszuwerden, antwortete der Motelleiter im selben Ton, wenn auch deutlich kürzer angebunden. Und hieß sie mit Gottes Segen davonzuziehen, ohne Geld für die Übernachtung zu nehmen.

KAPITEL 4

Was Regina nach ihrem
Motelaufenthalt geschieht

E s war gut eine Stunde vergangen, seitdem Regina das Motel verlassen hatte, und sie war so zufrieden, so frischen Mutes, sich offiziell, wenn auch ohne die Persona, zur Schauspielerin ernannt zu sehen, dass ihr das Vergnügen aus allen Poren, ja aus der Motorhaube ihres Autos herausplatzte. Allerdings war ihr beim Dreh bewusst geworden, dass sie unbedingt eine persönliche Assistentin brauchte, daher beschloss sie, nach Hause zurückzukehren. Sie würde eine Maskenbildnerin anstellen, eine ehemalige Arbeitskollegin und Freundin, die arm war und das Geld dringend benötigte, und sicher sehr zur Assistentin taugte.

Gedankenversunken nahm sie mit Rosy Kurs auf ihre Heimatstadt und sprach dabei halblaut: „Wohl kannst du dich glücklich schätzen über alle Männer der Erde, oh talentierter Duccio dal Tosco, denn auch deine Herzensdame, Regina de la Mancia, hat ihr Talent vor laufender Kamera bewiesen." Nach etwa 200 km hielt sie an einer Tankstelle an, denn Rosy hatte großen Durst. Dort kreuzte Reginas Weg eine lautstarke Schar von Leuten, die, wie sich später herausstellte, Teilnehmer einer Kaffeefahrt waren und vergnügt durch das Land fuhren. Es waren etwa 40 Busfahrgäste, die an der Tankstelle einen Kaffee trinken wollten und fröhlich plaudernd die Cafeteria in Beschlag genommen hatten. Kaum erblickte Regina diese Belegschaft, kam sie sich sofort vor wie in *Easy Rider* (Dennis Hopper) und mit ihrem Drang, die Geschichten, die sie in ihren Filmen gesehen hatte, zu imitieren, fasste sie die Situation als Gelegenheit auf, sie wirklich zu erleben. Also trat sie hoch aufgerichtet und selbstsicheren Blickes in das Tankstellencafé ein, setze sich an einen freien Platz und wartete auf den Einsatz der Rednecks, den lokalen Hinterwäldlern mit ländlichem Humor, denn dafür hielt sie die anderen Gäste.

Nach kurzem Abwarten erhob sich Regina, trat vor in die Mitte und sprach mit fester Stimme und stolzem Gebaren: *„Alle Welt halte still"[1]*, wenn nicht jeder bekennt, dass die Freiheit das Wichtigste im Leben ist. Wisst ihr, das war mal ein ganz herrliches Land. Ich kann nicht verstehen, was auf einmal damit los ist. Tja, wir können noch nicht einmal in ein zweitklassiges

---

1 vgl. S. 45

20

Motel, verstehst du? Die denken, wir schneiden ihnen die Kehle durch oder
so was. Mann, sie haben Angst vor uns. Sie haben keine Angst vor dir, sie haben Angst vor dem, was du für sie repräsentierst. Ach nein. Alles, was wir für
sie repräsentieren, ist nur jemand, der sich nicht die Haare schneidet. O nein!
Was du für sie repräsentierst, ist Freiheit. Was haben sie denn gegen Freiheit?
Darum dreht sich doch alles. Ja, ja, das ist richtig. Darum dreht sich wirklich
alles. Aber von Freiheit reden und wirklich frei sein, das ist nicht dasselbe.
Ich finde, es ist wirklich schwer, frei zu sein, wenn man verladen und verkauft
wird wie eine Ware. Aber wehe du sagst jemand, er sei nicht frei, dann ist er
sofort bereit, dich zu töten oder dich zum Krüppel zu schlagen, um zu beweisen, dass er frei ist. O ja, sie reden und reden und reden über individuelle
Freiheit … aber sehen sie dann ein freies Individuum, kriegen sie es mit der
Angst. Sie werden vor Angst nicht gerade weglaufen. Nein! Aber es macht sie
gefährlich." (*Easy Rider*, Dennis Hopper)

Bei diesen Worten und dem Anblick der seltsamen Gestalt hielten die
Kaffeefahrtgäste inne und erkannten sofort, dass die Frau nicht ganz richtig
war, wollten aber doch genauer wissen, worauf das Bekenntnis abzielte, das
sie von ihnen verlangte. Ein Witzbold aus der Gruppe ließ sich auf Regina ein:
„Verehrte Dame, wir wissen nicht, was Sie mit Freiheit meinen.
Erklären Sie es uns, und wenn Sie uns mit Ihren Argumentationen
überzeugen können, werden wir gutwillig und gerne das Bekenntnis ablegen, das Sie uns abverlangen." „Wenn ich euch alles erklärte", entgegnete Regina, „was würdet ihr Großes tun? Ihr würdet
eine offenkundige Wahrheit bekennen. Das wesentliche an der
Sache ist doch gerade, dass ihr ganz ohne nähere Erläuterungen,
diese Wahrheit glauben, bekennen und verfechten solltet.[1]
Wenn nicht, dann seid ihr mit mir auf Kollisionskurs. Ich werde es euch noch
einbläuen, da das Recht auf meiner Seite ist, wie wichtig Freiheit ist."

„Liebe Frau", erwiderte der Kaffeefahrtteilnehmer, „ich bitte Sie hiermit
freundlichst im Namen all der Fahrgäste, die hier versammelt sind, uns
doch etwas mehr von Ihrem Glauben an die Freiheit zu berichten, damit
wir leichten Gewissens zugeben können, dass Freiheit das Wichtigste im
Leben ist. Wir würden uns auch mit einem mittelmäßigen, ja sogar mit
einem lausigen Plädoyer zufriedengeben." „Die Freiheit ist des Menschen
höchstes Gut und nichts Lausiges haftet an ihr", antwortete Regina jäh von
Zorn entflammt. „Nichts Mittelmäßiges geht von ihr aus, sondern Glück
und Erhabenheit. Aber ihr sollt die ungeheure Lästerung büßen." Mit diesen
Worten stürzte sie auf den Sprecher los, mit solcher Wut und solcher Wucht,
dass es dem Unglücklichen übel ergangen wäre, wäre Regina nicht vom Tisch

---

1 vgl. S. 46

und den anderen Fahrgästen aufgehalten worden. Sie strauchelte, wollte sich wieder aufrichten – zu spät, sie fiel. Bei ihren vergeblichen Versuchen, sich wieder aufzurichten, keuchte sie fortwährend: „Ihr Feigen, ihr Elenden." Einem der Umstehenden wurde es schließlich zu bunt. Er stapfte auf sie zu, schnappte sich ein Milchkännchen vom Tisch und goss den gesamten Inhalt über Reginas Kopf. Die Milch triefte an ihr herunter. Rundum erhoben sich Stimmen, er solle den Blödsinn lassen und ihr lieber helfen und sich bei ihr entschuldigen; aber der Typ war ziemlich in Fahrt und wollte das Spiel nicht mehr aufgeben. Er nahm auch noch die anderen Milchkännchen von den restlichen Tischen und kippte deren Inhalt über Reginas blonde Haare aus, die trotz der Sturzbäche von Milch, die auf sie niederkamen, den Mund keinen Augenblick schloss und *Drohungen gegen Himmel und Erde ausstieß* [1] gegen die vermeintlichen Rednecks und deren provinziellen Humor. Irgendwann hatte der gute Mann genug. Die Fahrgäste begaben sich wieder in ihren Bus und hatten für den Rest der Fahrt Stoff genug, um über die arme Freiheitsheldin herzuziehen.

Diese war beschämt und beschmutzt zurückgeblieben und stand schließlich auf, um sich auf der Toilette so gut es ging zu säubern; allerdings ohne großen Erfolg. Trotzdem befand sie, sie sei ein Glückspilz; die ganze Szene sei ein Missgeschick, wie es der Schauspielerberuf eben mit sich bringe, und gab den Drehbuchautoren die Schuld an dem Schlamassel. Was sollte man vom Trio Hopper, Fonda, Southern auch erwarten? Bei alledem war es ihr nicht möglich, sich aufzurichten und den Mut zum Weiterfahren zu finden.

---

1 vgl. S. 48

KAPITEL 5

Worin die Erzählung von den Schwierigkeiten unserer Schauspielerin fortgesetzt wird

Als ihr klar wurde, absolut nicht in der Lage zu sein, weiterfahren zu können, suchte sie, wie gewöhnlich, Zuflucht in irgendeiner Handlung aus ihren Filmen, und daneben wie sie war, kam ihr jene mit Stefan Brand in den Sinn, dem talentierten Pianisten, als sie ihm nachlief und seiner Musik lauschte und ihm hoffnungslos verfiel – damals in Wien. Das schien ihr auf die Situation, in der sie sich befand, genau zu passen. Wie sehr sehnte sie sich jetzt nach ihm.

„Wo bist du, mein Geliebter? Wenn du diese Worte lesen wirst – und es wird dir wie ein Brief einer Unbekannten vorkommen – werde ich wahrscheinlich bereits verstorben sein."[1]
Der Zufall wollte, dass, im gleichen Augenblick, als sie diese Worte vor sich hin seufzte, eine Nachbarin aus ihrem Städtchen in die Toilette trat. Sie hatte ihre Enkelin zu ihrem Sohn zurückgebracht und war jetzt auf dem Nachhauseweg. Als sie Regina so wehmütig und verdreckt stehen sah, wandte sie sich ihr zu, fragte, wer sie sei, was ihr zugestoßen sei und warum sie so traurig jammere.

Regina nahm wahrscheinlich an, vor ihr stünde Frau Spitzer aus dem noblen Kleidergeschäft, wo sie gearbeitet hatte, und so antwortete sie mit der Erzählung über ihre Romanze, dem unehelichen Kind und ihrer unerwiderten Liebe zu Stefan Brand, dem berühmten Wiener Pianisten. Genauso wie im Film, denn jeder Augenblick wollte gemessen und jede Drehsekunde gezählt sein. „Zwei Wochen – sagtest Du – nur zwei Wochen ..." Die Nachbarin hörte diesem unsinnigen Gerede mit wachsender Verwunderung zu und half ihr, sich das Gesicht zu waschen, und kaum hatte sie sich abgetrocknet, da erkannte sie Regina: „Frau Manca! Sie sind es! Was ist nur passiert?" Doch auf alles, was sie sie fragte, fuhr Regina nur mit ihrem Film fort. Der guten Frau blieb nichts übrig als Regina hinauszubegleiten und ihr in ihr Auto zu helfen. Sie wollte ihr nachfahren, zurück nach Hause, in ihre Wohnung. Und so fuhren die beiden Frauen los – hintereinander, jede im eigenen Wagen – und jede auf ihre eigene Art sehr nachdenklich. Die eine, dass sie Regina de la Mancia noch nie so hatte reden hören, die andere, weil es ihr tatsächlich

---

1 vgl. Brief einer Unbekannten, Max Ophüls

schien, von ihrem geliebten Pianisten abermals verlassen oder nicht bemerkt worden zu sein. Die Nachbarin fragte sie per Handy immer wieder, wie sie sich fühle, woraufhin Regina mit dem gleichen Irrsinn über Lisa Berndle wie schon zuvor antwortete. Und fügte zum Schluss hinzu: „Wissen Sie, Frau Spitzer, der bravouröse Künstler, dieser Stefan Brand, von dem ich gesprochen habe, ist jetzt der erfolgreiche Duccio dal Tosco, für den ich mich aufgeopfert habe und immer aufopfern werde." Die Nachbarin versuchte es noch einmal: „Aber ich bin doch gar nicht Frau Spitzer, sondern Viola, Ihre Nachbarin, und Sie sind nicht Lisa Berndle, sondern Donatella Manca." „Ich weiß, wer ich bin", sagte Regina de la Mancia, „und weiß, dass ich nicht nur jede der gedachten Hauptdarstellerinnen sein kann, sondern auch sämtliche männliche Nebenrollen und selbst alle Regisseure Hollywoods."

Unter solchen und ähnlichen Gesprächen kamen sie zu Hause an, wo alle mehr als aufgeregt waren. Regina war nämlich weggefahren, ohne jemandem Bescheid zu geben, weshalb sich ihr Psychotherapeut und ihre Friseuse, mit der Regina sehr befreundet war, im Café vor ihrem Haus getroffen hatten. Auch die Putzfrau, die einmal die Woche kam und immer mit Regina ausmachte, was in der Wohnung getan werden sollte, kam dazu und schrie laut: „Was halten Sie davon, Herr Doktor? Vom Unglück meiner Arbeitgeberin? Sechs Tage ist es her, dass weder Frau Manca noch ihr Auto zu sehen sind. Ich mache mir solche Sorgen. Ich denke – und das ist so sicher wie das Amen in der Kirche – dass diese vermaledeiten Filme, die sie sich immer anschaut, ihr den Verstand verdreht haben. Ich erinnere mich: sie hat oft gesagt, sie wolle endlich Filmschauspielerin werden und ihr Glück draußen, in der großen, weiten Welt versuchen. Zum Teufel mit all den verhexten Filmen, *die den feinsten Kopf der Toskana zugrunde gerichtet haben!*"[1]

Der Neffe – auch er hatte sich dazugesellt – sagte das gleiche, ja, er wusste sogar noch mehr: „Wisst ihr, dass meine Tante sich oft zwei Tage lang und die Nächte hindurch ununterbrochen diese verdammten Filme anschaut? Dann macht sie den DVD-Player aus, schminkt sich und deklamiert vor dem Spiegel Texte oder ahmt Liebesszenen nach. Wenn sie dann völlig übermüdet zusammenbricht, sagt sie, sie habe 48 Stunden lang in den Studios gedreht und Szenen aufgenommen und wahnsinnig viele Probleme mit dem DOP gehabt, der einfach ein perfekter Idiot sei und keine Ahnung davon habe, was ein Scheinwerfer ist. Dann trinkt sie ein großes Glas Whiskey, was sie sofort wieder auf die Beine bringt, und sagt, dieser *Whiskey* sei ein köstlicher Trank, den ihr der weise Santory gebracht habe, ein großer Freund von ihr, um nicht mehr in der Übersetzung verloren zu gehen.[2] Aber ich bin selbst Schuld

---

1 vgl. S. 51

2 vgl. Lost in Translation, Sofia Coppola

an allem, weil ich euch von den Narrheiten meiner Tante nicht in Kenntnis gesetzt habe. Vielleicht hättet ihr helfen können, bevor es soweit kam. Vielleicht hättet ihr alle diese verfluchten Filme – und davon hat sie wirklich jede Menge – einfach weggeworfen. Denn sie verdienen es, weggeworfen zu werden, als ob sie drogensüchtige Kinderschänder wären."

„Das sehe ich auch so", erwiderte der Psychotherapeut, „gleich morgen sehen wir sie alle durch und entscheiden, welcher weggeworfen werden soll und welcher nicht, damit anderen nicht das passiert, was unserer lieben Freundin passiert sein muss."

Die Nachbarin und Regina hatten vor dem Haus geparkt, dabei die Autos der anderen auf der Straße vor dem Café erkannt und waren hineingegangen, wo sie die letzten Sätze des Gesprächs mitbekommen hatten. Erst da begriff die Nachbarin, was wirklich mit Regina los war. Alle liefen herbei, um sie erleichtert zu umarmen. Regina aber sagte nur: „Bringt mich in mein Bett und ruft Dr. Schiwago, damit er mich beruhigt."

„Den Teufel werd' ich tun!", widersprach die Putzfrau. „Legen Sie sich nur hin, Frau Manca! Wir werden Sie auch ohne diesen Dr. Trivago wieder gesund kriegen. Verflucht, sag ich, seien diese Filme, die Sie so zugerichtet haben." Sie brachten sie umgehend zu Bett. Regina meinte, sie habe vom Fahrenden *Schausteller Zampanò* große Demütigungen erfahren müssen. Er sei so brutal und gemein gewesen, wie kein anderer vor ihm.[1] „Aha!", sagte der Psychotherapeut. „Fahrende Schausteller sind im Spiel? Bei Freud, ich verbrenne sie morgen alle, bevor der Abend kommt." Sie überschütteten Regina mit Fragen, doch sie erwiderte nur, dass sie lediglich etwas essen und schlafen wolle. So ließ man sie erst einmal allein. Der Psychotherapeut erkundigte sich sehr ausführlich bei der Nachbarin nach den Umständen, unter denen sie Regina gefunden hatte. Sie gab bereitwillig Auskunft, auch über den Unsinn, den Regina von sich gegeben hatte, als sie sie fand und nach Hause begleitete. Das bestärkte den Arzt in seinem Vorhaben, das zu tun, was er anderntags wirklich ausführte, nämlich sich zusammen mit der Friseuse in Reginas Wohnung zu begeben und dort reinen Tisch zu machen.

---

1 vgl. La Strada – Das Lied der Straße, Federico Fellini

KAPITEL 6

Von der heiteren und gründlichen Filminspektion, die der Psychotherapeut und die Hairstylistin durchführen

Regina schlief noch immer, als der Psychotherapeut den Neffen nach dem Zimmer mit den Filmen fragte. Sie traten zu viert ein – die Putzfrau war ebenfalls von der Partie – und fanden mehr als 1000 DVDs nebst den BDs. Der Psychotherapeut wies die Hairstylistin an, sie solle ihm die Filme einzeln nacheinander reichen, um zu sehen, wovon sie handelten, da vielleicht einige mit dabei seien, die die Strafe der Müllhalde nicht verdienten. „Nein", sagte der Neffe, „es gibt keinen Grund, auch nur einen zu verschonen, denn sie alle haben Unheil gestiftet. Am besten werfen wir sie allesamt durch das Fenster in den Hof, packen sie in eine Riesenmülltüte und stecken sie dann in die Tonne." Die Putzfrau war einverstanden; so groß war das Verlangen der beiden nach dem Tode dieser „unschuldigen Kinder". Doch der Psychotherapeut wollte die Sache etwas behutsamer angehen und zuerst zumindest die Titel lesen. Der erste Film, den ihm die Friseuse in die Hände reichte, war *Cabiria* von Giovanni Pastrone und der Psychotherapeut sagte: „Ich habe gehört, dass dieser Film als einer der ersten erzählenden langen Filme gilt und dass alle übrigen ihren Ausgang und Ursprung von diesem genommen haben. Ich meine deshalb, dass wir *Cabiria* als Irrlehrer und Begründer eines so unheilvollen Genres, ohne Milde walten zu lassen, zur Mülltonne verurteilen müssen."

„Nein, Herr Doktor", widersprach die Hairstylistin, „denn ich habe auch sagen hören, es sei der beste aller Filme, die in dieser Art gedreht wurden, weshalb ihm, *als einzigem seiner Kunstgattung, Gnade zuteil werden soll.*"[1] „Das ist richtig", sagte der Psychotherapeut, „und aus diesem Grunde lassen wir ihm für jetzt das Leben. Was ist mit dem nächsten, gleich daneben?" „Das", sagte die Hairstylistin, „ist der *Panzerkreuzer Potemkin* von Eisenstein." „Nun", antwortete der Psychotherapeut, „Eisenstein ist lange nicht so abwechslungsreich wie Pastrone. Deshalb: nehmen Sie ihn, stecken Sie ihn in den Müllbeutel dort und werfen Sie das Teil weg." Die Putzfrau tat voller Genugtuung wie ihr geheißen, und der gute Eisenstein flog direkt in den Mülleimer und harrte dort in Erwartung der drohenden Entsorgung. „Weiter!", befahl der Psychotherapeut. „Der hier", sagte die Friseuse, „ist *Metropolis (von Fritz Lang)*, ich denke,

---

1 vgl. S. 54

26

alle von diesem Haufen sind alte Schinken aus der Frühzeit." „Ab damit auf den Müll! Alle!", meinte der Psychotherapeut. „Würde ich auch sagen", erwiderte die Friseuse. „Und ich auch", fügte der Neffe hinzu. „Also", sprach die Putzfrau, „her damit und in die Tonne mit ihnen!" Der Psychotherapeut und der Neffe reichten sie ihr, es waren sehr viele. Um sich den Weg zu sparen, warf sie alle aus der Entfernung in hohem Bogen in den weit geöffneten Müllsack. „Und was ist das da für ein Prachtstück?", fragte der Psychotherapeut. „Spielberg, Herr Doktor." „Ungereimt und frech ist der. Wegschmeißen!" „Der nächste hier ist *Blow up* von Antonioni", sagte die Hairstylistin. „Ha!", entgegnete der Psychotherapeut. „Tut mir leid, auch der geht auf direktem Weg in die Müllverbrennung, trotz seiner wunderbaren Handlung und seines chimären Aufbaus; die Fragwürdigkeit seines Stils erlaubt es nicht anders. In die Tonne mit ihm, Frau Putzfrau."

„Mir recht, Herr Doktor", antwortete sie und erledigte den Befehl mit Begeisterung. „Hier, das ist *Barry Lyndon*" (von Stanley Kubrick), sagte die Friseuse. „Das ist ein alter Film", kommentierte der Psychotherapeut, „und ich finde nichts darin, das Gnade verdiente; zu den anderen, ohne Widerrede, trotz des herrlichen Chevaliers de Balibari!" Und so flog *Barry Lyndon* weg. Ein anderer Film wurde ausgegraben. Sie sahen, dass es *Der Exorzist (von William Friedkin)* war. „Mit so einem heiligen Namen hätte man ihm seine Dummheit verzeihen können, aber wie heißt es: *,Hinter dem Kreuze lauert der Teufel'.*[1] In die Tonne mit ihm!" Die Hairstylistin zog einen anderen Film hervor: „Das sind *Die Vögel (*von Alfred Hitchcock*).*" „Ja, den kenne ich", nickte der Psychotherapeut. „Darin kommen alle möglichen Psychosen vor. Wie soll man da des Nachts ruhig schlafen können? Ich bin geneigt, auch ihn für immer zu verbannen. Weg damit! Ach, übrigens, das gleiche gilt für alle Filme mit Leonardo DiCaprio."

Diesem Urteil schloss sich die Friseuse an und erachtete es für rechtens und durchaus sachgemäß, denn ihr war wohl bewusst, dass der Psychotherapeut ein sehr guter Menschenkenner *und ein großer Freund der Wahrheit war, dass er um seines guten Rufes willen nie etwas anderes als die Wahrheit gesagt hätte.*[2] Die Putzfrau, die alte Zicke, ergriff gleich acht Filme auf einmal, darunter auch, der Himmel weiß warum, *Apocalypse Now (von Francis Ford Coppola)*, und warf sie in den Müllsack. Da sie zu viele auf einmal genommen hatte, fiel dabei einer zu Boden, der Friseuse vor die Füße, die sich neugierig bückte und ihn aufhob. Es war *Matrix (*von Die Wachowskis*).* „Hilf mir Gott!", schrie der Psychotherapeut laut auf. „Keanu Reeves ist auch hier? Gebt ihn mir, ich habe viel Spaß mit diesem Film gehabt. Ich sage euch, das ist in seiner Art

---

1 S. 56

2 vgl. S. 56

der beste Film der Welt. Wenigstens kommen darin weiße Kaninchen und künstliche Intelligenz und andere Dinge vor, die in anderen Filmen fehlen. Trotzdem hat sich der Drehbuchautor große Albernheiten ausgedacht, weshalb er zwar nicht weggeschmissen werden, aber zeitlebens ins Exil muss. Nehmen Sie ihn mit nach Hause und sehen Sie sich ihn an! Sie werden sehen, alles, was ich gesagt habe, ist wahr."

„Ok", sagte die Friseuse. „Aber was sollen wir mit den ganzen Dokumentarfilmen machen, die noch übrig sind?" „Die verdienen nicht, weggeworfen zu werden, wie die anderen, denn sie richten kein solches Unheil an und werden es nie anrichten, wie die anderen Filme. Das sind sinnvolle und lehrreiche Dokus, die niemandem schaden können."

„Ach, Herr Doktor", antwortete der Neffe, „wir sollten sie besser alle wegwerfen, denn ich würde mich nicht wundern, wenn meine Tante, wenn sie erst von der Schauspielerei abgebracht worden ist, durch diese Dokus Lust bekäme, eine Dokumentaristin oder Journalistin zu werden und durch die Welt zu fahren, um nach guten Stories zu suchen. Oder, noch schlimmer, eine Dichterin, was, wie die Leute sagen, eine unheilbare und ansteckende Krankheit sein soll."[1]

„Dieser Junge hat völlig recht", sagte der Psychotherapeut, „wir sollten besser jede noch so kleine Versuchung für unsere Freundin verschwinden lassen." „Diese Doku heißt *Jäger der Wildnis*. Von der BBC. Sie ist über Wölfe." „Bei meinem Doktortitel", meinte der Psychotherapeut, „nie ist eine bessere und ausführlichere Dokumentation gedreht worden. Wer die nicht gesehen hat, hat noch nie einen Doku-Film gesehen. Gebt mir den Film, denn das ist besser, als wenn man mir eine Rolex geschenkt hätte." Er legte ihn mit besonderem Vergnügen beiseite und die Friseuse fuhr fort: „*Pretty Woman* (von Garry Marshall)." „Nun, das ist ein hoffnungsloser Fall", sagte der Psychotherapeut, „übergebt ihn dem weltlichen Arm der Putzfrau und fragt am besten gar nicht erst warum." Dann hatte es der Psychotherapeut satt, noch weiter Filme durchzusehen und ordnete an, alle übrigen auf einen Schlag wegzuwerfen.

---

1 vgl. S. 59

KAPITEL 7

Über die zweite Ausfahrt unserer trefflichen Schauspielerin Regina de la Mancia

Soeben hatten sie das erledigt, als sie Regina laut rufen hörten: „Hier, hier mein Eric, hier wirst du gebraucht, denn jetzt beginnt die Teufelsnacht." (*The Crow – Die Krähe, Alex Proyas*) Als alle zu Regina eilten, war sie schon aufgestanden und schrie und gab Unsinn von sich, vollführte Flugbewegungen und war so wach, als ob sie nie geschlafen hätte. Sie griffen ihr unter die Arme und bugsierten sie mit sanfter Gewalt ins Bett zurück. Sobald sie sich ein wenig beruhigt hatte, sagte sie zum Psychotherapeuten gewandt: „Es ist schon eine große Schande für uns *Sieben Samurai*, (von Akira Kurosawa) so mir nichts dir nichts das *Höllentor* (von Teinosuke Kinugasa) die Goldene Palme davontragen zu lassen." „Lassen Sie es gut sein, liebe Frau Manca", beruhigte sie der Psychotherapeut, „das Glück kann sich immer ändern, und was heute verloren scheint, kann morgen gewonnen werden. Passen Sie jetzt nur auf Ihre Gesundheit auf. Ich denke, Sie sind wirklich übermüdet." „Denen werde ich es zeigen, sobald ich mich von diesem Bett erhebe. Aber jetzt würde ich gerne etwas essen. Das brauche ich jetzt am nötigsten." Man brachte ihr auch etwas, worauf sie erneut in tiefen Schlaf fiel. In dieser Nacht warf die Putzfrau alle Filme weg, die in der Wohnung waren –

> auch so manche, die es verdient gehabt hätten, in unvergänglichen Archiven aufbewahrt zu werden, doch das Schicksal und die Trägheit des „Untersuchungsrichters" waren dagegen und so erfüllte sich an ihnen der Spruch, dass oftmals die Gerechten für die Sünder zahlen.[1]

Der Psychotherapeut und die Friseuse griffen gegen Reginas Krankheit zu einem Mittel, von dem sie sich viel versprachen: sie vernagelten die Tür zu dem Zimmer mit dem DVD-Player und der Leinwand mit Brettern und schoben ein großes, schweres Bücherregal davor, damit sie sie nach ihrem Erwachen nicht mehr fände. Denn es könnte doch sein, dass nach Beseitigung der Ursache einfach jede Wirkung ausblieb. Sie würden so tun, als ob das Zimmer nie existiert habe und sie habe es sich nur ausgedacht oder vielleicht in einem Film gesehen.

---

1 vgl. S. 63

Zwei Tage später stand Regina auf, um als erstes ihren Filmen einen Besuch abzustatten. Da sie das Zimmer nicht fand, wo sie es gelassen hatte, lief sie von einer Stelle zur anderen, um es zu suchen.

> Sie tastete dort, wo sonst die Türe war, die Wand mit den Händen ab und wandte stumm die Augen überall hin; nach einer Weile fragte sie die Putzfrau, wohinaus[1]

denn das Zimmer mit den Filmen liege. Die Putzfrau wusste genau, was sie zu antworten hatte: „Was für ein Zimmer oder welche Dinge sonst suchen Sie, Frau Manca? Weder das Zimmer noch die Filme sind mehr in Ihrem Haus; denn all das hat der Teufel höchstpersönlich geholt." „Es war kein Teufel", widersprach der Neffe, „sondern ein Geist, der auf seinem Rollstuhl daherkam, als du, liebe Tante, weg warst. Er ging in das Zimmer und ich weiß nicht, was er darin tat, aber nach einer kurzen Weile flog er durch das Dach hinaus und hinterließ die Wohnung voller Rauch, und als wir nachsahen, waren die Filme und auch das Zimmer weg. Während er entschwand, flüsterte er noch, er heiße Joseph Charmichael." (Das Grauen, Peter Medak) „Mortianna! Das wird der Geist geflüstert haben", (*Robin Hood – König der Diebe*, Kevin Reynolds) sagte Regina. „Das ist eine weise Hexe, eine große Feindin von mir, die so böse zu mir ist, weil sie in die Zukunft geschaut hat und weiß, dass ich einen Filmpreis erhalten und eine Schauspielerin ausstechen werde, die sie begünstigt. Aber das wird sie nicht verhindern können. Darum fügt sie mir alle Widerwärtigkeiten zu, die in ihrer Macht stehen. Aber ich lasse sie wissen, dass sie und ich dem, was das Schicksal für uns vorgesehen hat, nicht entgehen können."

> „Das bezweifle ich nicht!" sagte der Neffe. „Aber was treibt dich in all diese Streitigkeiten, Tante? Ist es nicht besser, friedlich zu Hause zu sitzen als durch die Welt zu ziehen, um noch etwas Besseres als das Beste zu suchen und ohne zu bedenken: Übermut tut selten gut.[2]

Manch einer verlässt die Komfortzone und verbrennt sich dabei die Flügel."

So blieb sie 14 Tage ganz ruhig zu Hause, ohne irgendein Anzeichen, dass sie mit ihren früheren Verrücktheiten weitermachen wollte. Stattdessen hatte sie mit ihrem Neffen, dem Psychotherapeuten und der Friseuse höchst angeregte Gespräche über ihre Aussage, dass die Welt vor allem gute Schauspieler brauche – so wie sie einer war. Der Psychotherapeut widersprach ihr ein paar Mal, einige andere Male stimmte er ihr hingegen zu, denn ohne diesen professionellen Trick war es nicht möglich, mit ihr fertigzuwerden. Gleichzeitig suchte Regina eine ehemalige Maskenbildnerin für sich zu gewinnen – eine

---

1 vgl. S. 63

2 vgl. S. 64

gute Frau – „wenn man jemanden ‚gut' nennen kann, dem es am Besten fehlt – die also sehr wenig Grütze im Kopf hatte".[1]

Sie redete so viel auf sie ein und versprach ihr so viel, dass die arme Frau sich schließlich entschloss, als Assistentin mit ihr wegzugehen.[2]

Regina meinte, sie solle sich darüber freuen, mit ihr zu kommen, denn vielleicht könnten sie bei einer wichtigen Produktion mitmachen und sie würde im Handumdrehen zu einer der berühmtesten Maskenbildnerinnen der Welt aufsteigen und jede Menge Geld verdienen können. Sandra Wanst – so hieß die Maskenbildnerin – gab all diesen Versprechungen nach, verließ Mann und Kind und wurde tatsächlich Assistentin bei Regina. Nun mussten sie nur noch Geld auftreiben. Regina brachte durch den Verkauf einiger Aktien und einen schnellen, wenn auch nicht gerade günstigen Dispokredit bei ihrer Bank, eine ziemliche Summe zusammen. Ferner besorgte sie eine GoPro-Kamera, die sie sich von einer Freundin leihen ließ, und gab ihrer neuen Assistentin Sandra das Abfahrtsdatum bekannt, damit auch sie sich alles besorgte, was sie so für die Reise brauchte. Nach Abschluss der Vorbereitungen verließen beide – Sandra Wanst, ohne von ihrem Kind und ihrem Mann, Regina de la Mancia, ohne von Putzfrau und Neffen Abschied zu nehmen – eines Nachts ihr Städtchen, ohne dass jemand sie sah; und in dieser Nacht legten sie so viel Weg zurück, dass sie im Morgengrauen sicher waren, man würde sie nicht finden, selbst wenn man auf die Suche nach ihnen ginge. Sandra Wanst saß hoffnungsvoll neben Regina auf dem Beifahrersitz und sah sich schon auf den Titelseiten von Vogue und Harper's Bazaar, genau wie ihre Chefin es versprochen hatte. Sie sagte: „Liebe Frau Manca oder Mancia, vergessen Sie nicht, was Sie mir über all die berühmten Hollywoodstars erzählt haben und dass ich sie schminken werde; ich kann sehr wohl Make-Up-Artist für die ganz Großen sein – egal wie groß und bekannt sie sind."

Darauf erwiderte Regina: „Du musst wissen, liebe Freundin Sandra, dass es ein vielfach bestätigter Brauch der Fahrenden Schauspieler war und ist, ihre Maskenbildner an die besten aller Kollegen weiterzuempfehlen und sie so zu sehr viel Geld kommen zu lassen. Durch mich soll diese altehrwürdige Tradition nicht unterbrochen werden; vielmehr gedenke ich noch viel weiter zu gehen. Denn manche meiner Kollegen – vielleicht sogar die meisten – warten so lange, bis ihre Assistenten und Maskenbildner zu alt und müde sind, um zu glitzern und glitzern zu lassen. Ich hingegen habe vor, innerhalb von 2 Wochen eine wichtige Rolle in einem Oscar-reifen Film zu erhalten, weshalb du unverzüglich zu Ruhm und Ansehen gelangen wirst. Das brauchst

---

1 S. 65

2 vgl. S. 65

du nicht für etwas Besonderes zu halten, denn mit Leichtigkeit könnte ich dir sogar noch mehr geben, als ich dir verspreche." „Wenn ich durch eines der Wunder, von denen Sie sprechen", überlegte Sandra Wanst, „Make-Up-Artist den Stars würde, dann wäre Johannes, mein Mann, ebenfalls reich und sorgenfrei und mein Kind könnte auf eine Elite-Schule gehen, nicht wahr?" „Zweifelst du etwa daran?", antwortete Regina. „Ich zweifle daran", versetzte Sandra, „weil ich der Meinung bin, dass, selbst wenn Gott oder der Zufall Geld und Ruhm herabregnen ließen, es doch nicht auf den Kopf eines Johannes passen würde. Wissen Sie, Frau Manca, wahrscheinlich würde er gar nicht wissen, was er mit dem ganzen Geld anfangen soll. Und selbst dann müssten der liebe Herrgott und erfahrene Menschen ihm helfen." „Vertraue auf Gott und denke positiv, Sandra", erwiderte Regina. „Aber werde nicht so kleinmütig, dass du dich am Ende gar mit weniger begnügst als den Warner Bros Studios." „Das werde ich nicht tun, gnädige Frau, vor allem, weil Sie so vornehm und intelligent sind. Sie werden schon wissen, was für mich gut ist und womit ich umgehen kann."

KAPITEL 8

Vom schrecklichen Kampf gegen den Riesen Stay Puft Marshmallow Mann

In diesem Moment bekamen sie ein riesiges Michelin-Männchen zu Gesicht, den Bib, wie sie in dieser Gegend an Tankstellen oft anzutreffen sind. Als Regina ihn erblickte, sagte sie zu ihrer Assistentin: „Jetzt leitet das Glück unsere Angelegenheiten besser als erhofft, denn dort siehst du, beste Freundin Sandra, wie der Riese Stay Puft Marshmallow Mann zum Vorschein kommt; (*Ghostbusters,* Ivan Reitman) den gilt es zu vernichten, will er doch unsere Stadt zerstören. Das wird der Anfang unserer Karriere werden, denn alle werden uns bewundern. Das ist ein redlicher Krieg und damit wird der Menschheit ein großer Dienst geleistet, denn der Typ hier ist mehr als schlecht." „Was für ein riesiges Marshmallow?", fragte Sandra Wanst. „Den du dort siehst", antwortete ihre Chefin, „der mit den langen Armen, wahrscheinlich 2 km lang und richtig fett." „Aber nicht doch, Frau Manca", entgegnete Sandra, „was Sie da sehen, ist kein riesiges Marshmallow, sondern das Michelin-Männchen, und die Arme drehen sich, weil sie von einem Motor angetrieben werden." „Es ist ja wohl mehr als eindeutig, dass du in Sachen Geisterfangen nicht kundig bist; das ist der Marshmallow Mann, und wenn du Angst hast, dann verkrieche dich doch unter dein Bett, während ich dieses Ungeheuer hier vernichten werde", sprach's und stieg aus Rosy aus, ohne den Worten Beachtung zu schenken, die ihr ihre Assistentin Sandra warnend zurief: „Das ist ohne Zweifel der Bib und nicht Stay Puft, den Sie da angreifen wollen."

Aber Regina war so fest davon überzeugt, es sei der Marshmallow Mann, dass sie weder den Zuruf ihrer Assistentin Sandra hörte, noch selbst erkannte, was das Ding nun sei. Vielmehr rief sie mit lauter Stimme: „Lauf nicht weg, du feiges, niederträchtiges Geschöpf, denn ein *Ghostbuster* allein ist es, der dich angreift. Du, den wir in unserer Kindheit geliebt haben und der uns nie, unter keinen Umständen vernichten könnte." In diesem Augenblick fing das Michelin-Männchen an, sich um die eigene Achse zu drehen, da es einem getimten Mechanismus gehorchte, der es in regelmäßigen Abständen rotieren ließ. Regina wandte sich ihm zu: „Auch wenn du noch so viel Panik in den Straßen unserer Stadt stiftest und dich noch so oft zwischen den Wolkenkratzern drehst und wendest und dabei noch blöd lächelst, du wirst doch dabei draufgehen. Wir haben nämlich immer Marshmallows über dem Feuer gebraten. Jetzt wirst du die geballte Kraft meiner Energiestrahlen zu spüren bekommen." (*Ghostbusters,* Ivan Reitman)

So rief sie, holte sich den Gebieter ihres Herzens, Duccio, in Erinnerung, und bat ihn, ihr in einem so entscheidenden Augenblick beizustehen. Ganz ohne Deckung und mit gezücktem Taser gab sie sich selbst die Sporen und griff im vollem Galopp den Bib an; aber gerade als sie ihm den Elektroshock versetzte, drehte sich das Männchen, was einen gewaltigen Kurzschluss verursachte, der Regina fortriss, so dass sie ziemlich übel zugerichtet über die ganze Tankstelle kugelte. Sandra Wanst sprang rasch aus Rosy, um ihrer Arbeitgeberin beizustehen, und als sie sich über sie beugte, musste sie feststellen, dass Regina sich nicht regen konnte, so mächtig war der Stromschlag gewesen, der sie weggeschleudert hatte. „Oh my God!", rief Sandra, „habe ich es Ihnen nicht gesagt, Sie sollten bedenken, dass es nur das Michelin-Männchen ist? Nur jemand, der selbst Bibs im Kopf hat, kann das nicht erkennen!" „Schweig Sandra", antwortete Regina. „Denn die Dinge des Films ändern sich, mehr als andere, fortwährend; zumal ich davon überzeugt bin, dass Mortianna, die mir mein Zimmer und meine Filme raubte, diesen Stay Puft Marshmallow Mann in das Michelin-Männchen Bib verwandelt hat, um mir den Ruhm des Sieges über ihn zu verwehren. So sehr hasst sie mich. Aber am Ende, am Ende, sage ich, wird ihre schwarze Magie wenig vermögen gegen die Macht meines Talents."

„Das gebe Gott!", entgegnete Sandra und half ihr, sich aufzurichten. Und die Schauspielerin stieg wieder in ihre Rosy, die stummer Augenzeuge des Vorfalls gewesen war. Unter Gesprächen über das soeben erlebte Abenteuer zogen sie nun des Weges, weiter nach Star City; denn dort, sagte Regina, müssten sich, es sei nicht anders möglich, viele Filmleute und viele Castings finden, weil sich dort alles trifft, was im Film Rang und Namen hat. Sandra erinnerte sie lediglich daran, dass es Essenszeit war. Ihre Chefin antwortete, sie selbst habe jetzt keinen Hunger, aber sie könne essen, wann immer sie wolle. Auf diese Erlaubnis hin holte Sandra ihre kleine Kühltasche und eine Cola light hervor und biss munter in ihr Wurstbrot. Von Zeit zu Zeit setzte sie mit großem Wohlbehagen die Cola-Dose an den Mund, und während sie so dahinfuhren, hielt sie ihren neuen Job nicht mehr für so anstrengend, sondern freute sich sogar auf all die neuen Abenteuer, die auf sie warteten. Als die Nacht einbrach, quartierten sie sich in einem kleinen Hotel ein, wo Regina einfach keinen Schlaf finden konnte, da sie ständig an ihren Duccio dachte, während Sandra die ganze Nacht in einem Zuge durchschlief, und wenn Regina sie nicht gerufen hätte, wären die Sonnenstrahlen, die ihr ins Gesicht trafen, nicht imstande gewesen, sie aufzuwecken – ebenso wenig wie der Gesang der Vögel, die zahlreich und fröhlich die Ankunft des neuen Tages ankündigten. Regina zog es vor, kein Frühstück zu sich zu nehmen, sondern sich von süßen Erinnerungen zu nähren. Und so fuhren sie weiter auf ihrem Weg ins Reich der Stechpalmen.

KAPITEL 9

Von den anregenden Gesprächen zwischen Regina de la Mancia und ihrer Assistentin Sandra Wanst

„Sage mir, Sandra, hast du je eine bessere Schauspielerin in allen bis heute gedrehten Filmen gesehen? Hast du in den Kritiken von einer anderen gelesen, die überzeugendere Darbietungen gebracht hat als ich?" „Die Wahrheit ist vermutlich", antwortete Sandra, „dass ich kein großer Filmkritiker bin, denn ich bin nicht sonderlich gebildet. Aber ich wette, dass ich niemals einer furchtloseren Dame gedient habe, die obendrein viel jünger aussieht als sie ist. Ich würde was geben, um genauso jung auszusehen wie Sie, Frau Manca. Denn wow, Sie sehen mindestens 10 Jahre jünger aus als Sie sind. Und haben nicht ein einziges graues Haar. Was für einen Conditioner benutzen Sie, wenn ich fragen darf? Denn wenn das so gut funktioniert, dann verzichte ich ab sofort auf den versprochenen Ruhm und verlange als Lohn für meine Dienste weiter nichts als das Rezept dieses Wunderbalsams. Mehr brauche ich nicht. Kostet es sehr viel?" „Für weniger als 30 € lasse ich dir ein ganzes Kilo herstellen", erwiderte Regina. „Worauf warten Sie noch? Stellen Sie es her und geben Sie es mir!" „Still, Freundin. Noch größere Geheimnisse werde ich dich lehren. Somit schwöre ich bei Gott, die beste Schauspielerin der Welt zu werden und es jedem zu beweisen, der unseren Weg kreuzen wird. Jedem Regisseur, jedem Produzenten, jedem Drehbuchautor und auch jedem meiner Kollegen."

„Solche Eidschwüre sind teuflisch, meine Liebe. Sie schaden der Gesundheit und dem Gewissen. Oder meinen Sie nicht? Sagen Sie mir mal, wenn wir vielleicht viele Tage lang niemanden treffen, der in Filmsachen erfahren ist, was sollen wir dann tun? Soll der Schwur trotzdem gehalten werden? Überlegen Sie sich einmal gründlich, dass auf all diesen Wegen keine Filmleute unterwegs sind, sondern ganz gewöhnliche Hausfrauen, Angestellte und Busfahrer, die nicht nur nichts über die Filmerei wissen, sondern vielleicht ihr ganzes Leben lang von vielen Filmen nicht einmal den Titel gehört haben." „Darin täuschst du dich", widersprach Regina. „Wir können überall, auch hier, Gloria Swanson oder Charlie Chaplin begegnen. Beweise mir das Gegenteil!" „Also gut! Lassen wir es darauf ankommen", meinte Sandra etwas ungläubig, „hoffentlich wird es uns immer gut gehen und hoffentlich werden wir bald reich und berühmt werden, und dann kann ich meinetwegen gleich sterben."

„Ich sage dir doch, Sandra, du brauchst dir keine Sorgen zu machen, denn wenn es nicht gleich so kommen wird, so werden wir doch sicher bald auf Sergio Leone stoßen oder auf Sergio Strizzi. Lass uns guter Hoffnung bleiben! Die werden auch einfach zu schminken sein – sind ja nur Männer. Das sollte dich umso vergnügter stimmen." „Ja, ja, Frau Manca. Wir werden ja sehen. Männer oder nicht, haben Sie eigentlich nie Hunger?" „Ich gebe dir hiermit ganz offiziell bekannt, dass es Schauspielerinnen eine Ehre ist, einen ganzen Monat lang nichts zu essen, und selbst wenn sie essen, dann nur das, was sie gerade finden können. Daran würdest du keinen Augenblick lang zweifeln, wenn du so viele Filme wie ich gesehen hättest. Hast du jemals eine fette Schauspielerin gesehen? Nur auf großen Partys, die ihnen zu Ehren gegeben werden, essen sie vielleicht einen Happen. Aber sonst nicht, glaube mir. Selbstverständlich sind auch sie nur Menschen wie wir und müssen deshalb sehr wohl all ihre natürlichen Bedürfnisse verrichten, doch da sie den größten Teil ihres Lebens in Studios, auf Sets und in der Ankleide verbringen, besteht ihre gewöhnliche Nahrung aus einer Flasche Evian-Wasser und mehr auch nicht.

Also, beste Freundin, sorge dich nicht um etwas, das mir gerade recht ist. Erschaffe keine neue Welt und hebe die der Schauspielerei nicht aus den Angeln."[1]

„Nun, ich kann Ihnen sagen, dass ich viel lieber alleine esse, und sei es nur Wasser und Brot, als Kaviar mit einer feinen Gesellschaft. Ich müsste da nämlich hübsch langsam kauen, wenig trinken, nicht niesen oder husten." „Oh, Sandra. In unserem abscheulichen Zeitalter, voller Betrug, Arglist und Bosheit ist keiner sicher. Da die Schlechtheit stets gedieh, wurde der Film eingesetzt, um Hoffnung zu spenden, die Einsamen zu trösten, die Witwen zu kräftigen und den Waisen und Hilfsbedürftigen beizustehen. Zu diesem Orden gehöre eben auch ich. Und ich werde ganz bestimmt auf angesagte Partys gehen und du wirst mich wohl oder übel begleiten müssen." Eine Rede, die sich Regina auch hätte sparen können, denn Sandra hatte diese zwecklosen Worte an sie nur teilweise verstanden, obwohl sie ohne ein Wort der Erwiderung mit offenem Mund und stumm vor Verwunderung zugehört hatte.[2]

1 vgl. S. 86

2 vgl. S. 90

KAPITEL 10

Mit der Geschichte des jungen Harolds, neben anderen Begebenheiten

Als sie nun so dahinfuhren, bat Regina Sandra darum, in den News nachzusehen, wer denn gestorben sei. „Ach bitte, beste Freundin, würdest du so liebenswürdig sein, das Handy zu zücken und mir berichten, welche Berühmtheit gestern von uns geschieden ist?" Sandra googelte das schnell mit den passenden Keywords und fand heraus, dass an diesem Tag ganz in der Nähe das Begräbnis des berühmten Jim Morrison stattfinden würde. Sie fragte Regina also, ob sie vorhabe, zu dem Begräbnis von Jim Morrison zu gehen, das in aller Munde war. Regina, die nichts anderes wünschte, befahl Sandra sofort, den Weg dorthin im Navi einzugeben. Sandra kam dem höchst eilfertig nach und ebenso eilig machten sie sich auf den Weg. Sie waren keine Viertelmeile mehr vom Friedhof entfernt, als ihnen ein Dutzend schwarze Limousinen mit verdunkelten Fenstern entgegenkam. „Da siehst du? Das ist Harold mit seiner Mutter! Wo ist nur Maude, seine Mrs Robinson?" (*Harold und Maude*, Al Ashbuy; *Die Reifeprüfung*, Mike Nichols) „Wen meinen Sie, Frau Manca?" „Diesen aufgeweckten Jungen, Harold, der sich die Zeit auf Begräbnissen vertreibt. Weißt du, Sandra, es war auf einem Begräbnis, dass er Maude kennengelernt hat, die Liebe seines Lebens."

„Oh, das ist zwar etwas makaber, aber warum nicht. Die Liebe fällt ja bekanntlich da hin, wohin sie will." „Ja, das kann man wohl sagen. Immerhin ist Maude ganze 79 Jahre alt, während Harold knapp 18 ist. Und dennoch hat es bei ihnen gefunkt. Und wie es gefunkt hat! Es war aber keineswegs nur Sex. Nein, nein, das war echte Liebe!" „Solche Perverslinge soll es ja zuhauf geben." „Du weißt nicht, was du da sprichst, du einfältige Handlangerin! Was ist schon ein Menschenleben im Vergleich zur unendlichen Liebe? Nur ein minimaler Ausschnitt, der bei Gott nicht das Ewige ausdrücken kann. Harold und Maude sind glücklich. Nur das zählt. Bevor er sie kennenlernte, hat er auf alle möglichen Arten versucht, Selbstmord zu begehen. Vor den Augen seiner Mutter hat er sich in den Mund geschossen, sich erhängt, sich ersäuft. Am Ende glaubte ihm natürlich keiner mehr. Aber das war ja auch ganz unwichtig. Wichtig war, dass Maude ihm erzählt hat, wie sehr sie es liebt, Pflanzen wachsen zu sehen. Wie sie gedeihen und groß werden. Wie sie blühen, leben und sich ihres Daseins freuen. Bis sie dann wieder verwelken, blass und grau werden und am Ende sterben. Sie verwandeln sich dann allerdings zu etwas anderem. Maude wollte sich immer in eine Sonnenblume verwandeln. Das hätte ihr auch gut gestanden. So groß und einfach."

Unter solchen Gesprächen bewegten sie sich weiter, als sie sahen, wie über eine hohe Zypressenallee etwa 20 Rockmusiker herabkamen, alle in schwarzen Smokings. Sechs von ihnen trugen eine Bahre, die unter einer Masse von Blumen und Zweigen beinahe verschwand. Mit Blick auf diese Szene erklärte Regina: „Die dort kommen, tragen Jims Leiche und in diesem Friedhof ist die Stelle, die er zu seinem Grabe bestimmt hat." Sie beeilten sich daher und kamen gerade hinzu, als die Träger die Bahre niedergesetzt hatten. Alle grüßten sich höflich. Regina und ihre Begleiterin richteten ihre ganze Aufmerksamkeit auf die Bahre und erblickten unter den Blumen einen Leichnam mit nacktem Oberkörper,

> dem Anschein nach im Alter von weniger als 30 Jahren; und noch im Tode war er schön und stattlich.[1]

Auf der Bahre rund um ihn herum lagen einige Joints und viele Häufchen Koks, Heroin und Methamphetamine, teils offen, teils in Plastikbeuteln verschlossen.

Sowohl die Umstehenden als auch die Grabbereiter schwiegen ehrfurchtsvoll, bis einer der Träger fragte: „Ist das die Stelle, Walter White, die Jim ausgewählt hat? (*Breaking Bad*, Vince Giligan) Wir wollen doch alle, dass alles ganz genau so vollstreckt wird, wie es im Testament steht." „Hier ist die Stelle", antwortete Walter White, „denn hier hat mein trübsinniger Freund mir oft die Geschichte seines Unglücks erzählt. Hier, sagte er mir, habe er zum ersten Mal seine Todfeindinnen erblickt und gekostet, voller Unschuld und Neugier. Hier war es, wo er ihnen hoffnungslos verfiel, und hier wurde ihm bewusst, dass er dem Trauerspiel seines elenden Lebens durch sie ein Ende machen würde. Eben hier wollte er ‚in den Schoß der ewigen Vergessenheit versenkt werden'."[2] An Regina und ihre Sandra gewandt, fuhr er fort: „Dieser Körper, ihr Damen, den ihr mit mitfühlenden Augen betrachtet, enthielt eine Seele, die der Himmel mit einem einzigartigen Genius beschenkt hatte.

> Dies ist der Körper jenes Jims, der einzig war an Geist und Talent, einzig an Poesie, unvergleichlich an liebenswürdigem Wesen, ein Phönix auf der Bühne, großmütig ohne Grenzen im Tonstudio, würdevoll und doch voll Anmaßung, heiter, ohne zu niedrigem Schmerz herabzusteigen, und, in einem Worte, der Erste in allem, was gut und groovy, und ohnegleichen in allem, was unglücklich ist.[3]

---

1 vgl. S. 107

2 S. 108

3 vgl. S. 108

Er lief dem Winde nach, ,er erhob seine Stimme in der einsamen Öde'[1], bis er mitten aus dem Leben in die ewige Finsternis hinabgestoßen wurde.

Seine Kunst machte ihn unsterblich und alle Generationen werden ihn vergöttern. Wenn nur nicht diese Präparate gewesen wären, auf die ihr hier seht. Wir werden sie dem Feuer übergeben, sobald wir seinen Körper der Erde anvertraut haben. So hat er es angeordnet." „Da würden Sie mit großer Härte und Grausamkeit gegen sie verfahren"[2], sagte Jesse Pinkman, einer der Trauergäste. „Es ist nicht richtig, den Willen eines schwerkranken Mannes zu vollziehen, dessen Anordnungen die Grenzen alles vernünftigen Denkens überschreiten.[3] Wenn wir auch den Körper unseres Freundes der Erde übergeben müssen, so sollten wir dennoch seine Freunde nicht der Vernichtung anheim geben. Verleihen wir vielmehr diesen Pulvern Leben, damit Jims Genie ebenfalls auf ewig lebe, ,um in den kommenden Zeiten den Lebenden zum Beispiel zu dienen, dass sie es meiden und scheuen, in solche Abgründe zu fallen'.[4] Denn ich und alle hier kennen die Geschichte unseres durch übertriebene Lebensfreude in Verzweiflung gestürzten Freundes. Wir kennen die Ursache seines Todes. Eine jammervolle Geschichte, die zeigt, welches Ziel die Reiter im Sturm erreichen, die mit losen Zügeln die Nacht durchbrausen und sinnlos das Absolute suchen. Gestern Abend erfuhren wir von Jims Tod und dass er an diesem Ort bestattet werden sollte. Harold und Maude haben es auch erfahren. Wo sind sie übrigens? Aus Neugier und aus schmerzlichem Mitgefühl wollten wir an seiner letzten Reise teilnehmen. Wir bitten dich, Walter White, als verständigen Mann – ich wenigstens meinerseits, bitte dich flehentlich, verbrenne diese Mittel nicht, sondern lass mich einige davon mitnehmen."

Ohne die Antwort von Walter White abzuwarten, streckte er die Hand aus und nahm einige von den Pülverchen, die er zu fassen bekam, an sich. Walter White, der es nicht hatte verhindern können, blieb nichts anderes übrig als zu erwidern: „Ich erlaube dir aus reiner Höflichkeit, die Mittel, die du schon genommen hast, zu behalten. Aber glaube ja nicht, dass ich darauf verzichte, den Rest zu verbrennen." Jesse Pinkman wurde augenblicklich von dem Wunsch befallen, die Wirkung des Pulvers sofort kennenzulernen und holte sein Arsenal aus der Tasche, um alles für den Schuss zu präparieren. „Dies ist das letzte, was der Unglückliche sich zu Gold gespritzt hat. Damit ihr seht, wohin ihn sein Elend gebracht hat, gib dir den Schuss hier vor uns allen, dass

---

1 S. 108

2 S. 108

3 S. 108

4 S. 108

man dich sehen kann. Die Zeit, die man braucht, um das Grab herzustellen, wird dir dazu völlig ausreichen." „Mit dem größten Vergnügen", gab Jesse Pinkman zurück, und da die Anwesenden alle das Schauspiel mit ansehen wollten, bildeten sie einen Kreis und er vollzog mit ruhiger Hand das magische Schmerzensritual höllischer Verzweiflung. Und es ward, als ob allen vom blutigen Herzen Stücke gerissen würden. Kann man im selben Augenblick hoffen und fürchten?

KAPITEL 11

Vom noch nie gesehenen Filmabenteuer, das Regina de la Mancia besser besteht als der erfahrenste Schauspieler auf Erden

Voll heldenhafter Hoffnung sprang Regina nach diesen deprimieren-
den Augenblicken in ihre Rosy und mit dem Schminktäschchen am
Handgelenk schwang sie ihren Lippenstift und verkündete: „Sandra,
meine Freundin, du musst wissen, dass ich nur zufällig in diesem albernen
Zeitalter zur Welt kam, um in ihm das Zeitalter des wahren Filmes und der
wahren Schauspielkunst zur Auferstehung zu erwecken. Ich bin die, für die
die besten Rollen, die wunderbarsten Filme und die Werke wahrer Künstler
aufgespart sind. Ich bin die, ich sage es nochmal, durch die James Stewart,
Grace Kelly und Liz Taylor wiederauferstehen und die ganze Schar des berühmten Fahrenden Volkes der vergangenen Zeit in Vergessenheit gebracht
werden wird, indem ich in dieser jetzigen, in der ich lebe, solche gewaltigen
Werke, außerordentlichen Dinge und schauspielerischen Bestleistungen er-
bringen werde, dass sie die glänzendsten jener früheren Rollenspieler in den
Schatten stellen werden. Das Herz springt mir regelrecht in der Brust und ich
freue mich auf dieses Schauspielabenteuer und sei es noch so schwierig. Jetzt
werde ich Rosy anfeuern und Gas geben. Du allerdings bleibst hier. Kehre
ich in drei Tagen nicht zurück, so kannst du dich nach unserem Städtchen
heimwenden, und von da gehst du bitte in das Val d'Orcia, wo du meinem
unvergleichlichen Herrn Duccio sagst, dass die Schauspielerin, die er in sich
verlieben machte, gestorben sei, weil sie sich an Taten wagte, die sie ihm
würdig machen sollten.“

Als Sandra das hörte, brach sie zutiefst gerührt in Tränen aus und
schluchzte: „Frau Manca, ich weiß nicht, warum Sie so schreckliche Dinge
sagen. Mir kommen Sie jetzt so traurig vor, ja eine *Schauspielerin von der traurigen Gestalt* sind sie jetzt.“ Regina fragte Sandra, was sie dazu veranlasse, sie
die Schauspielerin von der traurigen Gestalt zu nennen. „Ich will's Ihnen
sagen“, antwortete Sandra, „und zwar deshalb, weil ich Sie eine Zeitlang im
Scheinwerferlicht betrachtet habe – und tatsächlich stellen Sie seit kurzem
die jämmerlichste Gestalt dar, die ich je gesehen habe. Das muss entweder
von dem langen Fahren kommen, oder aber die schmerzliche Beerdigung hat
sehr an Ihren Kräften gezehrt. Sie sehen fahl, zerzaust und wirr aus.“

„Nun, jeder Schauspieler, der etwas auf sich hält, braucht irgendeinen

Beinamen. Ich meine, Sylvester Stallone ist *The Italian Stallion*, Jennifer Lopez, wird auch *The Butt* genannt und Steve McQueen war der *King of Cool*. Und unter diesen Namen und Zeichen sind sie auf der ganzen Erde bekannt. Ich denke, ich werde mich ab jetzt die Schauspielerin von der traurigen Gestalt nennen." „Ich bin von zu Hause los, um Ihnen zu assistieren, weil ich glaubte auf-, nicht abzusteigen." „Die Geschenke, die ich versprochen habe, werden schon zu ihrer Zeit kommen, und wenn sie nicht kommen sollten, dann wird wenigstens der Lohn nicht ausbleiben, wie ich dir schon sagte." „All das ist ganz gut, was Sie da sagen", sprach Sandra, „aber ich möchte wissen – falls etwa die Zeit für die Geschenke nicht kommen sollte und es nötig wäre, die Zeit des Lohnes in Betracht zu ziehen, wie viel würde ich denn bekommen?" „Nach Vater und Mutter muss eine Assistentin ihren Arbeitgeber ehren, als ob er oder sie die Familie selbst wäre. Hol dich der Teufel, Sandra! Du Treulose voller Bedenklichkeiten! Selbstverständlich werde ich dich bezahlen. Und sogar reichlich. Ich werde dir noch zeigen, aus welchem Stoff ich geschaffen bin", schleuderte ihr Regina ins Gesicht.

Sandra schwieg eingeschüchtert, warf dann aber nach einer gewissen Zeit ein: „Ich überlege mir seit einigen Tagen, wie wenig Gewinn und Nutzen Sie davon haben, auf die Suche nach diesen Schauspielabenteuern zu gehen, die Sie, liebe Frau Manca, auf den Autobahnen und auf Friedhöfen suchen. Denn hier ist niemand, der Sie sehen könnte. Wir gehen in der Anonymität unter, was Ihrem Vorhaben so gar nicht nützlich ist und was Sie außerdem nicht verdient haben. Deshalb sollten wir eher weiterfahren und irgendeinen Regisseur oder sonst einen großen Produzenten um einen Job bitten, der vielleicht gerade einen Monumentalfilm dreht und in dessen Dienst Sie, liebe Frau Manca, das ganze Talent Ihrer Person, Ihre große Erfahrung und Ihren Verstand, der noch größer ist, an den Tag legen können. Sobald der Regisseur oder Produzent, bei dem Sie jobben würden, dies alles gesehen hat, muss er sie entsprechend belohnen, ganz nach Ihren Verdiensten. Von mir will ich dabei gar nicht reden, denn meine Mitwirkung wird über die Grenzen der Assistenz wohl nicht hinausgehen; obwohl ich sagen würde, wenn es in der Schauspielerei Brauch ist, Taten der Assistenten zu beschreiben, ,werden die meinigen auch nicht zwischen den Zeilen steckenbleiben'."[1]

> „Das ist gar nicht so dumm", sagte Regina, „aber bevor man an
> diesen Punkt kommt, muss man durch die Welt streichen und
> zur Bestätigung seiner selbst auf Abenteuer aus sein, damit man,
> wenn etliche siegreich zu Ende geführt sind, einen solchen Na-
> men und Ruf erlangt, dass der Schauspieler, wenn er sich in die

---

1 S. 185

Studios irgendeines großen Produzenten begibt, schon durch seine Werke bekannt ist.[1]

Und kaum sehen die jungen Praktikanten ihn oder sie durch das Tor fahren, so laufen sie hinter ihm oder ihr her und schreien überall: das ist die Schauspielerin vom Bären oder von der Palme oder vom Löwen oder von sonst einem Abzeichen, unter dem sie große Taten vollbracht hat. Das ist sie, werden sie sagen, die in zwei Monaten 20 Kilo abgenommen hat, um bei *Cast Away* (von Robert Zemeckis) mitzuspielen, die ganz ohne Stuntman den Streitwagen bei *Ben Hur* (von William Wyler) selbst gelenkt hat und dabei in die Luft geschleudert wurde, schier 900 m hoch.

So wird man von einem zum andern ihre Taten ausrufen und bei dem Lärm der Praktikanten und des andern Volkes wird der Produzent oder der Regisseur sich an den Fenstern seiner Studios zeigen und sobald er die Schauspielerin erblickt, wird er sie sofort erkennen und zwangsläufig rufen müssen: ‚Auf, auf, hinaus, ihr meine Schauspieler, alle, die in meinen Studios weilen, um die Blume des Films, die da herannaht, zu begrüßen!' Daraufhin eilen alle hinaus und der Produzent schreitet bis zur Mitte des Hofes heran, um sie innig zu umarmen und sie mit einem Kuss willkommen zu heißen. Dann führt er sie gleich in seine Villa zu seiner Frau, wo auch sein Sohn ist, der einer der allerschönsten und begehrtesten Erben der ganzen Welt ist.

Sofort wendet er die Augen zu ihr und sie die ihrigen zu ihm und alle beide haben das Gefühl, sie würden etwas Göttliches erblicken. Ohne sich über das Wie oder das Wieso bewusst zu sein, sind sie verzweifelt ineinander verliebt – aber gleichzeitig auch in großen Herzensnöten, weil sie nicht wissen, wie sie zueinanderkommen sollen, um miteinander zu sprechen und sich ihre Gefühle zu gestehen. Dann wird die Schauspielerin in ein anderes reich eingerichtetes Zimmer der Villa geführt, wo man ihr kostbare Designer-Kleider bringt, und wenn sie vorher beeindruckend aussah, so erscheint sie jetzt noch cooler im Casual Look. Der Abend kommt, sie diniert mit dem Produzenten, seiner Ehefrau und ihrem Sohn; sie blickt ihn verstohlen an und er tut dasselbe mit derselben Vorsicht, denn, wie gesagt, er ist ein äußerst kluger Erbe. Die Tafel wird aufgehoben und die Dienstleute bringen verschiedene Spiele, vor allem Trivial Pursuit und andere Ratespiele, bei denen keiner so glänzt und so viel weiß wie die fremde Schauspielerin. Darüber ist der Erbe hochvergnügt, aber das Beste dabei ist, dass dieser Produzent oder Regisseur, oder was er sonst ist, einen äußerst hartnäckigen Rechtskrieg um die Urheberrechte eines Films mit einem anderen,

---

1 vgl. S. 186

ebenso mächtigen Herrn zu führen hat und die fremde Schauspielerin bittet ihn, ihm in besagtem Krieg ihre Dienste widmen
zu dürfen.[1]

Der Produzent gewährt ihr mit bereitwilliger Freundlichkeit diese Gunst.
Und es wird beschlossen, dass sie tags darauf seine Rechtsanwälte treffen
und am Prozess in Hinkley teilnehmen sollte. (vgl. *Erin Brockovich*, Steven
Soderbergh) In derselben Nacht verabschiedet sie sich von ihrem Gebieter,
dem Erben, im Garten.

Er seufzt, sie fällt in Ohnmacht, kommt aber dann doch wieder
zu sich und reicht ihm ihre weißen Hände, die er tausendmal
küsst und mit seinen Tränen badet.[2]

Sie besprechen, wie sie diese Fernbeziehung führen werden und die Schauspielerin bittet ihn, ihr sobald wie möglich zu folgen. Das verspricht er hoch
und heilig und küsst ihr abermals die Hände. Er hätte auch gerne mit ihr geschlafen, doch irgendwie wollen beide das Ganze romantisch halten, weshalb
sie ihn nur würdevoll und voller Abschiedsschmerz verlässt.

So geht sie in ihr Gemach, wirft sich aufs Bett, kann vor Schmerz nicht
einschlafen, steht sehr früh am Morgen auf und möchte sich schon früh
vom Produzenten, seiner Gattin und dem Erben verabschieden. Sie hört,
nachdem sie dem Ehepaar auf Wiedersehen gesagt hat, der Sohn fühle sich
nicht wohl und könne keinen Besuch empfangen. Die Schauspielerin vermutet, der Schmerz wegen ihres Scheidens sei die Ursache. Das durchbohrt
ihr schier das Herz und fast fällt sie in Ohnmacht. Ein Praktikant sieht und
merkt sich alles, geht und überliefert es dem Erben, der ihn mit Tränen emp-
fängt und ihm verrät, dass er sich große Sorgen mache, weil er nicht wisse,
wer seine Schauspielerin genau sei und ob sie von wohlhabenden Filmleuten
abstamme oder nicht. Der Praktikant versichert, dass ein solch feines und
adeliges Benehmen und eine solche Intelligenz wie die seiner Schauspielerin
sich nur bei einer Frau aus einer ehrenreichen und künstlerischen Familie
fänden. Der besorgte Erbe googelt sich mit dem Namen der Schauspielerin
durch das Netz, ist getröstet und zwei Tage darauf zeigt er sich wieder öffentlich im internationalen Jet Set in Gstaad.

In der Zwischenzeit kämpft die Schauspielerin im Krieg, besiegt den
Feind des Produzenten, gewinnt viel Geld und triumphiert in vielen juristi-
schen Schlachten. Sie kehrt zu den Studios zurück, sieht ihren Gebieter von
Ferne und läuft in Slow Motion auf ihn zu – auch er eilt ihr entgegen – und
als sie aufeinandertreffen, springt sie auf, wie eine junge Gazelle, und um-
armt ihn mit den Armen und den Beinen. Er greift sie, hebt sie dem Himmel

---

1 vgl. S. 187

2 vgl. S. 187

entgegen, rotiert mit ihr und küsst sie halb tot. Es wird verabredet, dass sie heiraten werden. Der Produzent ist Anfangs nicht sehr begeistert, aber trotz allem, ob der Erbe nun entführt wird oder ob es auf irgendeine andre Weise geschieht, wird er am Ende ihr Gatte und alle sind glücklich. Zuletzt wird in Erfahrung gebracht, dass die Schauspielerin eine Tochter des gewaltigen Fellini ist. Der Vater des Erben stirbt und der Sohn erbt alles; kurz und gut, die Schauspielerin wird selbst Produzentin und Regisseurin. Und hier, liebe Sandra, kommt es nun gleich zur Belohnung für die Assistentin und für alle, die ihr geholfen haben, zu einem so hohen Stand emporzusteigen."

„So soll's sein!", sagte Sandra. „Daran will ich fest glauben, denn alles muss bei Ihnen, Frau Manca, die Sie sich die Schauspielerin von der traurigen Gestalt nennen, buchstäblich so eintreffen, wie Sie es beschreiben." „Zweifle nicht daran", erwiderte Regina, „denn genau auf diese Weise und ganz mit demselben Verlauf stiegen und steigen die Fahrenden Schauspieler empor zum Range von Regisseuren und Produzenten. Jetzt müssen wir nur noch herausfinden, welcher Produzent einen schönen Sohn hat und einen Krieg führen muss. Aber wir haben Zeit, das zu bedenken, weil, wie ich dir bereits gesagt habe, man muss erst anderwärts berühmt werden. Erst danach kann man zu den Studios gehen." „Deshalb", erwiderte Sandra, „bleibt uns nichts anderes übrig, als uns Gott zu befehlen und dem Schicksal seinen Lauf zu lassen und abzuwarten, wohin es uns führen wird."

„Gott füge das so, wie ich es wünsche und du es brauchst, Sandra; und wer sich für einen Lumpen hält, der mag eben ein Lump bleiben.[1]

Gut aussehen wirst du jedenfalls", sprach Regina, „aber du wirst dir die Haare öfter nachfärben lassen müssen; denn wie du sie jetzt trägst, so dicht, struppig, unordentlich und mit grauem Haaransatz, sieht man sofort, was du bist." „Ich werde mir einfach einen Hairstylisten fest anstellen", entgegnete Sandra. „Und sollte es nötig sein, lasse ich ihn hinter mir her traben, wie den Assistenten eines Großen." „Da hast du recht", erwiderte Regina, „es ist eine Sache größeren Vertrauens, die Haare zu färben als ein Auto zu kaufen". „So ist es", antwortete Sandra; und wie sie ihre Augen aufhob, sah sie, was im folgenden Kapitel gesagt werden soll.

---

1 vgl. S. 190

KAPITEL 12

Was der Schauspielerin Regina de la Mancia
in Snoqualmie zustößt

Regina legte den ersten Gang ein, ohne ihr ein Wort zu entgegnen und so gelangten sie zu den nahen Vorbergen von Snoqualmie. (*Twin Peaks*, David Lynch) Als die Schauspielerin nun so mitten ins Gebirge kam, frohlockte ihr Herz, denn sie ahnte, diese düsteren Gegenden, die so sehr dem Szenario von Twin Peaks glichen, seien ganz die geeigneten für die Abenteuer, denen sie nachging. „Denn eines musst du wissen, Sandra! Wenn du je sagen wirst, dass ich mich aus Furcht vor einem Schauspielabenteuer zurückgezogen habe, so lügst du. ‚In der Gegenwart bis in alle Zukunft und in der Zukunft bis in alle Gegenwart strafe ich dich Lügen und sage, dass du lügst und lügen wirst, sooft du es denken oder sagen'[1]." „Frau Manca, weise Frauen und Männer setzen nicht alles an einem Tag aufs Spiel; und wissen Sie, selbst wenn ich nur eine ungebildete Make-Up-Artistin bin, so verstehe ich doch etwas davon, wie man sich im Leben zu benehmen hat."

Bei diesen Worten holte Sandra einen Marsriegel hervor und hätte nicht einen Cent darum gegeben, ein neues Abenteuer zu finden, solange sie ein so süßes Dasein führte. Sie schlug die Augen auf, als ihre Chefin anhielt und versuchte, ein Paket, das mitten auf der Straße lag, mit ihrer Fußspitze anzuschubsen. Sandra beeilte sich, ihr dabei zu helfen und kam gerade im Augenblick hinzu, als Regina das Paket, das doch recht schwer war, mit beiden Armen emporhob. Regina bat Sandra nachzusehen, was es enthielte. „Ich kann mir schon denken, was sich darin finden wird. Nichts Minderes als ein Kopf. Jawohl, ein ganzer abgesäbelter menschlicher Kopf. Früher hing er am Körper meiner wunderschönen, schwangeren Frau. Doch jetzt … Denn das ist *Sieben* (*Sieben*, David Fincher) *und ich will doch verteufelt sein, wenn ich ihn nicht bald finde, diesen Mistkerl! Und dann, dann werde ich dich erschießen, Dafoe!*"

Während Regina diese Vermutungen ausstieß, öffnete Sandra das Paket und fand darin vier Hemden aus feinem Batist, neben anderen Sachen aus Seide und Cashmere – alles sauber und schön. Außerdem kam auch ein kleines, reichverziertes Notizbuch zum Vorschein, das Regina unbedingt sehen wollte. „Ich denke, Sandra, es kann nicht anders sein, irgendein Wanderer muss

---

1 S. 204

über das Gebirge gekommen sein, und Kriminelle müssen ihn überfallen, umgebracht und ihn zu diesem versteckten Ort geschleppt haben, um ihn zu begraben. Wir wollen sehen, ob in diesem Notizbüchlein etwas geschrieben steht, das uns dabei hilft, mehr zu entdecken und herauszufinden." Sie öffnete es und das erste, was darin stand, war ein Sonett, ja, ein Liebessonett.

„Mein Gott, das nenne ich einen richtigen Poeten, oder ich verstehe nichts von dieser Kunst." „Also verstehen Sie sich auch auf Reime, Frau Manca?", fragte Sandra. „Mehr als du glaubst", entgegnete Regina, „und das sollst du sehen, wenn du einmal einen Brief, von oben bis unten in Versen geschrieben, an meinen Gebieter Duccio dal Tosco überbringen wirst. Du musst nämlich wissen, Sandra, dass die meisten Fahrenden Schauspieler der vergangenen Zeit große Dichter und große Musiker waren, denn diese beiden Talente, oder besser gesagt ‚Himmelsgaben' gehören zum Wesen der Fahrenden Schauspieler, wenn sie verliebt sind."[1]

Die Schauspielerin von der traurigen Gestalt war über alle Maßen neugierig zu erfahren, wem das Paket wohl gehörte und schloss aus dem Sonett und den feinen Hemden, es müsse einem Verliebten aus großbürgerlichem Hause gehört haben, der von seiner Geliebten verschmäht worden und deshalb zu irgendeinem verzweifelten Schritt getrieben worden war. Während ihr diese Überlegungen durch den Kopf gingen, erblickte sie auf einer Anhöhe einen ungemein flinken Menschen, der geschwind von Fels zu Fels, von Strauch zu Strauch dahinsprang. Der Mann kam ihr halbnackt und barfuß vor, mit einem dichtem, schwarzen Bart und struppigen Haaren. Seine Hose schien von feinem Schnitt und bestem Stoff zu sein, war allerdings so zerfetzt, dass an vielen Stellen die Haut durchblitzte. Regina vermutete natürlich, dies müsse der Eigentümer des Pakets und des Notizbuches sein, und beschloss, ihm entgegenzugehen. Der junge Mann hielt ebenfalls auf sie zu und murmelte etwas Unverständliches in seinen Bart.

Als er vor ihnen stand, grüßte er mit tonloser, heiserer Stimme, doch mit viel Höflichkeit.[2]

Regina erwiderte den Gruß, ging auf ihn zu, umarmte ihn und hielt ihn eine gute Weile so innig umschlungen, als würde sie ihn schon seit langer Zeit kennen. Dieser junge Mann, den wir den „Lumpen von der jämmerlichen Gestalt" nennen könnten, wie Regina de la Mancia die Schauspielerin von der traurigen Gestalt, ließ sich die Umarmung erst gefallen, schob sie dann aber ein wenig beiseite, legte die Hände auf die Schultern der Schauspielerin, sah sie eine Weile lang an, als wolle er nachsinnen, ob er sie erkenne, und war vielleicht

---

1 vgl. S. 207

2 vgl. S. 214

nicht weniger über Reginas Gesicht, Gestalt und Aufmachung verwundert, als Regina sich über ihn wunderte. Der erste, der nach der Umarmung endlich das Wort ergriff, war der „Lump von der jämmerlichen Gestalt".

KAPITEL 13

Das die Fortsetzung des Abenteuers
bei Phoenix enthält

Unsere Geschichte geht nun damit weiter, dass Regina dem elenden Vogelstopfer vom Gebirge aufmerksam zuhörte, der folgendermaßen das Gespräch eröffnete: „Gewiss, liebe Dame, wer immer Sie auch sind – denn ich kenne Sie nicht – ich danke Ihnen für Ihr freundliches Benehmen und die Höflichkeit. Ich wünschte, ich könnte Ihnen ebenso viel Freundlichkeit entgegenbringen. Doch mein Schicksal hat mich hart wie Stahl werden lassen, und Wohltaten, die mir erwiesen werden, erwidere ich nur mit Rachegelüsten."

„Ich hingegen habe bereits beschlossen, nicht eher dieses Gebirge zu verlassen, bis ich nicht von Ihnen erfahren haben werde, ob für Ihr Leiden, das Sie augenscheinlich sehr deprimiert, irgendein Hilfsmittel zu finden ist. Und falls Ihr Unglück sich allem Trost verweigert, dann will ich, so gut ich kann, es mit Ihnen beklagen und beweinen; denn auch das ist Trost im Leiden, eine Seele zu finden, die Mitleid empfindet. So sagen Sie mir, wer Sie sind und was Sie dazu gebracht hat, in dieser öden Wildnis zu leben und zu sterben wie die vernunftlosen Tiere; denn unter diesen weilen Sie, sich selbst extrem entfremdet, wie Ihre Kleidung und Ihr Aussehen es zeigen."[1]

Als er die Schauspielerin von der traurigen Gestalt so reden hörte, tat Bates aus dem Walde nichts weiter als sie anzuschauen und wieder anzuschauen, die Augen zu verdrehen und sie abermals von oben bis unten zu beschauen. (vgl. *Psycho*, Alfred Hitschcock) Und als er sie lange genug betrachtet hatte, sagte er zu ihr: „Wenn Sie etwas für mich zu essen haben, dann geben Sie es mir bitte, und sobald ich gegessen habe, werde ich zum Dank alles tun, was man von mir verlangt."

Bereitwillig holte Sandra aus ihrer Lunchbox so viel hervor, dass der Lump seinen Hunger damit stillen konnte; er verschlang alles wie ein Irrer, so hastig, dass er sich von einem Bissen zum anderen keine Zeit ließ, und während er aß, sprachen weder er noch die Zuschauerinnen ein einziges Wort. Als er fertig war, bedeutete er ihnen, ihm zu folgen. Er führte sie zu einem grünen

---

1 vgl. S. 215

Rasen, hinter einem Felsen in der Nähe, wo durchaus auch eine viktorianische Villa zum Vorschein hätte kommen können. Regina sah sie zumindest bereits vor ihrem inneren Auge.

Dort angekommen, ließ er sich im Gras nieder und die anderen taten es ihm nach, ohne dass einer ein Wort sprach, bis der Lump, nachdem er es sich gemütlich gemacht hatte, zu sprechen begann: „Wenn die Damen wünschen, dass ich in kurzen Worten die Unermesslichkeit meines Missgeschicks berichte, so müssen sie mir versprechen, mich mit keinerlei Frage oder etwas anderem zu unterbrechen; sonst höre ich auf der Stelle auf zu erzählen. Meine Mutter mag das nämlich gar nicht.

Sie hasst es, unterbrochen zu werden; sie hasst auch alle Frauen, die irgendwie Gefallen an mir finden, was ich auch verstehen kann. Ich versuche so gut es geht, ihr immer alles Recht zu machen und kümmere mich auch um sie. Denn ist es nicht so? Der beste Freund eines Mannes ist und bleibt seine Mutter – auch wenn ein Sohn den Geliebten niemals ersetzen kann. Ich hätte sie niemals in irgendeine Anstalt gesteckt. Niemals! Sie ist doch so lieb und könnte keiner Fliege etwas antun. Sie dreht nur manchmal etwas durch. Aber das tun wir doch alle. Ich meine, ich warne Euch, weil ich rasch über den Bericht meiner Leiden hinwegkommen möchte, den ihr mir ins Gedächtnis zurückruft. Er bewirkt nichts anderes als den früheren Schmerzen neue hinzuzufügen, und je weniger ihr mich fragt, desto schneller werde ich mit der Erzählung zu Ende kommen."

Regina versprach es ihm, weshalb dieser weiterfuhr:

„In meiner Heimat, auf jenem Fleckchen Erde, lebte ein Engel, eine junge Frau, voller Liebe und Herrlichkeit, wie ich sie in meinem ganzen Leben nicht angetroffen hatte. Und ich war doch immer so allein gewesen. So hohe Schönheit schmückte Marion, die ich liebte und in meinem Herzen hegte. Sie war reich – hatte sie doch über 40.000 $ geerbt oder gestohlen. Auch sie liebte mich mit all der Einfalt und Treue, die sich von ihren jungen Jahren erwarten ließen.[1]

Oft sagte sie, dass manchmal ein einziges Mal genug sein kann, womit sie Recht hatte. Ich habe wirklich nie verstanden, warum Mutter sie so ‚schmutzig‘ fand. Sie wusch sich doch gerade unter der Dusche. Es verlief auch alles ohne viel Blutvergießen – eine saubere Sache, würde ich sagen. O Himmel, wie viele Briefe schrieb ich ihr und wie viele Lieder dichtete ich!

Wie viele Liebesgesänge, in denen das Herz seine Gefühle offenbarte und schilderte, seine glühenden Wünsche darstellte, in Erinnerungen schwelgte und seine Leidenschaft lebendig erhielt! Eines gelang mir besonders gut. Das geht so:

---

1 vgl. S. 217

'I used to love her but I had to kill her, I had to put her six feet under, And I can still hear her complain, She bitched so much, she drove me nuts, And now I'm happier this way'.(*Guns N' Roses Used to love her*) Als ich es nicht mehr aushielt und fühlte, wie meine Seele vor Sehnsucht nach ihr fast zerging, entschloss ich mich, das in die Tat umzusetzen und mit einem Schlag (oder mehreren Einstichen) zu Ende zu führen, was mir am angebrachtesten schien, um den ersehnten und verdienten Liebeslohn zu erringen.[1]

War sie doch am Ende nichts weiter als eine, die allen Männern offenstand, die ihr über den Weg liefen." „*Das* nimmermehr!", entgegnete Regina mit heftigem Zorn. „Ich schwöre es bei dem und jenem" – und sie schrie den Schwur mit ihrer kräftigen Stimme, wie sie es zur Gewohnheit hatte – „das ist einfach nicht wahr! Diese Behauptung ist boshaft und niederträchtig. Marion war eine sehr vornehme Dame und man darf nicht annehmen, dass eine so hochgestellte Versicherungsangestellte mit irgendjemandem kokettiert hätte. Wer das Gegenteil behauptet, ist ein Lügner und ein Schurke und dessen will ich ihn belehren, bei Tag oder bei Nacht oder wie es ihm am liebsten ist."

Währenddessen starrte ihr der Lump sehr aufmerksam ins Gesicht. Der Wahnsinn war bereits wieder über ihn gekommen, und er war nicht fähig, seine Erzählung weiterzuführen. Ebenso wenig war Regina fähig, sie weiter anzuhören, so sehr hatten diese Äußerungen über Marion ihr alles madig gemacht. Eine seltsame Geschichte! Sie nahm sich ihrer so ernstlich an als wäre sie wirklich ihre beste Freundin gewesen; so umstrickt hielten sie ihre verwünschten Filme. Wie nun der Lump, der schon nicht mehr richtig klar war, sich mit Lügner und Schurke und anderen ähnlichen Schimpfnamen bezeichnen hörte, wurde er böse, hob einen Stein auf und warf ihn der Schauspielerin so gewaltig auf die Brust, dass sie das Gleichgewicht verlor und rücklings zu Boden fiel.

Als Sandra sah, wie ihre Chefin behandelt wurde, stürzte sie mit geballter Faust auf den Rasenden zu, der ihr allerdings ausweichen konnte und sie daraufhin mit einem einzigen Faustschlag niederstreckte. Als ob das nicht ausgereicht hätte, sprang er ihr auch noch auf den Brustkorb und zertrat ihr genussvoll die Rippen. Nachdem er die beiden Frauen niedergeprügelt und überwältigt hatte, ließ er sie liegen und zog sich mit vornehmer Gelassenheit in sein Versteck im Gebirge zurück, während er einige Verse von Baudelaire rezitierte.

---

1 vgl. S. 217

KAPITEL 14

Worin von den seltsamen Dingen berichtet wird, die Regina de la Mancia aus purer Verliebtheit begeht

Nachdem sich **Regina und Sandra** wieder aufgerafft hatten, tröstete die Schauspielerin: „Nur Mut, liebe Sandra! Nur Mut! Habe ich denn nicht schon gesagt, dass ich Greta Garbo nachahmen, das heißt die Rolle einer einsamen, unnahbaren, göttlichen Diva spielen und gleichzeitig die Stilikone Audrey Hepburn imitieren will? Und wenn ich es nicht der Arabella der Charlotte Lennox und dem Pierre Menard des Borges Punkt für Punkt in all den Tollheiten, die sie taten, sagten und dachten, gleichtun will, so möchte ich doch wenigstens diejenigen andeutungsweise nachahmen, die mir am wichtigsten scheinen; gut möglich, dass ich mich am Ende entschließe, mich mit der alleinigen Nachahmung der Brigitte Bardot zu begnügen, die weiß Gott keine Tollheiten schädlicher Art beging, sondern nur verführerische, legendäre und tierschützende und dadurch so großen Ruhm erwarb wie keine andere."

„Welchen Grund haben Sie, Frau Manca, verrückt zu werden? Nach den vielen Schlägen, die wir erhalten haben noch dazu. Welcher Mann hat Sie abgewiesen oder welche Anzeichen haben Sie gefunden, dass Ihr Herr Duccio dal Tosco irgendwelche Techtelmechtel mit einer Hausangestellten oder einer Babysitterin gehabt hat?"

„Dies ist eben der Punkt und darin zeigt sich die ausgesuchte Galanterie meines Vorhabens. Dass eine Fahrende Schauspielerin mit Grund verrückt wird, darin ist nichts Freiwilliges, dafür gibt's keinen Dank; die rechte Probe ist, ohne Anlass wahnsinnig zu sein, damit mein Geliebter das Gleiche wie ich denken muss: wer abwesend ist, erleidet und befürchtet jegliches Übel. Deshalb, Freundin Sandra, verschwende deine Zeit nicht mit Ratschlägen und versuche nicht, mich von einer so außergewöhnlichen und so glücklich erdachten, so unerhörten Nachahmung abbringen zu wollen. Verrückt bin ich und verrückt bleibe ich, bis du mit der Antwort auf einen Brief zurückkommst, den ich meinem Herrn Duccio durch dich zukommen lassen werde. Und fällt sie so aus, wie es meine Treue verdient, dann wird es mit meinem Wahnsinn zu Ende sein; und wenn sie im entgegengesetzten Sinne ausfällt, dann werde ich im Ernst geisteskrank werden und gar nichts mehr empfinden. Wie er auch immer antworten mag, entrinne ich den Seelenkämpfen und Nöten, in denen du mich zurücklässt, und ich werde entweder bei Verstande das Glück genießen, das du mir bringst, oder in der Verrücktheit das Unheil nicht empfinden, das du mir verkündest.“[1]

„Frau Manca, Sie könnten ihm doch einfach eine E-Mail schicken oder eine WA-Nachricht.“ „Sandra, ich schwöre, dass du den beschränktesten Verstand hast, den eine Assistentin auf Erden hat oder jemals hatte. Wie ist es möglich, dass du während der ganzen Zeit, die du an meiner Seite bist, nicht begriffen hast, dass alles, was mit Fahrenden Schauspielern vorgeht, wie Hirngespinste, Albernheit und Unsinn aussieht und in allem stets verkehrt ist? Und nicht etwa, weil es wirklich so ist, sondern weil uns eine Aura umgibt, die alles, was uns betrifft, verwechseln und vertauschen lässt und je nach Lust uns entweder begünstigen oder uns zugrunde richten kann. Wenn ich also Snail Mail sage, dann soll es eben die analoge Snail Mail sein und nichts anderes. Etwas anderes schickt sich doch gar nicht. Zur Hölle mit all dem modernen Kommunikations-Schnickschnack!”

Sie verfasste dann auch einen nicht zu knappen Brief, den sie mit einem Kuss und vielen Tränen besiegelte. „Nun gut, Frau Manca, wenn ich zurückkomme, sollen Sie alle guten Nachrichten erhalten, die Sie wünschen und verdienen. Falls nicht, so soll sich der Herr Duccio dal Tosco nur auf etwas gefasst machen. Denn wenn er nicht antwortet, wie er soll – ich schwöre Ihnen – dann will ich ihm die richtige Antwort mit Fußtritten und Ohrfeigen beibringen. Denn wo in aller Welt kann man mit ansehen, wie eine berühmte Fahrende Schauspielerin wie Sie eine sind, einfach verrückt wird für einen solchen Kerl. Wäre er ein Hidalgo oder so, könnte ich es noch verstehen. Aber so nun wirklich nicht! Er soll mich noch kennenlernen.“

„Wow Sandra, du kommst mir vor ‚als wärest du ebenso wenig bei Verstand wie ich‘[2].“ „*Ich bin genauso verrückt wie Sie und noch viel hitziger.*“[3] Da Sandra es irgendwie leid war, so lange nicht mehr nach Hause gefahren zu sein, um zu sehen, wie es um ihre Familie stand, und weil sie von den Eigentümlichkeiten ihrer Arbeitgeberin etwas Abstand nehmen wollte, klemmte sie sich hinter Rosy's Lenkrad und ließ Regina allein in der Wildnis zurück. Selbstverständlich hatten beide ihre Handys und Regina musste ihr versprechen, alle zwei Stunden eine Nachricht zu schicken. Sie wusste natürlich, denn das hatte sie vorher auf Maps gegoogelt, dass das nächste Dorf keine 5 km weit entfernt war, und so war sie eigentlich recht beruhigt, denn sicherlich würde

---

1 vgl. S. 229

2 S. 240

3 vgl. S. 240

die verrückte Schauspielerin in diese Richtung laufen und dort ein Hotel finden.

Regina war ihrerseits froh, ihrer Einsamkeit etwas frönen zu dürfen und so dachte sie:

> von Regina de la Mancia wird man sagen, sie habe vielleicht nichts Großes vollbracht, doch hat sie immer sehnsüchtig danach gestrebt, Großes zu vollbringen. Und wenn ich von meinem Duccio auch nicht verstoßen noch verschmäht wurde, so genügt es mir schon, dass ich von ihm getrennt bin. Also auf, all ihr Liebesfilme, Hand ans Werk! Kommt mir ins Gedächtnis, Taten der Verliebten, und lehrt mich, womit ich beginnen soll, euch nachzuahmen![1]

So begann sie, sich die Zeit mit dem Posten von Gedichten auf Instagram zu vertreiben, die ihrer Melancholie entsprachen.

> *Pink and Blue were dancing*
> *Empty floor, shadows lancing*
> *Somewhere in a ballroom tonight*
> *Red and blue combination*
> *Old man finds elation*
> *Somewhere in a ballroom tonight*
> *Love me, see what I see tonight*
> *Let us find elation*
> *Somewhere in a ballroom tonight*
> *Nowhere on an ordinary night*
> *(Beach House, Somewhere Tonight)*

Noch viele andere schrieb sie. So brachte sie ihre Zeit damit zu, zu reimen, zu seufzen und die Götter, Nymphen und das traurige Gewisper des Waldes anzurufen und sie um ihr Gehör und ihren Zuspruch zu bitten. Nun wollen wir unsere Schauspielerin von der traurigen Gestalt bei ihren Seufzern und ihren Versen lassen und folgen Sandra auf ihrer Reise, um zu sehen, wie es ihr bei ihrer Mission erging.

Sie fuhr in Richtung ihres Heimatstädtchens, wo sie nach einigen Stunden auch ankam. In der Innenstadt angekommen, war sie doch sehr versucht, sich in die übliche Kneipe zu setzen, um ihre vier Martinis hinunterzukippen, und als sie noch zweifelte, ob sie hineingehen sollte oder nicht, als sie also noch so dastand, kamen aus der Kneipe zwei Gestalten heraus, die sie sogleich erkannten. „Sagen Sie, Herr Doktor", sprach die eine zur anderen,

---

1 vgl. S. 244

„ist das nicht Sandra Wanst, von der die Putzfrau unserer abenteuerlustigen Schauspielerin erzählt hat, sie sei mit ihr als Assistentin unterwegs?" „Freilich ist sie das", antwortete die andere, „und das ist das Auto unserer Frau Manca."

Sie mussten sie ja kennen, denn die beiden waren der Psychotherapeut und die Hairstylistin, die die Untersuchung und das große Ketzergericht über die Filme gehalten hatten. Als sie sich sicher waren, Sandra Wanst und Rosy vor ihren Augen zu haben, kamen sie näher, begierig, etwas über Regina zu erfahren. Der Psychotherapeut rief Sandra zu: „Frau Wanst, wo ist denn Frau Manca?" Auch Sandra erkannte sie sofort und beschloss für sich, den Aufenthaltsort und den Zustand ihrer Arbeitgeberin geheim zu halten, und so antwortete sie, Frau Manca sei an einem gewissen Ort mit einer gewissen Sache beschäftigt, die ihr sehr wichtig sei, die sie aber nicht verraten dürfe. „Nein, nein", meinte die Friseuse, „Frau Wanst, also wenn Sie uns nicht sagen, wo sie ist, müssen wir annehmen, ja wir glauben es schon fast, dass Sie sie umgebracht haben, weil Sie mit ihrem Auto angefahren kommen. Ernsthaft, Sie müssen uns entweder zu Frau Manca bringen oder ..."

> „Bei mir sind Drohungen so gar nicht angebracht, ich bin keine Frau, die jemanden beraubt oder umbringt; das überlasse ich dem Schicksal oder dem lieben Gott, der alles erschaffen hat. Frau Manca ist dort mitten im Gebirge und tut da Buße nach Herzenslust."[1]

Und nun berichtete sie ihnen in einem Atemzug ohne einmal abzusetzen, um Luft zu holen, in welchem Zustand die Schauspielerin dort umherirrte, welche Abenteuer sie erlebt hatten und wie sie den Brief an den Herrn Duccio dal Tosco zu überbringen habe, alias an den alten Säufer Lorenzo Aldonzo aus dem Val d'Orcia, in den sich Regina de la Mancia bis über beide Ohren verliebt hatte. Die beiden wunderten sich sehr über Sandras Mitteilungen; obwohl sie Reginas Verrücktheiten und ihre spezielle Art bereits kannten, waren sie dennoch jedes Mal, wenn sie davon erzählen hörten, aufs Neue überrascht.

Sie baten Sandra, ihnen den Brief zu zeigen, der für den Herrn Duccio dal Tosco bestimmt war. Sandra griff in ihre Tasche, und wühlte alles durch; aber sie fand ihn nicht und hätte ihn nicht finden können, denn er war in Reginas Händen geblieben. Sie hatte ihn ihr schlicht nicht gegeben, und Sandra hatte auch nicht mehr daran gedacht, nach ihm zu fragen. Sie wurde ganz nervös und fahrig und ließ sich erst nach einer Weile wieder beruhigen. „Eigentlich müsste ich den Brief irgendwie auswendig kennen, denn Frau Manca hat, während sie schrieb, laut mitgelesen ..." „Ja, dann sagen Sie ihn doch auf",

---

1 vgl. S. 246

meinte die Friseuse, „dann schreiben wir ihn noch einmal." Sandra hielt kurz inne, kratzte sich den Kopf, um sich den Brief ins Gedächtnis zurückzurufen, trat von einem Fuß auf den anderen, blickte ein paar Mal zu Boden, ein paar Mal zum Himmel, und nagte sich beinahe einen halben Finger ab, während die beiden anderen voller Spannung dastanden und abwarteten, dass sie den Brief aufsage, wie ein Briefmensch, wie ein Montag, wenn sie schon kein Buchmensch war.[1]

Nach einiger Zeit begann sie: „Mein Bengel, mein dralles Gesicht." „Es wird nicht", meinte die Hairstylistin, „mein Bengel, mein dralles Gesicht, sondern ‚mein Engel, mein alles, mein Ich' (Brief Ludwig van Beethoven „an die unsterbliche Geliebte") geheißen haben." „Ja, genau", versetze Sandra, „denn wenn ich mich recht erinnere, hieß es weiter: ich Wundgeschlagene, die keine Vision mehr hat, dass du mich zu hieben weißt, küsse dich von Kopf bis Fuß, ja, genau drei Küsse gebe ich dir, einen auf die Stirn, einen auf dein Knie und einen auf dein Ohr. Du meine Hoffnung, meine Zuflucht, meine Freude und deshalb danke ich dir, höchst geringgeschätzte Huldseligkeit … oder so … dann sagte sie noch etwas von Heil und Unheil, das sie ihm schicke. Und es gebe Momente, in denen die Sprache noch gar nichts sei … und bleibe mein einziger treuer Schatz … und den Rest müssen die Götter schicken, was für uns sein muss und sein soll … bla bla … die Ihrige, bis in den Tod, die Schauspielerin von der traurigen Gestalt."

Die beiden krümmten sich vor Lachen, lobten das gute Gedächtnis Sandra Wansts und verlangten, sie solle den Brief noch einige Male vorsagen, um ihn ebenfalls auswendig zu lernen. Sie sagte den Brief noch viermal auf und jedes Mal schaffte sie es, noch mehr Groteskes hineinzupacken. Daraufhin erzählte sie, was sie mit ihrer Arbeitgeberin so alles erlebt hatte und dass sie nur auf eine positive Nachricht von ihrem Duccio dal Tosco warte und dann Hollywood erobern werde oder doch zumindest Cannes; und dann werde auch sie, Sandra, endlich als Make-Up-Artist, also als Visagistin, berühmt werden. Sandra sagte dies mit einer solchen Gelassenheit und einer so dümmlichen Naivität, wobei sie sich zwischendurch die Nase schnäuzte, dass beide sich noch einmal sehr wundern mussten. Sie konnten nur vermuten, wie groß Reginas Wahnsinn sein musste, um auch den Verstand dieses bedauernswerten Hascherls mitzuschleifen. Sie wollten ihr die Illusionen nicht nehmen, sondern beteuerten, dass es durchaus denkbar und möglich sei, dass sie es im Laufe der Zeit zu einer berühmten und gefeierten Visagistin bringen könnte oder doch zumindest zu sehr viel Geld. Man denke nur an Filme wie *Edward mit den Scherenhänden* (Tim Burton) und der unglaublich großen Schminkarbeit, die solche Streifen abverlangten. Nur eins machte

---

1 vgl. Fahrenheit 451, François Truffaut

Sandra Kummer, dass sie so viele Farbige schminken müsse – denn das konnte sie nicht so gut; dazu braucht man nämlich ganz eigene Präparate und Farben. Darin hatte sie einfach keine Übung. Doch auch hierfür fand sie in ihrer Vorstellung bald eine passende Lösung: was macht das schon, wenn meine Kunden Schwarze sind?

Was braucht es weiter als eine spanische Assistentin anzustellen, die all die dunkle Haut gewöhnt ist. Die kann dann solche Leute schminken und sind sie auch schwarz, so will ich ihre Farbe in Silberweiß oder Goldgelb oder Dollargrün verwandeln. Kommt und glaubt nur weiterhin, ich würde mir müßig die Fingernägel abkauen. Mit diesen Gedanken war sie so beschäftigt, dass sie den Kummer vergaß, weder bei ihrer Arbeitgeberin noch bei ihrer Familie zu sein und ließ sich dazu überreden, mit den beiden, auch ohne ein Rückschreiben von Duccio dal Tosco zu Regina zurückzufahren.

KAPITEL 15

Weitere unterhaltsame Dinge über
Regina de la Mancia und Sandra Wanst

Und so kam es, dass sie zum Hain zurückfuhren und Regina tatsächlich dort anfanden, wo Sandra Wanst sie zurückgelassen hatte. Sie war etwas zerzaust und irgendwie blass und ausgemergelt, aber sonst schien es ihr gut zu gehen. Sobald sie Sandra sah, fragte sie nach Duccio und dessen Botschaft.

„Wie geht es meinem Holden? Was spricht er? Solange mein
Herz, meine Gedanken und mein Wille von ihm in Beschlag genommen sind,[1]

solange ist es mir nicht möglich, einen anderen zu wollen, selbst wenn er der reichste und mächtigste Filmproduzent oder Drehbuchschreiber der Welt wäre. Es könnten Pasolini oder Lucas oder sonst eine Film-Koryphäe angelaufen kommen."

Diese Worte wollten Sandra gar nicht gefallen, weshalb sie ärgerlich die Stimme erhob: „Verdammt sei ich! Bei Gott, ich schwör's, dass Sie, Frau Manca, nicht bei vollem Verstand sind. Denn wie ist es möglich, dass Sie daran zweifeln können, ob Sie einen so mächtigen Filmmenschen heiraten wollen. Glauben Sie etwa, das Schicksal würde Ihnen hinter jeder Ecke ein solches Glück bieten? Ist denn etwa unser Herr Duccio schöner, klüger, reicher oder einflussreicher? Ganz und gar nicht! Nicht einmal halb so einflussreich ist er! Er kann doch einem Tarantino oder einem Kurosawa nicht das Wasser reichen. Wie soll ich, verdammt nochmal, an Ihrer Seite die Berühmtheit erlangen, auf die ich warte, wenn das so weitergeht? Heiraten Sie einen Mishima, einen Anderson oder einen Carpenter und machen Sie mich zur Visagisten-Legende! Und danach mag meinetwegen der Teufel die ganze Welt holen."

Regina konnte solche Lästerungen gegen ihr Herzblatt nicht aushalten, weshalb sie einen Stein erhob und ohne auch nur ein Wort zu sagen, schleuderte sie ihn Sandra direkt gegen die Brust, so dass diese vor Schmerzen in sich zusammensackte. Erst nach einigen Sekunden schrie sie qualvoll auf. „Wie hat es deine Zunge auch nur gewagt, den unvergleichlichen Duccio anzutasten?[2]

---

1 vgl. S. 302

2 vgl. S. 303

Du Viper, du! Weißt du nicht, dass ich nur durch ihn lebe?" Sandra konterte: „Heiraten Sie einen berühmten und einflussreichen Mann, Frau Manca! Danach können Sie immer noch zu Ihrem Duccio zurückkehren, denn sicher hat es so manche Schauspielerin in der Welt gegeben, die sich einen Nebenmann hielt." „Grrrrr! Du kleine Schminkverwischerin, du Farbpantscherin! Du bringst mich wirklich zur Weißglut!" „Das sehe ich. Ich kann es einfach nicht lassen, zu plaudern und frei herauszusagen, was mir auf der Zunge liegt." Hätten der Psychotherapeut und die Friseuse sich nicht eingeschaltet, so hätte Regina ihre Sandra sicher verprügelt, doch irgendwie schafften sie es, sie am Ende zu beruhigen und zur Vernunft zu bringen.

„Ist schon gut, Sandra", sagte die Schauspielerin, „bitte mich jetzt um Verzeihung und achte in Zukunft darauf, dass du meinem Duccio nichts Böses mehr nachsagst. Vertraue auf den lieben Gott und du wirst schon deine Berühmtheit erhalten und Make-Up-Artist des Jahrhunderts werden. Du wirst wie eine Prinzessin leben, du wirst schon sehen." Sandra ging mit gesenktem Haupt hin und sagte leise: „Entschuldigung!" Woraufhin Regina ihr auf die Schulter klopfte und mit einem: „Schon gut" die Sache bereinigte. Die Hairstylistin und der Psychotherapeut sahen die Szene und flüsterten voller Verwunderung: „Ist es nicht erstaunlich, wie leichtgläubig diese nette Dame all die Erfindungen und Lügen für wahr hinnimmt, nur weil sie den Stil der Albernheiten aus ihren Filmen an sich tragen?"

„Freilich", meinte der Therapeut, „es ist noch etwas anderes dabei. Sieht man von den ganzen Filmalbernheiten ab, die Frau Manca herauskramt, wenn es sich um ihre närrische Einbildung handelt, sind all ihre Äußerungen höchst vernünftig, sobald man mit ihr über andere Dinge redet, und zeigen ihren hellen und heiteren Geist, sodass jeder in ihr, vorausgesetzt man rührt nicht an ihre Filme, eine Frau von durchaus gesundem Verstand sehen muss. Ich würde sagen, dass diese doppelte Identität irgendwie ihre Wahrheit ist. Der Konflikt und die Komplementarität der beiden Momente definieren Frau Mancas Wesen, die bestimmt eine Tendenz zum Wahnsinn hat – oder vielleicht nur ein Problem mit der Realität. Aber hat nicht jeder seine eigenen Subuniversa?"

Während sich die beiden so unterhielten, setzte Regina ihr Gespräch mit Sandra fort. „Lass uns, liebste Freundin, unsere Streitigkeiten zum Mond schießen und sage mir doch, wo, wie und wann hast du Duccio gefunden? Womit war er gerade beschäftigt? Sicher war er gerade dabei, ein Meisterwerk zu schreiben an seiner alten Olivetti oder er sah sich Drehaufnahmen an oder fandest du ihn gar an einem Set? Ich habe wohl gemerkt, dass du den Brief gar nicht mitgenommen hast." „Nun, er war gerade dabei seinen Hund an der Leine auszuführen. Das mit dem Brief tut mir wirklich leid, Frau Manca. Allerdings habe ich ihm erzählt, wie sehr Sie leiden." „Das mit dem Brief sei dir verziehen. Was für einen Hund hat er denn? Sicher einen noblen Schäferhund oder einen selbstsicheren Dobermann mit glänzendem schwarzem Fell." „Eigentlich ist es ein kläffender kleiner Mops mit riesigen Augen." „Nun dann versichere ich dir, wenn Duccio das Herrchen ist, ist dieser Hund sicher das stolzeste und eleganteste Tier der Welt." „Na ja, er hat ziemlich rumgesabbert und war ganz mit Häufchen machen beschäftigt. Und Duccio hat ihn dann auch fleißig gelobt."

„Wie verständig!", sprach Regina. „Er tat das, weil er seinen Vierbeiner liebt. Daran erkennst du, welch ein großes Herz er hat. Weiter, Sandra! Während er bei dieser Beschäftigung war, was hat er zu dir gesagt? Was hat er dich über mich gefragt? Und was hast du geantwortet? Erzähle mir alles! Nicht ein Komma darfst du auslassen." „Er hat mich gar nichts gefragt", sprach Sandra, „aber ich habe ihm erzählt, wie sehr Sie sich nach ihm sehnen und wie sehr Sie unter der Trennung leiden und Ihr Schicksal beweinen und verwünschen." „Wie? Verwünscht seist vielmehr du, du Spatzenhirn, du dumme Dorfmagd. Ich verwünsche mein Schicksal doch nicht, sondern segne es, dass es mir die Gnade und die Gunst erwiesen hat, einen so hohen Gebieter wie Duccio dal Tosco zu lieben."

„Ja, so hoch ist er, dass er tatsächlich mehr als 10 cm kleiner als ich ist." „Wie, Sandra, habt ihr eure Größe verglichen?" „Als er seinen Mopsi hochhob, ist ihm der Schlüssel aus der Hand gefallen und ich habe mich gebückt, um ihn aufzuheben. Als ich ihn dem Herrn Duccio gab, kamen wir uns etwas näher und da konnte ich sehen, dass er eben ein gutes Stück kleiner ist als ich." „Aber gleicht er diese Körpergröße nicht mit 1000 Millionen Reizen der Seele und des Intellekts aus? Eines wirst du sicher nicht in Frage stellen, Sandra: als du so mit ihm sprachst, hast du da nicht den Wohlklang seiner tiefen, männlichen Stimme vernommen, die in dein Ohr dringt wie samtener Balsam? Ich kann das gar nicht in Worte fassen, denn seine Stimme ist ein Cantus, als ob du in einem Konzertsaal den lieblichsten Melodien lauschen würdest." „Ich kann eigentlich nichts weiter dazu sagen, als dass ich die Stimme eigentlich etwas feminin finde. Außerdem habe ich seine Hängeschultern bemerkt und auch seine ausgeprägte Glatze." „Das kann nicht sein. Sicher hast du Schmalz in den Ohren oder hast dich selbst gehört, denn ich weiß doch ganz genau wie seine Stimme klingt. Sie liegt zwischen einem Männeralt und einem Bass, doch mit ganz vielen Obertönen und einer himmlischen Klangfarbe."

„Das kann schon sein", meinte Sandra, „auf jeden Fall sagte er mir dann, ich solle Ihnen ausrichten, dass er Sie herzlich grüßt und gerne mal treffen würde, um zu sehen, ob daraus etwas zu machen ist. Sie sollen also den Wald bald verlassen und ihn besuchen kommen, denn er warte schon auf Sie. Er lachte laut auf, als ich ihm sagte, Sie nennen sich die Schauspielerin von der traurigen Gestalt." „Soweit ist alles gut", sprach Regina, „aber sage mir, was hat er dir mitgegeben? Denn das ist im Filmgeschäft so Brauch, dem Assistenten, der eine Nachricht überbringt, irgendein kleines Präsent zu machen, als Dank für die Botschaft." „Das mag wohl so sein und es ist auch eine löbliche Sitte, aber das ist wahrscheinlich früher so gewesen. Jetzt muss es Brauch sein, den Botschafter zu einem Kaffee einzuladen, denn das hat Herr Duccio auch gemacht. Und um ehrlich zu sein, war das nicht einmal ein guter Kaffee, sondern mehr so ein bräunliches Gesöff."

„Er ist über alle Maßen freigiebig. Sicher hatte er nichts anderes zur Hand. Aber ich werde ihn ja sehen und es soll alles gutgemacht werden. Weißt du, was mich wundert, Sandra? Mir scheint, du wurdest durch Raum und Zeit teleportiert oder gebeamt, denn du bist von hier aus in das Val d'Orcia gefahren und bist auch wieder zurückgekommen und hast dafür weniger als einen Tag gebraucht. Von hier aus sind es an die 1000 km. Deshalb meine ich, dass der Transporter aus *Star Trek Raumschiff Enterprise* (Gene Roddenberry) hier eingesetzt wurde, sonst wär ich keine echte Fahrende Schauspielerin. Ich sage also, selbiger hat dir sicherlich zu reisen geholfen, ohne dass du es gemerkt hast. Vielleicht hat auch HAL 9000 (*2001: Odysee im Weltraum*, Stanley Kubrick) ein heuristisches Wörtchen mitgeredet oder es war gar TARDIS (*Doctor Who*, *BBC*). Du musst nämlich wissen, dass wir Fahrenden Schauspieler recht oft durch solche Maschinen entführt werden, während wir im Bett schlafen. Ohne zu wissen wie und wieso wachen wir dann am nächsten Morgen irgendwo auf, Tausende von Kilometern von dem Ort entfernt, an dem wir uns noch am Vorabend aufhielten. Ja, ja, da staunst du. Und das ist ja auch ganz nützlich, denn sonst könnten wir ja gar nicht mehrere Filme in unterschiedlichen Ländern oder Kontinenten gleichzeitig drehen. Wie soll das denn gehen? So trifft es sich, dass man gleichzeitig in den Warner Bros Studios in Kalifornien *Harry Potter* und bei StudioCanal in Paris *Chocolat – Ein kleiner Biss genügt* (Lasse Hallström) drehen kann. Und am Abend sitzt man im eigenen Wohnzimmer und genießt sein Abendessen nach Herzenslust."

„So wird es gewesen sein", sprach Sandra, „denn Rosy lief, als ob sie eine Legion Teufel in ihrem Vergaser gehabt hätte." „Selbstverständlich! Denn eben das sollen diese Methoden bezwecken: reisen und reisen lassen. Aber lassen wir das beiseite und sage mir: was, meinst du, soll ich jetzt tun? Soll ich der Aufforderung meines Herren, ihn sofort besuchen zu kommen, Folge leisten? Oder soll ich nicht doch lieber etwas mehr Ruhm und Schauspielerfahrung sammeln? Ich weiß sehr wohl, dass ich eigentlich verpflichtet wäre, seinem Wunsch zu gehorchen und mich peinigt das Verlangen nach ihm, doch andererseits weiß ich genau, wie viel Ehre und wie viel Glanz mich im Filmgeschäft erwarten. Das soll ja auch alles zur Verherrlichung meines Duccios helfen. Wie die Mauren, die ja bekanntlich handgreifliche, ja mathematische Beispiele benötigen, um etwas zu verstehen (denn Worte allein verstehen sie meist nicht), so braucht mein Duccio konkrete Erfolge, die mein Talent beweisen." Hier hielt Regina inne, was Sandra sehr gelegen kam, denn sie war vom vielen Lügen bereits sehr müde: obgleich sie wusste, dass Duccio dal Tosco ein Alkoholiker aus dem Val d'Orcia war, so hatte sie ihn dennoch nie in ihrem Leben getroffen.

KAPITEL 16

Das von dem ungeheuerlichen Kampf handelt, den Regina de la Mancia gegen Flaschen mit dem edelsten Rotwein besteht

S o kam es denn, dass alle vier ausmachten, sich in der nächsten Kleinstadt ein Quartier für die Nacht zu suchen. Alle waren sie müde, hungrig und sehr genervt. Sie fuhren also los, und obwohl diese Landstraße Colorados erst endlos wirkte, kamen sie bald zu einem entlegenen Hotel, dem Overlook Hotel (*vgl. Shining*, Stanley Kubrick). Sie gingen alle in ihre Zimmer und Regina, die ihres neben Sandras hatte, zog sich aus, und noch bevor sie das ersehnte Bad nehmen konnte, fiel sie bereits in einen tiefen Schlaf.

Neben diesen beiden Zimmern oder Suiten ging eine Treppe direkt in den berühmten Weinkeller hinunter, in dem die erlesensten Tropfen der Welt gelagert waren. Besonders für seine Roten war das Hotel bekannt und tatsächlich konnte der Weinliebhaber hier Flaschen erblicken, die nicht für jeden Geldbeutel bestimmt waren – es handelte sich um nobelste Flaschen aus Italien, Frankreich, Kalifornien, Australien und den besten Weinanbaugebieten der fünf Kontinente. Nachdem die anderen ohne Regina diniert hatten und schon lange zu Bett gegangen waren, stürzte mitten in der Nacht Sandra in heller Aufregung zu den anderen beiden in die Zimmer und schrie laut: „Kommen Sie, kommen Sie schnell und helfen Sie Frau Manca, die gerade im schlimmsten Kampf verstrickt ist, den meine Augen je gesehen haben! Du lieber Gott, das muss irgendein Geist sein oder ein Monster, ein Teufel oder Dämon, mit dem sie sich gerade so erbittert zankt." „Was sagen Sie da, Frau Wanst?", fragte der Psychotherapeut, setzte schnell seine Brille auf und zog sich auch schon einen Morgenmantel über. „Sind Sie noch bei Sinnen? Was schwafeln Sie da von Teufeln und Dämonen?" Gleichzeitig vernahmen sie einen Heidenlärm aus dem Weinkeller und hörten Regina schreien: „Ihr Bösewichte, ihr toten Seelen, ihr irren Gradys, ihr! Ihr Mörder! Ihr miesen Fahrstuhlklempner, ihr Blutvergießer. Blut in Strömen habt ihr fließen lassen! All die armen Menschen, dieser Völkermord, diese unschuldigen Kinder! Zwillinge vielleicht, mit einer Axt, in diesem verfluchten Zimmer 237. Da! Mich kriegt ihr nicht in eure Fänge, ihr diabolischen Spukerscheinungen längst vergangener Zeiten!"

Dabei klang es, als ob sie wild mit Flaschen um sich werfe, um damit weitere Flaschen zu zerschmettern. Das war ein Radau und ein Klirren, als ob tatsächlich ein Poltergeist sein Unwesen triebe. „Stehen Sie doch nicht nur so da! Das ist doch ganz unnötig, gehen Sie doch lieber hinunter und bringen Sie sie auseinander oder helfen Sie meiner Chefin." Mit diesen Worten gingen alle in den Weinkeller und fanden Regina in einem Aufzug, der wirklich sehr seltsam war. Sie stand im Pyjama da, der so kurz war, dass er ihren Bauch frei ließ, während die Hosenbeine unterschiedlich lang waren, das linke Bein bis fast zur Leiste entblößt.

Ihre Beine waren zwar sehr schlank und feminin und um ihre Bauchmuskulatur hätte sie manch 30-Jährige beneidet, doch machte sie insgesamt einen sehr dekadenten, ja schon wahnwitzigen Eindruck. Auf dem Kopf hatte sie einige Lockenwickler im Haar und in den Händen hielt sie zwei zerbrochene Flaschenhälse wie Dolche, mit denen sie die anderen Flaschen bedrohte. Sie hieb nach allen Seiten, das Weinblut floss bereits in Strömen und sie führte Reden, als ob sie wirklich mit den Geistern ehemaliger Hotelgäste über grausame Morde reden würde. Das Beste dabei war, dass ihre Augen nicht offen waren, denn sie schlief noch und träumte nur, sie sei im Zwiegespräch mit diesen unsäglichen Gestalten.

Ihre Einbildung war so mächtig und sie hatte so viele Hiebe auf die kostbaren Flaschen geführt, überzeugt davon, sie führe sie gegen Gespenster, dass der ganze wertvolle Keller unter Wein stand. Alle stürzten sich auf sie, doch trotz allem wurde die arme Schauspielerin nicht wach, bis die Hairstylistin eine große Karaffe mit kaltem Wasser herbeibrachte und sie der Schauspielerin mit einem Guss über den ganzen Körper schüttete. Davon erwachte Regina und nur mit größter Anstrengung konnte sie endlich wieder in ihr Zimmer gebracht werden.

Sie sank dann umgehend in ihr Bett und in einen tiefen Schlaf, ein Zeichen übergroßer Erschöpfung. Sandra war so niedergeschlagen wie ein entschmückter Weihnachtsbaum nach Weihnachten. Richtig unglücklich war sie, sah mit schwermütiger Miene auf ihre schlafende Arbeitgeberin herab und sprach zu ihr im Flüsterton: „Da schlafen Sie nun, Frau Trauergestalt. Sie brauchen sich ja auch um nichts zu kümmern. Da schlagen Sie das Blut aus Ihren Geistern, als wären es Bäche von Rotwein und wollen mir auch noch weismachen, das seien alles Zaubereien und Spiegelfechtereien. Ich aber denke, das sind hingegen viel Pech und ein zerrüttetes Gehirn, jawohl! An Ihrer Seite werde ich es wohl nie zu etwas bringen."

Da erwachte Regina und begann unverständlich zu faseln. Im selben Moment betraten der Psychotherapeut und die Friseuse das Zimmer und wunderten sich sehr über Reginas seltsame Äußerungen. Sie war so dürr und blassgelb und ihre zusammengewürfelten Aussagen ließen alle schweigen, denn die Zeit, diese „Offenbarerin aller Dinge auf Erden",[1] sollte alles an ihrer Stelle sagen. „Sie haben mit Weinflaschen gefochten, Frau Manca, nicht mit Geistern! Der Rotwein hat den Keller zu einem See gemacht! Sie werden schon sehen, wenn das Hotel für allen angerichteten Schaden den Ersatz verlangen wird!", schrie Sanda, die sich einfach nicht zurückhalten konnte. Sie schaute dabei gegen den Himmel und biss ihre Zähne zusammen, doch der Psychotherapeut befahl ihr zu schweigen. „Sie sind doch ein Schafskopf!", meinte er.

> Schon murmelte Regina im Halbschlaf so etwas wie: „Es kann kein Zweifel mehr sein, dass diese Kunst und dieser Beruf alles übertrifft, was von Menschen erfunden worden ist. Sie muss in der Achtung der Welt umso höher stehen, je mehr Opfer dafür gebracht werden. Fort aus meinen Augen mit denen, die da behaupten, dass die Wissenschaften den Vorrang vor den Künsten haben. Denen werde ich sagen, und mögen sie sein, wer sie wollen, dass sie nicht wissen, was sie reden. Denn der Grund, den sie aufführen, und worauf sie am meisten pochen, ist, dass die geistige Arbeit höher steht als Talent und Körper, als ob die Ausübung des Schauspielerhandwerks nur mit dem Körper betrieben würde … gerade so, als ob es von tüchtigen Tagelöhnern verrichtet werden könnte.[2]

Oder als ob in unserem Beruf nicht Talent, Ausdauer und Intellekt inbegriffen wären. Nein! Zur Schauspielerkunst bedarf es neben einem durchtrainierten und vielseitig einsetzbaren Körper eines enormen geistigen Verständnisses. Wenn einer anders darüber denkt, dann soll er doch beweisen, dass es allein mit den körperlichen Kräften zu erreichen ist, dass man die schwersten Texte auswendig lernt – oft auch in anderen Sprachen, dass man genau das umsetzt, was der Regisseur einem aufgibt und dass man Gefühlen einen Ausdruck – den richtigen – verleiht. Das sind alles Handlungen des Verstandes, an denen der Körper nur einen minimalen Anteil hat.

> Da also feststeht, dass die Schauspielerei Geist erfordert – ganz so wie die Wissenschaft – so wollen wir doch einmal untersuchen, wessen Geist, der des Schauspielers oder der des Gelehrten, mehr zu arbeiten hat.[3]

Das werden wir aus dem Ziel und der Absicht der beiden entnehmen. Die edlere Bestrebung ist höher zu schätzen. Die menschlichen Wissenschaften, die darum bemüht sind, dass gute Gesetze eingehalten werden, sind sicher

---

1 S. 388, 744

2 vgl. S. 393

3 vgl. S. 394

nobel und löblich, doch lange nicht so wie die Filmberufe, die oft nicht nur davon handeln, sondern deren Hauptbestreben es ist, die Saiten der Seele zum Schwingen zu bringen. Das ist das größte Gut, das die Menschen sich in diesem Leben wünschen können. Die Freiheit der Gedanken, der Gefühle und des Ausdrucks.

Das will der Film, so wie es jede Kunstform will; nur dass eben die siebte Kunst so viele Künste in sich vereint und deshalb Kunst par excellence ist. Ohne diese Freiheit kann es weder im Himmel noch auf Erden ein wahres Glück geben. Und was das Einhalten von Regeln und Gesetzen angeht, so sei darauf hingewiesen, dass der Film sich nicht nur dem positiven Recht beugen muss, sondern eben auch den Gesetzen der Natur, der Physik, der Chemie, der Zeit und allen Größen, die ein Entwickeln des Films erst ermöglichen. Der Film will erst belichtet werden, vom Negativen geht man ins Positive über. Man bedenke, welch große Rolle hier das Silber spielt, l'argent, sozusagen, was nun wirklich wenig mit dem schnöden Mammon zu tun hat. Und wenn das auch alles vom digitalen Zeitalter verdrängt wurde, so bleibt doch die wahre Fotografie das Zeichnen mit Licht.

Nachdem wir nun festgestellt haben, dass der Film einem erhabeneren Ziel dient als die Wissenschaften, so wollen wir doch sehen, welche Mühsal der Studierende zeitlebens auf sich nehmen muss." Regina brachte ihre Rede in so vernünftiger Art und mit so angemessenen Worten zum Ausdruck, dass keiner von den Zuhörern sie jetzt für eine Närrin hielt, vielmehr hörten sie ihr gerne zu. „Zunächst wäre da die Armut, mit denen der Student von Anfang an konfrontiert wird – nicht, dass alle arm wären, doch ich will hier gleich das Worst Case Scenario darstellen, und wenn ich gesagt habe, dass der Student oder die Studentin Armut erleidet, dann brauche ich wohl nicht viel mehr dazu zu sagen. Wer arm ist, ist nämlich wirklich unglücklich. Diese Armut fühlt er bald in allen möglichen Situationen: sei es, dass er sich kein Zimmer leisten kann, dass er sich keine Bücher leisten kann, dass er nicht einmal richtig essen oder sich etwas Vernünftiges zum Anziehen kaufen kann. Er muss nebenher jobben und das zermalmt sein Gehirn. Manchmal kommt all das zusammen, was natürlich sehr bitter stimmt. Haben sie nach so viel Straucheln endlich die Stufe erreicht, die sie ersehnt hatten, sitzen sie endlich auf ihrem hohen Thron und befehlen und regieren. Endlich müssen sie nicht mehr hungern oder frieren. Ihre Low Cost-Outfits haben sie in Prachtgewänder, ihren Schlaf in überfüllten Studenten-WGs in süßes Ruhen auf Batist und Damast verwandelt. Endlich genießen sie den wohlverdienten Lohn für ihre Tugend. Aber wenn wir ihre Plagen denen des Schauspielers beim Film gegenüberstellen und mit diesen vergleichen, dann bleiben sie in jedem Punkt weit hinter diesem zurück, wie ich jetzt beweisen werde."

Kapitel 17

Das von der seltsamen Rede handelt, die Regina de la Mancia über die Schauspielerei und die Wissenschaften hält

Regina fuhr folgendermaßen fort: „Da wir mit der Armut des Studenten angefangen haben, wollen wir jetzt analysieren, ob der Schauspieler reicher ist, und wir werden sehen, dass es im Königreich der Armut keinen Ärmeren geben kann. Er oder sie erhält lediglich eine mickrige Gage, die spät oder niemals überwiesen wird. Manchmal ist der Schauspieler so schlecht bei Kasse, dass er sich Kleidung von der Caritas besorgen muss, um überhaupt etwas anziehen zu können. Oft kommt es vor, dass es für die Miete nicht reicht – geschweige denn für die Stromrechnung. Dann sitzt der Künstler in seiner Bude und haucht sich die Hände kalt an und reibt sie aneinander. Anders ist es bei den Gelehrten, denn mit ihrem Gehalt haben sie alle genug zum Leben.

Wahr ist, dass das, was mehr kostet, höher geschätzt wird und vielleicht sogar höher geschätzt werden muss. Wenn es jemand in den Wissenschaften zu einer hervorragenden Stellung bringt, so hat ihn das Zeit, nächtliches Wachen, Hunger, Kopfschmerzen, Verdauungsbeschwerden, übermäßigen Koffeinverbrauch und noch anderes, was damit zusammenhängt, gekostet. Wenn allerdings jemand durch seine harte Arbeit es dahin bringt, ein guter und anerkannter Schauspieler zu werden, dann kostet ihn das dasselbe wie den Studierenden, nur in einem so viel größeren Ausmaß, dass gar kein Vergleich möglich ist.[1]

Der Schauspieler ist berufen – von seinen Handlungen hängt seine mentale Gesundheit, ja sein Leben ab. Er hat meist alles auf eine Karte gesetzt und kann sich keine Fehler erlauben. Fieberhaft und angetrieben von einem Ehrgefühl, das ihn beseelt, perfektioniert er seine Technik, spielt Rollen, die ihm nicht liegen, nur um alle Nuancen seines Handwerks kennenzulernen, und bereitet Leib und Seele stets für das nächste Vorsprechen vor. Mal hungert er sich zu Tode, mal trainiert er sich Muskeln an, mal nimmt er 10 kg zu. Dann wiederum fährt er auf eigene Spesen ins Ausland, um einen andersartigen Akzent oder gar eine neue Fremdsprache zu lernen, die für das angesagte

---

1 vgl. S. 398

Casting Voraussetzung ist. Mal lernt er das Reiten oder das Tauchen oder das Fliegen, alles nur, um für den nächsten Film den besten Physique du rôle bieten zu können.

Und dann das Textlernen. Glaubt ihr wirklich, es sei so einfach? Oft hat man nur sehr wenig Zeit, um sich eine Unmenge von Textseiten, zuzüglich der Regieanleitungen, anzueignen. Texte, die dann vielleicht sogar in der letzten Minute noch geändert werden. Als wäre das nicht genug, muss er auch noch immer alle in Staunen versetzen, bei Laune halten und amüsieren – mit einem Lächeln auf den Lippen, wenn möglich – immer in dem Bewusstsein, dass der nächste Anwärter für die lang ersehnte Rolle bereits hinter jeder Ecke lauert, denn fällt der eine, so nimmt der andere (und hätte er noch so wenig Talent) genau seinen Platz ein, und sei es auch nur durch Korruption, Schmiergelder oder Sich-Hoch-Schlafen.

Wenn ich das alles so recht bedenke, so müsste ich beinahe sagen, dass ich es bereue, den Beruf des Fahrenden Schauspielers in einem so schändlichen Jahrzehnt wie das, in dem wir leben, ergriffen zu haben. Es wird in mir ein rechtes Grausen erweckt, wenn ich bedenke, dass ein billiges Starlettchen mir in Sekundenschnelle und vielleicht nur mit einem Augenklimpern die Möglichkeit rauben kann, mich durch die Großartigkeit meines Talents und meiner Befähigung in sämtlichen Teilen der Erde berühmt und bekannt zu machen.

Möge es die Vorsehung so fügen, wie es ihr gefällt; jedenfalls werde ich mir, wenn ich mein Vorhaben siegreich zu Ende führe, umso mehr Achtung erringen, je mehr ich mein Glück immer wieder versuche und mich mit Fleiß und Studium der Erfüllung meines Traumes nähere." In ihren Zuhörern regte sich aufs Neue das lebhafte Bedauern, dass eine Frau, die offensichtlich so viel Geistesschärfe und so viel Verstand in allen Dingen zeigte, ihn so ganz zu missen schien, sooft man mit ihr von ihren verfluchten und tristen Filmen sprach. Der Psychotherapeut sagte ihr, da sie nun vollends aufgewacht war, sie habe Recht in allem, was sie zugunsten des Films und der Schauspieler gesagt hatte, und obwohl er selbst ein Studium absolviert habe, sei er ganz ihrer Meinung.

So stand sie also da, unsere Regina de la Mancia, höchst aufmerksam, in Stillschweigen, und hörte sich all diese Ehrbezeugungen an, die sie irgendwie mit den Fantasiegebilden der Vaganten in Verbindung brachte. Dabei seufzte sie von Zeit zu Zeit so schmerzhaft, dass es fast schien, ihr würde die Seele aus dem Leib gerissen – dass es fast schien, als gebe es kein Leben nach dem Tod. Was hätte sie nicht alles getan, um ihren Traum endlich wahr werden zu lassen: *sie hätte ihrem ärgsten Feind eine Locke von Medusas Schlangenhaaren geschenkt, ja die Sonnenstrahlen selbst hätte sie in einer Flasche eingefangen.*[1]

---

1 vgl. S. 456

Da sie allerdings davon überzeugt war, dass allein Beharrlichkeit und Ausdauer zum Erfolg führen und weder das Diesseits noch das Jenseits niemals jemanden gesehen hatten, der sie in Schrecken versetzen oder entmutigen könnte, bat sie Sandra darum, Rosy startklar zu machen und dieses verhexte Hotel sofort zu verlassen. „Sicut erat in principio", verlautete Regina, so soll es weiterhin für das Fahrende Volk sein. „Lass uns sehen, liebe Sandra, wen wir als nächstes mit unseren Darbietungen beglücken können. Vielleicht jemanden, der suizidgefährdet ist, oder jemanden, der vom Arbeiten so müde ist, dass er oder sie abends nur mit gebrochenem Intellekt und ausgelaugtem Sinn völlig ausgebrannt ins Bett fällt, oder vielleicht jemanden, der frisch geschieden ist und zu verstehen versucht, warum gerade er oder sie diese unglückliche Ehe durchleben musste."

Sandra machte allerdings Anstalten, da sie sich nicht sehr wohlfühlte und unbedingt noch eine Nacht bleiben wollte, um dann nach einem langen Schlaf und gestärkt von einem ausgiebigen Frühstück erst tags darauf in das nächste Abenteuer zu fahren. Regina willigte ein, konnte allerdings nicht ahnen, dass gerade in dieser Nacht der Psychotherapeut, die Friseuse und das Hotelpersonal sie in eine psychiatrische Anstalt bringen wollten, wo ihrer Meinung nach ihr Irrsinn geheilt werden sollte. Mitten in der Nacht kamen dann tatsächlich die Pfleger, schlichen sich stillschweigend an Reginas Bett, wo sie sorglos schlummerte, packten sie mit aller Macht und zogen ihr auf brutalste Art eine Zwangsjacke über.

Regina erwachte natürlich jäh aus ihrem Schlaf und konnte sich vor Schrecken nicht rühren. Sie konnte also nichts anderes tun als sich wortlos zu wundern und mit angehaltenem Atem in die seltsamen Gesichter zu starren, die vor ihr erschienen. Gleich verfiel sie in eine jener Vorstellungen, die ihr ihre grenzenlose Fantasie ausmalte: sie dachte sich sogleich, dass all diese Gestalten zu Oberschwester Ratcheds Crew (vgl. *Einer flog über das Kuckucksnest*, Miloš Forman) gehörten und dass sie selbst mit Psychopharmaka vollgestopft, ja sogar einem Elektroschock unterzogen worden sei und sogar eine Lobotomie erlitten habe. Ihre Persönlichkeit war also wie ausgelöscht und schon malte sie sich aus, wie sie mit einem Kissen auf dem Kopf erstickt würde. (vgl. *Einer flog über das Kuckucksnest*, Miloš Forman)

Sie war also wie ausgeschaltet und konnte daher nicht sprechen oder laut aufschreien, wie sie es gewollt hätte. Auch Sandra wagte es nicht, den Mund aufzutun, so sehr war sie von dieser Überrumpelung und von dieser Gefangennahme ihrer Freundin und Arbeitgeberin überrascht und geschockt. Mit Spannung erwarteten beide den Ausgang dieses unglücklichen Ereignisses, der so aussah, dass der Krankenwagen vor das Hotel fuhr, Regina darin eingesperrt und die Tür fest zugeschlagen und verriegelt wurde. Als der Krankenwagen losfuhr, hörte man eine furchtbare Stimme, so furchtbar sie

Sandra nur produzieren konnte: „O Schauspielerin von der traurigen Gestalt! Seien Sie nicht traurig, denn so muss es nun einmal sein! So ist es in den Sternen geschrieben, damit das Abenteuer umso schneller sein Ende und hoffentlich ein gutes findet. Dieses Abenteuer, in das Sie sich selbst hineinge- ritten haben, wird aber erst abgeschlossen werden, wenn der wilde Wolf mit dem unschuldigen Lämmchen sein Lager teilen wird und wenn das wehrlose Eichhörnchen seine Nüsse neben dem gefährlichen Adler verzehren wird. Doch das kann bekanntlich ja auch innerhalb von zwei Tagen geschehen. Ich meinerseits will den Mut nicht verlieren und will mich auch nicht ärgern, denn schon bald – und da bin ich mir ganz sicher – werden Sie so bekannt und gefeiert sein, dass Sie sich selbst nicht mehr erkennen werden. All Ihre Wünsche, all Ihre Hoffnungen werden keine leeren Verheißungen mehr sein und aus Täuschung wird schillernde Wahrheit werden. Ich werde jetzt den Fußstapfen meiner tapferen Schauspielerin folgen, wo auch immer diese Rei- se uns führen wird, denn eine Assistentin bleibt immer an der Seite ihrer Chefin, komme da was wolle, in guten und in bösen Tagen." Sie wusste selbst nicht, wer ihr diese Weissagung eingeflößt hatte, so sehr fremdgeleitet fühlte sie sich.

KAPITEL 18

Von den merkwürdigen Irrwegen von
Regina de la Mancia

Als sich **Regina so im Krankenwagen** eingesperrt sah, protestierte sie: „Ich habe nun wirklich viele Filme über Schauspieler gesehen, doch in keinem wurde eine für verrückt gehaltene Schauspielerin so abgeführt. Aber dass man jetzt MICH in einem Krankenwagen ohne Sirene so wegbringt – bei Gott – da will mein Verstand nicht mitspielen. Vielleicht haben aber der Film und die Schauspielkunst in diesen modernen Zeiten einen anderen Benimmkodex angenommen. Da ich im Schauspielertum ein rechter Newcomer bin und eigentlich die erste, die den vergessenen Beruf der Vaganten wieder auferweckt hat, könnte das durchaus der Fall sein, dass neuerdings die Schauspieler einfach anders behandelt werden als früher. Fest steht: nur bekannte Schauspieler werden dieses Missgeschick erfahren, denn um die Namenlosen kümmert sich doch niemand auf Erden. Ich werde schon als Siegerin aus all diesen Nöten hervorgehen, davon bin ich überzeugt."

So lag sie also auf der Krankentrage, die Arme gebunden, die Füße ausgestreckt, sehr geduldig, als wäre sie kein Mensch aus Fleisch und Blut, sondern eine Statue aus Stein. Sie dachte über ihr trauriges Schicksal nach und wunderte sich, wie sehr Neid und Trug bösartiger Menschen in ein Künstlerleben eingreifen und es bremsen oder gar beenden können. Es kam ihr in den Sinn, dass Talent und Schönheit sehr viel öfter von den Bösen und Neidern verfolgt als von den Guten und von den Bewundernden geliebt werden. Sie wollte eine von jenen sein, die dem Neide zu Trotz und zum Ärger und zum Leidwesen aller missgünstigen Schauspielerkollegen und aller verleumdenden Regisseure dennoch ihren Namen im Walk of Fame einschreiben. Sie wollte die Unsterblichkeit, und auch in den kommenden Jahrhunderten als ein Beispiel der besten Schaustellerkunst gelten, sosehr die Vipern dieser Welt sie auch ins Vergessen zurückdrängen wollten. Vielleicht würde sie eines Tages sogar Präsident der Vereinigten Staaten von Amerika werden. Sie blickte einen der Pfleger an, der neben ihr saß und sagte: „Die Sache ist die: ich bin gerade so verrückt, wie Ihre Frau Mutter, denn ich bin völlig bei Verstand. Bis gestern habe ich normal gegessen und getrunken und meine Bedürfnisse verrichtet, wie jeder andere Mensch, bevor man mich eingesperrt hat. Wie wollt ihr mir also weismachen, ich sei irre? Ich habe von vielen Leuten sagen gehört, Verrückte würden weder essen noch schlafen noch reden – ich, hingegen, rede mehr als 30 Rechtsanwälte, wenn man mich nicht stoppt. Wie kann es sein, dass das Glücksrad der Welt sich so sehr dreht? Was gestern oben war, ist heute ruiniert. Warum nur werde ich so schlecht behandelt? In dieser wertvollen Zeit, in der ich gefangen gehalten werde, hätte ich wunderbare Rollen annehmen und spielen können. Ist Ihnen das bewusst?"

In der Zwischenzeit hatte Sandra Rosy gesattelt, um Regina nachfahren zu können. Als sie gerade einsteigen wollte, kam ihr die Hairstylistin entgegen und bat sie, sie mitzunehmen. Also fuhren die beiden gemeinsam los – sie waren keine 100 m gefahren, da begann die Friseuse auch schon: „Wie haben Sie sich nur von den Verheißungen der Frau Manca so Ihr Hirn schwängern lassen können? Sie sind doch ein rationaler Mensch, mit Familie, haben einen Beruf – und stehen mit beiden Beinen mitten im Leben. Ts! Berühmt werden! Als Schauspielerin! Und das in ihrem Alter!"

„Ich bin von niemandem geschwängert worden", antwortete Sandra. „Ich bin nicht die Art Frau, die sich so einfach mir nichts dir nichts schwängern lässt, ja nicht einmal vom Präsidenten höchstpersönlich. Ich mag zwar arm sein, aber ich bin ein guter Mensch und außerdem bin ich niemandem etwas schuldig. Und wenn ich mir etwas Erfolg und Geld wünsche, so wünschen andere sich Anderes und Schlimmeres.[1]

Jeder ist das Ergebnis der eigenen Taten und da ich nur eine Frau bin, kann ich es wohl kaum zum Papstamt bringen. Frau Manca kann durchaus noch einen redlichen Erfolg haben und ich kann mir sehr wohl einen indirekten Ruhm und Ehre erhoffen, als Folge von Frau Mancas Karriere. Natürlich auf meinem Gebiet, versteht sich. Also überlegen Sie sich, was sie da reden, Frau Friseuse, denn Haare schneiden ist nicht alles und zwischen Wahnsinnigem und Wahnsinnigem ist immer ein Unterschied.

Mit mir darf man nicht mit falschen Würfeln spielen und wie es mit der Verwirrung von Frau Manca zugegangen ist, das weiß wahrscheinlich niemand so richtig und dabei wollen wir es lassen, denn wenn man anfängt, in etwas herumzustochern, wird alles immer nur noch schlimmer."[2]

Die Friseuse wollte Sandra nicht antworten, denn sie wollte sie daran hindern, in ihrer Einfalt alles zu verraten, was sie und der Psychotherapeut, der selbstverständlich bereits dem Krankenwagen vorausgefahren war, so sehr zu verbergen versuchten. Dieser hatte natürlich schon längst mit dem Chefarzt der psychiatrischen Anstalt gesprochen und hatte ihn über Reginas

---

1 vgl. S. 493

2 vgl. S. 493

„Denkart, Lebenslauf, Torheit und Gewohnheiten"[1] aufgeklärt. In aller Kürze hatte er ihm vom Ursprung und dem Grund der Verrücktheit der Schauspielerin berichtet, von ihrem Lebenslauf bis zu dem Zeitpunkt, als ihr die Zwangsjacke angelegt wurde, und am Ende von seiner Absicht, sie in diese Anstalt zu bringen, um, wenn möglich, ein Heilmittel gegen ihren Irrsinn zu finden.

Der Chefarzt drückte seine Verwunderung aus, als er Reginas seltsame Geschichte gehört hatte: „Ja, werter Kollege, ich finde ebenfalls, dass diese ganzen Filme dem Gemeinwesen schaden. Obwohl ich mir selbst aus Langeweile und einer wahrscheinlich verkorksten Schaulust zumindest den Anfang beinahe aller Neuerscheinungen im Kino ansehe – zu Ende sehen konnte ich bislang allerdings keinen einzigen. Ich denke, sie gleichen sich mehr oder weniger alle und in dem einen sieht man nicht mehr und nicht weniger als in dem anderen. Hauptsächlich dienen sie doch nur der Unterhaltung, weshalb ich nicht verstehe, wie sie Frau Manca gefallen können; *sind sie doch voller Abgeschmacktheiten. Alles, was hässlich und missverständlich ist, kann unmöglich vergnüglich sein.*[2] Welche Schönheit kann es etwa in einem Film geben, in dem eine geisteskranke Kannibalenfamilie Menschen und Tiere kaltblütig abschlachtet, um sich dann Masken aus Menschenhaut über das Gesicht zu ziehen? (*Texas Chainsaw Massacre*, Tobe Hooper) ,Welcher Geist, wenn er nicht völlig roh und ungebildet ist'[3], kann sich daran erfreuen, zu sehen, wie Replikanten gegen Menschen kämpfen müssen, um nicht selbst ausgerottet zu werden. (*Blade Runner*, Ridley Scott)

> Wenn man mir nun entgegnet, dass die Produzenten dieser Filme nur erfundene Geschichten verfilmen, und dass sie nicht verpflichtet sind, angemessene und wahrheitsgetreue Tatsachen zu vermitteln, so müsste ich tatsächlich antworten, dass Lügen umso besser beim Publikum ankommen, je mehr sie wahr und möglich scheinen. Das Filmische muss so gestaltet werden, dass das Unmögliche erfassbar gemacht wird.
>
> Das allzu Unbegreifliche muss greifbar gemacht werden, Spannung und Staunen muss erzeugt werden, damit der Zuschauer in Aufregung versetzt und unterhalten wird. Er muss bei der Hand genommen werden, damit er niemals die Hoffnung verliert. Aber all dies kann nur vollbracht werden, wenn die Handlung die Wirklichkeit nachahmt, worin die eigentliche Vollkommenheit eines Films besteht. Dennoch bleibe ich dabei, dass diese

---

1 S. 494

2 vgl. S. 494

3 S. 495

Kunstrichtung jedes Kunstverständnisses entbehrt, weshalb sie als unnütz aus dem Gemeinwesen verbannt werden müsste."[1]

Der Psychotherapeut hörte ihm aufmerksam zu und erkannte in ihm einen Mediziner von gesundem Menschenverstand, der mit all seinen Behauptungen Recht hatte. Er sagte ihm, er sei in allem seiner Meinung und dass er ebenfalls ein Filmgegner sei. Er erzählte ihm auch, wie er die ganze Sammlung von Regina weggeworfen habe – und die sei nicht klein gewesen. Und er erzählte ihm, wie er über sie Gericht gehalten hatte, welche er zum Mülleimer verurteilt und welche er am Leben gelassen habe. Darüber lachte der Chefarzt lauthals und meinte, dass er trotz all dem Bösen, das er über Filme gesagt hatte, dennoch auch etwas Gutes in ihnen finden könne, nämlich, dass in ihnen von Zeit zu Zeit durchaus gute Köpfe und hervorragende Charaktere zum Vorschein kommen können. Mal wird ein begnadeter Arzt gezeigt, mal eine wunderschöne Jungfrau. Mal ein weitblickender Präsident, mal ein tapferer Soldat oder ein siegreicher Held.

„Ich selbst bin deshalb in meiner Jugend einmal in Versuchung geraten, einen Kurzfilm zu drehen und habe dabei alle Regeln der Regie und der Beleuchtung beachtet, die ein zwangloser und dennoch belehrender sowie lustiger Film voraussetzt. Ich habe zuvor mehr als hundert Blätter vollgeschrieben, habe Storyboards skizziert und Probedrehs gemacht, nur um das alles Leuten zu zeigen, die leidenschaftlich für Kurzfilme schwärmen, sowohl Spezialisten aus dem Fach als auch normalen Zuschauern von der Straße, die nicht die geringste Ahnung vom Filmemachen haben. Bei allen habe ich den gewünschten Beifall gefunden.[2]

Trotzdem habe ich nicht weitergemacht. Zum einem, weil das etwas war, was mit meinem wahren Beruf nichts zu tun hatte, und zum zweiten begriff ich sofort, dass die Zahl meiner ungebildeten Bewunderer die der belesenen Bürger weit überstieg. Was mich allerdings völlig davon abbrachte, war, ausgehend von den Seifenopern im Fernsehen, eine Betrachtung, die ich für mich alleine anstellte. Ich sagte mir nämlich: wenn diese Serien, die man jetzt zeigt, meistens ungereimtes Zeug sind und weder Hand noch Fuß haben und wenn trotzdem die Menge sie mit Vergnügen ansieht und für gut hält und mit Beifall und hohen Zuschauerquoten belohnt, während sie nicht im entferntesten gut sind, und wenn die Drehbuchschreiber und Regisseure, die

---

1 vgl. S. 495 f

2 vgl. S. 497

sie verfassen sowie die Schauspieler, die spielen, sagen, sie müssten so sein, weil die Mehrheit sie so und nicht anders haben will; und wenn die schönen Filme, die einen Plan haben und die Handlung folgerichtig entwickeln, wie die Filmkunst es verlangt, nur für drei oder vier gelehrte Zuschauer sind, die Verständnis dafür haben, während alle anderen ganz und gar verständnislos sind – und wenn es für die Darsteller und die Produzenten viel besser ist, mit dem Mainstream ihr Brot zu verdienen, als bei den wenigen gebildeten Zuschauern: nun, dann werde ich am Ende mit meinen Kurzfilmen nur draufzahlen, ‚nachdem ich mir die Finger lahmgeschrieben'[1] und unendlich viele Megabites an Aufnahmen nach allen Regeln der Kunst gemacht haben werde.

Obwohl ich versucht habe, die Schauspieler zu etwas anspruchsvolleren Rollen zu überreden, die sicher mehr Leute anziehen würden und mit denen sie größeren Ruhm erlangen würden, blieben diese dennoch bei ihrer Meinung. Sie halten so sehr daran fest, dass weder vernünftige Erwägungen noch die augenscheinlichsten Tatsachen imstande wären, sie davon abzubringen."[2]

„Herr Doktor, Sie haben da einen wunden Punkt angesprochen, der auch meinen Groll geweckt hat und den auch ich gegen dieses gesamte Metier hege – wollte meine Tochter doch nach dem Abitur unbedingt auf diese vermaledeite Schauspielschule gehen.

Wenn Tullius Cicero von einer Komödie verlangte, sie solle ein wahrheitsgetreuer Spiegel des menschlichen Lebens sein und uns als eine Einführung in die Sitten dienen,[3] so sind die heutigen Filme doch eher Spiegel der Absurdität, des Unsinns und Bilder der kecksten Fleischeslust. In ihnen scheinen Zeit und Raum aufs Unwürdigste aus den Angeln genommen und alles nur, um das ungebildete Volk in Staunen zu versetzen. Es würde ja schon genügen, wenn man sie vor ihrem Erscheinen einfach zensieren würde. So würden Drehbuchautoren und Produzenten ihre Werke sehr viel gründlicher überdenken, da sie stets die strenge Prüfung eines Sachkundigen bedenken müssten. Auf diese Weise würden gute und anständige Filme entstehen und es würde im Einverständnis aller das erreicht werden, was mit ihnen beabsichtigt wird: das Entertainment und der Zeitvertreib der Massen, die Einhaltung des guten Rufs der Regisseure und der Filmemacher und der gute Leumund der Schauspieler."

---

1 S. 498

2 vgl. S. 498

3 vgl. S. 499

KAPITEL 19

Das vom sachlichen Gespräch zwischen
Sandra Wanst und Regina de la Mancia berichtet

So weit waren der Chefarzt und der Psychotherapeut in ihrer Unterhaltung gekommen und fühlten auch bereits eine gewisse Zuneigung füreinander, als endlich der Krankenwagen mit Regina in der Klinik ankam. Als die Trage von den Pflegern herausgezogen wurde, hatte Sandra, die ihnen nachgefahren war, endlich die Gelegenheit, ohne die fortwährende Anwesenheit des Psychotherapeuten und der Hairstylistin, die ihr doch sehr verdächtig vorkamen, ein paar Worte mit ihrer Arbeitgeberin auszutauschen. Sie näherte sich also der Tragbahre und redete auf sie ein: „Frau Manca, ich muss Ihnen unbedingt erklären, was hier vor sich geht. Die zwei, die Friseuse und der Psychoheini, haben Sie aus reinem Neid hierher geschleift; weil Sie ihnen nämlich intellektuell so etwas von überlegen sind und weil Sie weltberühmt sein werden."

„Ach Sandra, liebste Freundin. Meinst du, ich wüsste nicht ganz genau, was hier abläuft? Störenfriede, Freigeister und Eigendenker sind der bestehenden Autorität doch immer lästig. Jeder, der das System hinterfragt und zumindest versucht, sein Glück zu finden, wird seit jeher geächtet, ausgeschlossen, misshandelt oder in irgendeiner Weise bestenfalls mundtot gemacht. Selbst wenn ich verrückt bin, so ist das doch ein Zeichen der Überlegenheit gegenüber den sogenannten Normalen. Vielleicht haben meine gespaltenen Gedanken bereits die chemische Zusammensetzung meines Körpers verändert. Das ist schon oft passiert und mehrere Studien haben es belegt. Vielleicht kann ich Dinge tun, die die Normalen nicht machen können. Vielleicht habe ich Superkräfte, wer weiß? Die sollen mein Gehirn gründlich untersuchen; mit einem EEG oder dergleichen. Vielleicht wird so das Geheimnis des Übernatürlichen gelüftet. Doch du sollst dich nicht um mich sorgen, denn ich werde einen Weg finden, von hier zu fliehen. Das wäre ja gelacht. Und müsste ich mit einem schweren Waschtisch ein Fenster zerschlagen, um so meine Freiheit wiederzuerlangen. (*Einer flog über das Kuckucksnest*, Miloš Forman). Wie könnte ich so viele filmhungrige Menschen im Stich lassen und einfach träge und faul hier herumsitzen?"

„Sie habe da ganz recht, Frau Manca. Es wäre wirklich gut, wenn Sie versuchen würden, aus diesem Gefängnis zu kommen. Ich meinerseits werden Ihnen dabei helfen, so gut ich kann, Sie hier herauszuholen, damit Sie wieder in Ihre wackere Rosy steigen können, die ebenfalls traurig zu sein scheint, so schwermütig und trübselig fährt sie umher. Wir wollen noch einmal unser Glück versuchen und nach neuen Filmabenteuern Ausschau halten. Sollte es uns aber nicht gelingen, so können wir immer noch in diese Nervenheilanstalt zurückkehren und ich schwöre und verspreche Ihnen, mich mit Ihnen hier einsperren zu lassen. Großes Assistentenehrenwort!"

„So soll es sein, liebe Sandra", erwiderte Regina, „und sobald du eine Gelegenheit siehst, mich zu befreien, werde ich dir in allem gehorchen und alles machen, was du von mir verlangen wirst." So unterhielten sich die Fahrende Schauspielerin und ihre wunderliche Assistentin, bis die Krankentrage vor dem Arbeitszimmer des Chefarztes abgesetzt wurde, in dem selbiger, der Psychotherapeut und die Hairstylistin bereits auf sie warteten. Sandra fragte gleich, ob man Regina nicht aus der Zwangsjacke befreien könne, da sie doch bald auf die Toilette müsse und es sonst wahrscheinlich etwas beschwerlich wäre.

Der Psychotherapeut erwiderte, er würde sehr gern diesen Wunsch erfüllen, wenn er nicht fürchten müsste, dass ihre Arbeitgeberin, sobald sie sich frei wähne, ihre tollen Streiche begehen und sich auf und davon machen würde auf Nimmerwiedersehen.

„Ich bürge dafür, dass sie nicht abhaut", sagte Sandra. „Ich auch und wir alle", sagte der Chefarzt, „denn Frau Manca wird uns ihr Schauspielerwort geben, dass sie sich ohne unsere Einwilligung, nicht von hier entfernen wird." „Ja, ich gebe es", griff Regina hier ein, die alles angehört hatte, „umso mehr, als jemand, der verrückt ist wie ich, sowieso nicht frei ist und nicht beliebig über die eigene Person verfügen kann. Das ist nämlich wie ein ewig währender Fluch. Lösen Sie mich also ruhig von den Banden."

Der Chefarzt kam näher, sah ihr tief in die Augen und auf ihr Gelöbnis und Ehrenwort hin wurde sie befreit. Darüber freute sie sich über alle Maßen. Das erste, was sie tat, war, ihren ganzen Körper zu recken und zu strecken, dann schlug sie zweimal mit der flachen Hand auf Sandras Schulter und sprach: „Ich hoffe sehr, o du Blume und Spiegel aller Assistenten, dass wir beide bald wieder dort weitermachen werden, wo wir stehengeblieben waren und dass wir zusammen das Handwerk ausführen werden, das Gott für uns bestimmt hat."[1]

Der Chefarzt betrachtete sie aufmerksam und staunte über ihre gewaltige Schizophrenie und zugleich darüber, dass sie in allem, was sie sagte und antwortete einen ausgezeichneten Verstand an den Tag legte und nur dann völlig

---

1 vgl. S. 507

übers Ziel hinausschoss, wenn man mit ihr über die Filmwelt redete. Er hatte Mitleid mit ihr und sagte:

> „Ist es möglich, Frau Manca, dass das Filmansehen Ihnen derart den Kopf verdrehen konnte, dass Sie am Ende wirklich glauben, Sie seien eine berühmte Schauspielerin und dergleichen mehr, was einfach nicht der Wahrheit entspricht? Wie kann ein verständiger Mensch sich da nur so hineinsteigern und alles glauben, was in der filmischen Fiktion als wahr dargestellt wird? Wie können Sie die zahlreichen ungereimten Handlungen arglos für bare Münze halten? Von mir kann ich behaupten, dass mir mancher Film einigermaßen Vergnügen bereitet, solange ich nicht darüber nachdenke, dass die meisten Filme nur erfundene Geschichten enthalten, also aus Lug und billigem Trug bestehen. Sobald mir aber bewusst wird, was sie eigentlich sind, schleudere ich die DVDs selbst mit besten Filmen gegen die Wand; ja ich würde sie alle ins Feuer werfen, wenn ich gerade eines in der Nähe hätte. Eine derartige Strafe verdienen sie doch. Ist doch alles Lüge und Betrug. Verleiten sie doch den unwissenden Pöbel dazu, all die Albernheiten darin am Ende auch noch zu glauben und für wahr zu halten.
>
> Selbst den Geist gebildeter und vernünftiger Menschen bringen sie in Verwirrung. Sehen Sie nur, was sie Ihnen angetan haben. Sie haben Sie so weit gebracht, dass es notwendig wurde, Sie in eine Zwangsjacke zu stecken und Sie in eine Geistesheilanstalt zu bringen. Haben Sie doch Mitleid mit sich selbst, Frau Manca, und kehren Sie in den Schoß der Vernunft zurück.[1]

Sie sind doch so intelligent – vergeuden Sie also Ihre Zeit nicht mit diesem ewigen Filmegaffen, sondern konzentrieren Sie sich lieber auf das Lesen von Büchern etwa, was ihre Psyche heilen und Sie noch gescheiter machen würde. Oder suchen Sie sich ein anderes Hobby, wie das Tanzen oder Stricken oder was auch immer Sie bevorzugen. Und wenn Sie unbedingt Ihrer Neigung nachgehen wollen und irgendetwas auf der Bühne aufgeführt sehen wollen, dann gehen Sie ins Theater! Freuen Sie sich bereits auf die wunderbare Atmosphäre, die schönen, rauschenden Kleider, das Vanilleeis im Foyer. Auch in den Theaterstücken finden Sie das Dramatische, das Sie in den Filmen suchen, das Heldenhafte, das Schöne, das Verliebte, das Geheimnisvolle und das Spannende. Einen Romeo, einen Faust, einen Dante oder einen sterbenden Schwan – ja, auch Ballettaufführungen empfehle ich Ihnen sehr. Das nenne ich mir wahre Unterhaltung und eine ausgezeichnete Bereicherung für

---

1 vgl. S. 509

einen kunstdurstigen Intellekt. Sie treffen Gleichgesinnte und sind so sozial eingebunden. Das ist ein vernünftiger und gesunder Zeitvertreib."

Mit höchster Aufmerksamkeit lauschte Regina den Worten des Chefarztes, und als er mit seinem Monolog zu Ende war, blickte sie ihm lange ins Gesicht und sprach dann: „Sie wollen mich also allen Ernstes davon überzeugen, Herr Doktor, dass es niemals Fahrende Schauspieler in der Welt gegeben hat und dass so ziemlich alle Spielfilme falsch, lügenhaft und schädlich und für das Gemeinwesen nutzlos sind[1];

dass es ein Fehler war, sie mir anzusehen, an sie zu glauben, ihnen nachzueifern und sie nachzuleben? Fahrende Schauspielerin werden zu wollen war sogar eine Todsünde, nicht wahr? Sie zweifeln alles an, was in den Filmen dargestellt wird und stellen es einfach in Abrede?" „So ist es!"

„Auch fügten Sie noch hinzu, dass mir besagte Filme sehr geschadet hätten, da sie mir den Kopf verrückt und sie mich in eine Irrenanstalt gebracht hätten und dass ich besser daran täte, meinen Lebensstil völlig zu ändern und Bücher zu lesen oder dergleichen, die ein besseres, wahrheitsgetreueres Vergnügen und eine bessere Belehrung bieten." „So ist es!" „Ich aber finde, dass Sie, Herr Doktor, ein Mensch ohne Verstand sind, weil Sie so sehr über etwas gelästert haben, das überall in der ganzen Welt so viel Geltung hat. Sie verdienen die gleiche Strafe, die Sie den Filmen auferlegen, die Sie ansehen und die Sie langweilen. Film macht Spaß! Das zu leugnen würde so viel heißen wie zu leugnen, dass die Sonne leuchtet und wärmt, dass das Eis kalt ist und dass die Erde uns mit der Gravitationskraft an sich zieht. Und wenn die Drehbücher auch noch so sehr Science-Fiction sind – ihren Wahrheitsgehalt zu leugnen wäre doch gerade so, als würde man Hektor bestreiten oder Achilles oder den Trojanischen Krieg oder die 12 Pairs von Frankreich oder König Artus, der bis heute in einem Raben weiterlebt, oder Gwenhwyfar und Sir Lanzelot oder gar die Landung auf dem Mond. Wer dies alles leugnen wollte, dem würde doch aller Menschenverstand und alle gesunde Vernunft fehlen."[2]

Der Chefarzt staunte sehr über diese verwegene Mischung von Wahrheit und Lügen und über die profunden Sachkenntnisse, die Regina in Geschichte und Literatur aufwies.

---

1 vgl. S. 510

2 vgl. S. 511

KAPITEL 20

In dem vom scharfsinnigen Meinungsaustausch
zwischen Sandra Wanst und ihrem Mann berichtet
wird und wie Reginas geistiger Zustand geprüft wird

Regina fuhr so fort: „Eines kann ich außerdem hinzufügen: seit
ich Fahrende Schauspielerin bin, bin ich tapfer, gnädig, selbstlos,
großmütig, höflich, kühn, sanft und geduldig. Ich ertrage gerne jede
Mühsal und obwohl ich mich seit kurzem in einem Irrenhaus eingesperrt
sehe, hoffe ich dennoch weiterhin, durch die Kraft meines Geistes und
meines Talents, wenn mir der Himmel und das Glück beistehen, mich binnen weniger Tage in Hollywood bei Dreharbeiten am Set zu sehen. Spätestens dann will ich meine Dankbarkeit zeigen, insbesondere Sandra will
ich dann reich belohnen, meine Assistentin, die der beste Mensch auf der
ganzen Welt ist. Sie möchte ich gerne mega-berühmt machen, wie ich es
ihr schon seit Tagen versprochen habe – allerdings fürchte ich, sie könnte
unfähig sein, in der Öffentlichkeit aufzutreten und mit dem Erfolg richtig
umzugehen."

Diese letzten Worte hörte Sandra und erwiderte:

„Frau Manca, sorgen Sie nur dafür, mich groß rauskommen zu
lassen – ich verspreche Ihnen meinerseits, mit der Popularität
bestens umzugehen. Ich habe nämlich gehört, dass man sich für
solche Fälle einen PR-Manager zulegen kann, dem man dann
soundso viel jährlich zahlt, während man selbst in Ruhe sitzt, die
Beine ausstreckt und seine Einnahmen genießen kann, ohne sich
um sonst etwas kümmern zu müssen. So will ich es auch machen
und mich nicht um das geringste scheren, sondern gleich alles
aus den Händen geben. Hauptsache, ich lasse mir mein Geld
so richtig schmecken und die Leute sollen doch denken, was sie
wollen. Ich könnte endlich tun, was ich will und wozu ich gerade
Lust habe. Und wenn ich das mache, worauf ich gerade Lust
habe, dann bin ich immer zufrieden. Und wenn einer zufrieden
ist, dann hat er nichts mehr zu wünschen."[1]

Der Chefarzt wunderte sich immer mehr über diesen systematischen Irrwitz,
wenn im Irrwitz ein System sein kann. Er staunte über den Eindruck, den

---

1 vgl. S. 516 f

80

die Filme bei Regina hinterlassen hatten, aber auch über Sandras Einfalt, die sich so sehr nach dem von ihrer Chefin verheißenen Durchbruch sehnte. Doch kaum hatte er diesen Gedanken ausgedacht, als ihnen von der Pforte her ein Mann entgegeneilte. Es war Sandras Ehemann, Johannes, der schon erfahren hatte, dass Regina interniert worden war, und deshalb gleich seiner Frau nachgereist war.

Als er Sandra sah, fragte er als erstes, ob sie die Stromrechnung bezahlt hatte, bevor sie gegangen war. Sandra antwortete, dass sie auch die Miete gezahlt hatte. „Gott sei Dank! Aber sag mal, was hast du mit dieser Rumfahrerei bis jetzt gewonnen? Hast du etwas verdient? Können wir diesen Sommer endlich in den Urlaub nach Mallorca fahren? Kann ich endlich den Pay-TV-Sport-Kanal abonnieren?"

„Nichts dergleichen bringe ich mit, Johannes, aber ich bringe viel größere und viel wichtigere Sachen mit." „Gut! Zeig sie mir doch, diese größeren und wichtigeren Sachen, damit ich dir deine lange Abwesenheit verzeihen kann."[1]

„Daheim werde ich dir alles erzählen, und freue dich lieber, denn wenn wir noch einmal nach Schauspielabenteuern ausziehen werden, dann werde ich mega-berühmt. Aber nicht nur so im Stadtviertel – nee, nee – so richtig ... in Vogue und Elle und so. Als die Make-Up-Artistin des Jahrhunderts."

„Schön wäre es! Und wir hätten es auch bitter nötig! Doch so richtig kapiert habe ich das noch nicht. Wie soll das passieren?" „Du alter Esel, du! Warte nur ab, du wirst schon sehen! Du musst ja nicht immer alles gleich erfahren, oder? Vertrau mir doch dieses eine Mal." Diese ganze Unterhaltung fand zwischen Sandra und ihrem Mann statt, während die Pfleger Regina auszogen und sie in einer weißen Gummizelle einsperrten.

Sie betrachtete sie mit verdrehten Augen und konnte es nicht fassen, an welchem Ort sie sich befand.[2]

Der Psychotherapeut ordnete allen an, Regina bestens zu verpflegen und medizinisch zu versorgen und aufzupassen, dass sie ihnen unter keinen Umständen entkomme, wobei er allen erzählte, was alles nötig gewesen war, um sie in die Nervenheilanstalt zu schaffen. Schon erhob sich wieder ein Geschrei aller Anwesenden, die aufs Neue alle Filme dieser Welt verwünschten und gegen sie wetterten und sie bis in den tiefsten Abgrund der Hölle verdammten.[3]

---

1 vgl. S. 534

2 vgl. S. 535

3 vgl. S. 535

Wir wollen hier nicht über Regina und ihr Handeln urteilen.

Mag ihre Sünde über ihr eigenes Haupt kommen. Mag sie aus-
löffeln, was sie sich eingebrockt hat, und mag es über sie
kommen, wie sie es verdient.[1]

So kam es, dass sowohl der Psychotherapeut als auch die Hairstylistin sich
mehr als einen Monat lang nicht bei Regina blicken ließen, da sie es vermeiden wollten, die früheren Erlebnisse wieder ins Gedächtnis zurückzurufen.
Reginas Neffe und ihre Putzfrau besuchten sie hingegen fast täglich und
kümmerten sich rührend um sie. Sie brachten ihr ihre Lieblingsspeisen und
viele Leckereien, da diese ihrer Meinung nach Herz und Kopf stärken und alles Unglück vermeiden konnten. Sie erstatteten täglich Bericht über die Zeit,
die sie mit Regina verbrachten. Es waren zwar überall Videokameras ange-
bracht, sodass keine einzige Bewegung und kein einziges Geräusch Reginas
unbeobachtet blieb – dennoch wünschte der Chefarzt diese tägliche Rechen-
schaftsablegung der beiden Helfer, die bereitwillig und detailliert ihre Ein-
drücke schilderten und berichteten, dass es Momente gab, in denen Regina
bewies, sie sei bei vollem Verstand. Darüber waren sowohl der Chefarzt als
auch der Psychotherapeut höchst erfreut, da sie mehr als überzeugt waren,
das Richtige getan zu haben, als sie Regina im Irrenheim eingesperrt hatten.

So beschlossen sie denn gemeinsam, ihre Besserung einer Probe zu unter-
werfen, obwohl sie eigentlich noch recht skeptisch waren. Sie machten aus,
nicht das Leiseste über Schauspieler, Filme und Regisseure verlauten zu lassen,
„damit ihre Wunde, die kaum vernarbt war, nicht wieder aufgerissen würde"[2].

Sie traten eines Tages gemeinsam in Reginas Zimmer und fanden sie im Bette sitzend. Sie trug ein hellgrünes, gestreiftes Fla-
nellnachthemd, das ihre Magerkeit unterstrich, denn sie war so
dürr und ausgetrocknet, als ob sie zur Mumie geworden wäre.[3]

Sie begrüßte die beiden Examinatoren sehr freundlich, die sie sogleich nach
ihrer Gesundheit fragten.

Regina erzählte von sich selbst mit dem klarsten Verstand in einer angenehm gehobenen Sprache und sagte während der ganzen Zeit kein einziges verkehrtes oder ungereimtes Wort. Sie
redete so vernünftig über alle angesprochenen Argumente, dass
die beiden Besucher es für zweifelsfrei hielten, sie sei gänzlich
genesen und wieder im Vollbesitz ihrer geistigen Fähigkeiten.[4]

---

1 vgl. S. 543

2 S. 547

3 vgl. S. 547

4 vgl. S. 548

Als der Neffe und die Putzfrau davon erfuhren, waren sie überglücklich, dass Regina wieder bei gutem Verstande war. Bei einer zweiten Unterredung zwischen Regina, dem Chefarzt und dem Psychotherapeuten änderte dieser seinen Vorsatz, Regina nicht das Geringste über die Filmwelt zu sagen, sondern wollte vielmehr die Probe vollständig machen, um zu sehen, ob Regina tatsächlich geheilt war oder nicht. So kam er nach und nach auf das Thema zu sprechen und berichtete über verschiedene Neuigkeiten aus Hollywood und erzählte unter anderem, dass das Gerücht umgehe, Spielberg habe vor, das Sequel von E.T. zu drehen. Niemand kenne seine Absichten, doch man halte es für gewiss, dass Drew Barrymore wieder mitspielen werde. Darauf versetzte Regina: „Spielberg ist ein begnadeter Regisseur, der ganz genau weiß, wen er an Bord holen soll; aber wenn man mich um Rat fragen würde, so würde ich ihm empfehlen, sich an eine Grundsatzregel zu halten, an die er bis jetzt anscheinend nicht im Entferntesten gedacht hat."

Kaum hörte dies der Chefarzt, der die ganze Zeit über mitgeschrieben hatte, sagte er bei sich:

> Gott halte seine Hand über dir, arme Regina de la Mancia, denn ich fürchte, du bist gerade dabei, vom hohen Gipfel deiner Verrücktheit in den tiefsten Abgrund deiner Arglosigkeit hinabzustürzen.[1]

Der Psychotherapeut fragte Regina, welche Grundsatzregel das sei, die sie vorschlagen würde und die Spielberg beachten sollte. „Diese Grundregel, Herr Seelenklempner, ist sehr einfach und eingängig", entgegnete Regina. „Sie wissen wahrscheinlich bereits, Frau Manca, dass erfahrungsgemäß alle, oder doch fast alle Ratschläge, die man einem großen Regisseur wie Spielberg erteilt, entweder unausführbar oder wertlos sind oder dem Regisseur und dem Film schaden würden."

> „Der meine aber ist weder unausführbar noch wertlos, sondern der am leichtesten ausführbare, der passendste, der bequemste und schnellste, der einem klugen Kopf einfallen kann."[2]

„Dann, Frau Manca, zögern Sie nicht lange und teilen Sie uns mit, woran Sie da denken", sprach der Psychotherapeut.

„Es würde mir gar nicht gefallen", meinte Regina, „wenn ich meinen Rat jetzt preisgeben, dieser schon bald Spielberg zu Ohren kommen und jemand anderes den Lohn und den Dank dafür abkassieren würde." „Was mich betrifft", erwiderte der Psychotherapeut, „vor der Welt und auf meine Kinder schwöre ich, dass ich keinem Erdenmenschen mitteilen werde, was Sie mir

---

1 vgl. S. 548

2 vgl. S. 549

anvertrauen wollen." „Ich weiß, dass dieser Eidschwur gilt und dass der Psychotherapeut im Grunde ein braver, ehrbarer Mann ist." „Selbst wenn er es nicht wäre", fügte der Chefarzt ein, „so bürge ich für ihn und stehe dafür ein, dass er über diese Sache nicht mehr sagen soll als ein Stummer unter Androhung der Todesstrafe."[1]

„Und wer wird für Sie bürgen, Herr Doktor?", fragte Regina.

„Mein Amt als Chefarzt dieser Klinik, mit dem die Verschwiegenheitspflicht einhergeht." „Nun, bei Gott!", rief Regina jetzt aus. „Was braucht es weiter, als dass Spielberg einfach die besten Fahrenden Schauspieler der Welt durch seine Agenturen ausfindig macht und am gleichen Tag zum Vorsprechen bestellt. Und kämen auch nur ein halbes Dutzend, so wäre der Erfolg des Filmes doch schon garantiert. Boom! Kassenschlager, bester Film in den Big Five, sofortige Aufnahme in den Bestand des National Film Registry unter der Kategorie ‚besonders erhaltenswert'. Eigentlich würde auch schon ein einziger aus dieser Zunft ausreichen, um diesen Film zum Kult werden zu lassen. Gott weiß, wie ich es meine und mehr sage ich nicht dazu."

„Oh weh!", seufzte der Chefarzt. „Ich will verdammt sein, wenn meine Patientin nicht aufs Neue eine Fahrende Schauspielerin werden will!" Darauf sagte Regina:

„Als Fahrende Schauspielerin will ich leben und sterben; auch wenn unsere verdorbenen Zeiten es nicht würdig sind, ein so großes Glück zu genießen, wie es die Zeiten genossen, als die Fahrenden Schauspieler die schwere Last auf sich nahmen, das menschliche Herz zu berühren. Die meisten Schauspieler von heute streben mehr nach Reichtum und Gold als nach der Schaffung von Kunstwerken. Heutzutage triumphiert doch die Trägheit über fleißiges Lernen und das Faulenzen über harte Arbeit, die Anmaßung über die Tüchtigkeit[2] und Vitamin B über wahrhaftes Talent.

Welcher Schauspieler geht heute denn auf die Schauspielschule, um das Handwerk zu erlernen? Eher gehen sie doch ins Fitnessstudio und bauen sich Muskelmasse auf oder lassen sich auf dem ganzen Körper unsinnig tätowieren. Sinnvoll wäre in meinen Augen nur ein Tattoo mit der eigenen Blutgruppe oder eine auf der Haut nachgezeichnete 1:1 Mappe der Organe, damit der Chirurg im Notfall gleich weiß, wo er entlangschneiden soll. Ja, die Zeiten haben sich wahrlich geändert.

---

1 vgl. S. 549

2 vgl. S. 554

Sagen Sie mir, wer war niedlicher als Marilyn Monroe? Wer war verwegener als John Wayne? Wer war verführerischer als Alain Delon? Wer war ausdrucksstärker als Bette Davis? All diese Schauspieler, Herr Doktor, waren Fahrende Schauspieler, waren des Films Glanz und Glorie. Schauspieler wie diese meine ich mit meiner Grundregel. Mit ihnen würden Spielberg trefflice Dienste erbracht und große Kosten erspart werden und es würde ein großartiges Sequel gedreht werden." „Nun, Frau Manca, meine Absicht war gut und Sie haben keinen Grund, so überempfindlich zu reagieren", lenkte der Chefarzt ein. „Ob ich überempfindlich bin oder nicht, das weiß ich schon selbst."[1] In diesem Moment hörten sie Reginas Putzfrau und ihren Neffen im Flur gewaltig schreien und alle eilten dem Lärm nach, auch Regina, denn sie war ja nicht mehr ans Bett gefesselt.[2]

1 vgl. S. 555

2 vgl. S. 559

KAPITEL 21

Das vom denkwürdigen Streit zwischen Sandra Wanst und Reginas Neffen und Putzfrau handelt, neben weiteren amüsanten Ereignissen

Die beiden stritten also lauthals mit Sandra, die mit aller Gewalt zu Regina hineinwollte, während die beiden ihr den Eingang verwehrten und schrien:
„Mach, dass du heimgehst, du nichtsnutzige Anstreicherin! Du bist es doch, und keine andere, die unsere Donatella beschwatzt und verführt hat und hinaus in die Wälder schleppt!" Erbost konterte Sandra: „Du blöde Putze, du! Die Beschwatzte und Verführte bin doch ich! Ich wurde in die Wälder geschleppt und nicht Frau Manca! Sie war es doch, die mich unter Vorspiegelung falscher Tatsachen aus meiner Wohnung gelockt und von meiner Familie fortgerissen hat. Sie hat mir doch Geld und Ruhm versprochen, alles Dinge, auf die ich noch heute vergeblich warte."[1]
„Dir soll das abscheuliche Geld und die Berühmtheit noch im Halse steckenbleiben und verflucht sollst du sein!", entgegnete der Neffe. „Du kommst hier nicht rein", schrie die Putzfrau, „du Sack voller Hinterlist, du Sparschwein voller Böswilligkeit! Geh lieber zu Mann und Kind zurück, mach deinen Haushalt und verschmiere noch ein paar mehr Gesichter und lass die Hände von Glanz und Moos!" Der Chefarzt und der Psychotherapeut hörten dem Wortgefecht, das sich gerade frei entfaltete, mit unverhohlenem Vergnügen zu, doch Regina war besorgt, dass Sandra sich verplappern könnte und einen Haufen Unsinn oder gar Details erzählen könnte, die ihrem Ansehen nicht eben dienlich sein würden.

Sie rief sie deshalb zu sich und befahl den beiden anderen zu schweigen. Sandra trat näher und der Chefarzt und der Psychotherapeut ließen die beiden allein. Ihr Bericht über Reginas Genesung fiel ziemlich negativ aus, da sie gesehen hatten, wie sehr Regina an ihrer verrückten Phantasiewelt hing und wie sehr sie immer noch von der Filmwelt besessen war. Der Psychotherapeut flüsterte dem Chefarzt ins Ohr: „Ich wundere mich gar nicht einmal so sehr über die Narrheit der Schauspielerin als über die Einfalt ihrer Assistentin, die an die Geschichte mit der Berühmtheit so fest glaubt, dass ihr das

---

1 vgl. S. 559

86

niemand mehr aus dem Hirn schaffen wird." „Wer weiß, was noch alles passiert", sagte der Chefarzt, „wir müssen einfach aufpassen und mitverfolgen, was aus den Verrücktheiten so einer Schauspielerin und so einer Assistentin wird. Es sieht doch beinahe so aus, als ob beide einander bräuchten und ihre Hirngespinste aufeinander abgestimmt hätten: die Narrheiten der Schauspielerin wären ohne die Albernheiten der Assistentin nicht einen Cent wert." „Das stimmt", sagte der Psychotherapeut.

„Ich wüsste nur zu gerne, was die beiden jetzt miteinander aushecken." „Das werden wir ja später anhand der Videoaufzeichnungen sehen. Da kann man bekanntlich nichts verbergen – die sind doch in jeder Klapsmühle installiert." Inzwischen hatten Regina und Sandra sich in Reginas Zimmer zurückgezogen und als sie endlich alleine waren, meinte die Schauspielerin: „Es tut mir sehr leid, Sandra, dass du sagst, ich sei es gewesen, die dich von deiner Familie entfernt hat, da du doch weißt, dass auch ich mein Zuhause verlassen habe. Zusammen sind wir von Zuhause fort, zusammen sind wir umhergezogen und zusammen haben wir nach Filmabenteuern gesucht; wir teilen dasselbe Schicksal, dasselbe Los. Und ‚Quando caput dolet', usw. …"[1]

„Ich verstehe nur Deutsch", gab Sandra zu. „Damit meine ich: *wenn das Haupt schmerzt, schmerzen alle Glieder.*[2] Da ich deine Arbeitgeberin bin, bin ich dein Haupt und du ein Glied von mir, weil du doch meine Assistentin bist; deshalb muss jedes Unglück, das mich trifft oder treffen wird, auch dich schmerzen – und umgekehrt." „So sollte es sein, Frau Manca, doch ich denke, dass das Haupt nicht unbedingt mit dem Leib mitgefühlt hat." „So darfst du nicht denken, Sandra! Aber lassen wir das jetzt. Wir werden schon die Zeit finden, das zu besprechen.

> Sage mir lieber, was sagen mittlerweile meine Bekannten? Wie urteilen sie über mich? Was sagen die anderen Schauspieler? Was sagen sie über meine Reise? Was über meine Abenteuer? Kurz, ich verlange von dir, Sandra, dass du mir alles berichtest, was dir zu Ohren gekommen ist, ohne auch nur das Mindeste zu beschönigen. Du musst nämlich wissen, dass diese Zeiten ganz anders wären, wenn die Wahrheit ganz nackt und ohne Schöntuerei übermittelt werden würde."[3]

„Ok", antwortete Sandra. „Aber nur, wenn Sie mir versprechen, nicht sauer zu werden und sich nicht zu ärgern." „Das werde ich nicht. Versprochen! Du kannst also ganz direkt sein, ganz ohne Umschweife."

---

1 S. 560

2 vgl. S. 561

3 vgl. S. 561

„Also gut! Als erstes sage ich Ihnen, dass die meisten Sie für völlig verrückt halten und mich für noch viel verrückter. Die Theaterleute sagen, Sie hätten sich nicht mit dem Theater begnügen wollen. Sie hätten sich einfach ein ‚de‘ vor den Namen gesetzt, hätten hochgestapelt und sich zur Filmerei hochgeschwindelt – obwohl sie doch gar nicht die richtige Ausbildung und erst recht keine Erfahrung haben. Die Filmschauspieler sagen, sie hätten es nicht gern, wenn Theaterschauspieler sich mit ihnen gleichstellen wollen – und schon gar nicht die Art eingebildeter Theaterschauspieler, die auch Werbespots für das Fernsehen gedreht haben und sich zu den lausigsten Darstellungen unter aller Kanone haben verleiten lassen.“

„Das trifft nicht auf mich zu. Ich habe schon sehr viel Filmerfahrung gesammelt und niemand weiß mehr darüber als ich. Und das ‚de‘ hört sich einfach super an.“ „Und was Ihre Filmabenteuer betrifft, so gehen die Meinungen auseinander.

> Die einen meinen, Sie seien verrückt, aber lustig. Die anderen meinen, Sie hätten nur immer Pech. Wieder andere denken, Sie seien elegant im Benehmen, aber dennoch linkisch und ungeschickt. Und so reden sie hin und her und lassen an uns beiden kein einziges gutes Haar.“[1]

„Tja, Sandra, wann immer sich Talent und Ambition auf so einem hohen Niveau zeigen, werden sie verfolgt und kaputtgeredet. Nur wenige der guten Schauspieler entgehen diesem Schicksal der bösen Verleumdung. So sagt man Robert De Niro, einem der wohl besten Schauspieler der Welt, nach, er stinke. Johnny Depp wirft man vor, ein Alkoholiker zu sein, obwohl er nun wirklich entzückend spielen kann. Von Kim Basinger, der legendären Sexgöttin, sagt man, sie soll Schulden in Millionenhöhe gehabt haben. Wenn also die Verleumdungen gegen mich nicht schlimmer sind als das, was du berichtest, Sandra, kann ich mich in guter Gesellschaft wähnen und es dabei belassen.“ „Ja, Frau Manca, aber damit ist es eben noch nicht getan.“ „Also gibt es doch noch mehr?“ „Und ob! Was ich Ihnen bis jetzt erzählt habe, waren nur Peanuts. Aber wenn Sie alles wissen wollen, was über Sie getratscht wird, kann ich Ihnen jemanden bringen, der Ihnen alles erzählen kann, ohne auch nur das Geringste auszulassen. Gestern Abend ist der Sohn meiner Nachbarin nach Hause gekommen. Er hat ausstudiert und ist Magister geworden. Also bin ich kurz rüber und habe ihn begrüßt. Da sagte er mir, dass Ihre Geschichte, Frau Manca – unsere Geschichte – bereits in den Zeitungen steht. Viele Artikel wurden geschrieben, meistens mit dem Titel *Die fantasievolle Schauspielerin Regina de la Mancia*. Und er sagte auch, dass ich mit meinem echten Namen, Sandra Wanst, darin vorkomme, und auch der

---

1 vgl. S. 562

Herr Duccio dal Tosco. Sogar was unter uns beiden vorgefallen ist, kam in der *Bald*. Wie konnten diese Journalisten das nur wissen?" „Ich versichere dir, Sandra, uns müssen die Paparazzi gefolgt sein – wahrscheinlich als ich alleine im Wald war. Dann haben sie die Story selbstverständlich an die Lügenpresse verkauft. Ist doch ganz eindeutig. Das ist ein gefundenes Fressen für diese Schundschreiber, diese Tagesberichter, diese Wirklichkeitsverdreher und Lohnkritzler." „Wenn Sie wollen, kann ich den Magister herbringen." „Ja, das sollst du machen! Bringe mir nur den Absolventen. Der soll mir hier seine Reifeprüfung noch einmal bestehen. (vgl. *Die Reifeprüfung*, Mike Nichols) Wir wollen doch mal sehen, was er so zu erzählen hat. Ich werde nichts mehr essen, bis ich nicht alles darüber erfahren habe." „Ok, dann rufe ich ihn gleich an."

Kurze Zeit später kam der frisch gebackene Magister und die drei führten ein höchst heiteres Gespräch. Während Regina auf diesen Mag. Karl Simpson (*Die Simpsons*, Matt Groening) wartete, war sie in tiefem Nachdenken versunken. Sie fürchtete vor allem, dass ihr Liebesverhältnis zu Duccio dal Tosco nicht mit dem gebührenden Dekorum dargestellt worden sei, was sowohl ihre eigene Ehrbarkeit als auch Duccios Ruf schädigen würde. Sie wünschte, die Journalisten hätten ihre Treue geschildert und ganz klar hervorgehoben, wie sie weltberühmte Regisseure, wunderschöne junge Schauspieler und begnadete Drehbuchautoren verschmäht hatte. Sogar Kane hatte damals um ihre Hand angehalten. Das wusste natürlich keiner. In erster Linie musste nämlich alles geheim gehalten werden, da er doch noch mit dieser hochnäsigen Emily, der Präsidentennichte, verheiratet war. Tja, und dann hatte er sie singen lassen, sogar ein Opernhaus hatte er ihr gebaut – obwohl sie doch gar nicht singen konnte. (*Citizen Kane*, Orson Welles) Wie auch immer. Sie hoffte, ihre Geschichte würde nicht zum verrissenen Boulevardklatsch werden und sie müsste sich nicht im *Network* (von Sydney Lumet) vor laufender Kamera erschießen, nur um die Einschaltquoten anzuheben. Als endlich Sandra und Karl Simpson ins Zimmer traten, begrüßte Regina diesen sehr höflich. Karl Simpson hatte eine gelblich-fade Gesichtsfarbe, war eher gedrungen und hatte einen hervorstehenden Bierbauch. Alles an ihm war rund, am meisten sein Gesicht.

Seine Finger hingegen waren kurz und wurstig, was nicht unbedingt von großer Intelligenz zeugte. Er war der klassische Spötter und nichts machte ihm mehr Spaß als andere zu verhöhnen und sich über sie lustig zu machen – gerne tat er das im Internet, versteckt unter dem Mantel der Anonymität, also von seiner Tastatur aus. Dieser King der Social Media, dieser Keyboard-Lion ging Regina freudig entgegen, reichte ihr überschwänglich die Hand und sagte: „Es freut mich so, Sie kennenzulernen Frau de la Mancia! Ich bin Ihr größter Fan und fühle mich sehr geehrt, denn Sie sind eine der besten Fahrenden Schauspielerinnen der Welt, die es je gegeben hat und je geben wird. Ich kann all den Journalisten, die über Sie berichtet haben, nur von Herzen danken, denn nur so konnte ich mich über Sie informieren und Ihre Taten nachlesen."

Regina antwortete: „Also ist es wahr, dass meine Geschichte publik gemacht worden ist und dass die Welt mich kennt." „Ja, absolut, Frau de la Mancia. Sie waren schon auf den Titelseiten der wichtigsten Zeitschriften der Welt. In den Social Media sind Posts über Sie und es wurde sogar ein Buch geschrieben, das es in die Bestsellerliste geschafft hat. Es wird bald keine Sprache mehr geben, in die man Sie nicht übersetzt hätte. Es geht sogar das Gerücht um, die Metro-Goldwin-Mayer habe die Filmrechte erworben und dass Ihre Geschichte bald verfilmt wird." „Nichts kann einer würdigen Frau mehr Freude bereiten, als noch zu Lebzeiten ihr eigenes Leben verfilmt zu sehen. Allerdings müssen diese Memoiren wohlwollend sein, denn sonst käme das dem Tod gleich", antwortete Regina. „Wenn es um Ihren guten Ruf und Ihren guten Namen geht", sagte der Magister, „so können Sie sich, allen Fahrenden Schauspielern voran, mit dem Sieg brüsten, Frau de la Mancia. Was Sie bis jetzt in der Filmwelt erlebt haben, wird wahrheitsgetreu geschildert und in den höchsten Tönen gepriesen: Ihre Geduld, Ihre Fantasie, Ihr Mut, Ihr Talent und vor allem Ihre Liebe zu einem der besten Drehbuchschreiber der Welt, Duccio dal Tosco." „Niemals", fiel Sandra ein, „habe ich gehört, dass unser Duccio gute Drehbücher schreibt. Hier ist also der Lebensrückblick einfach falsch." „Das ist nicht wichtig", erwiderte Simpson. „Das ist sicher nicht wichtig", meinte Regina, „aber sagen Sie mir doch, Herr Magister, welche meiner großen Taten wird in der Geschichte am meisten hervorgehoben?" „Nun, darüber streiten sich die Kritiker und Autoren. Je nach Geschmack, würde ich sagen. Einige meinen, es sei die Geschichte mit dem Bib, den Sie für den Riesen Stay Puft Marshmallow Mann hielten, andere können sich für das Begräbnis von Jim Morrison und die Liebesgeschichte zwischen dem todessüchtigen jungen Harold und der zauberhaften Maude begeistern. Wieder andere schwärmen von Ihrem Abenteuer in Phoenix und Ihrer Begegnung mit Bates. Trotzdem kritisieren einige Ihre Aggressivität und Ihre gewalttätigen Übergriffe, von denen bei so vielen Begegnungen berichtet wird."

„Aber gerade das bezeugt die Wahrheit der Geschichte", warf Sandra ein. „Schweig, Sandra! Ich bitte den Herrn Magister fortzufahren und zu erzählen, was in besagten Artikeln sonst noch von mir gesagt wird." „Und auch von mir", erbat sich Sandra, „denn alle behaupten, ich sei ein wichtiger Deuterafonist." „Deuteragonist, nicht Deuterafonist, liebe Sandra", fiel Simpson ein, „und eins kann ich Ihnen versichern: Sie sind die unangefochtene zweite Hauptrolle und es gibt mehr als eine Person, die lieber Sie reden hört als all die anderen schwülstigen Figuren, die in den Artikeln vorkommen."

„Ja, ja, was wäre Xena ohne Gabrielle – übrigens Sandra, wo ist mein Chakram? (*Xena – Die Kriegerprinzessin,* Robert G. Tapert) Ich habe es doch immer an meinem Gurt hängen. Ach, ich hätte es so bitter nötig gehabt, als ich mich Stay Puft Marshmallow Mann stellen musste. Ich hätte es ihm gegen die Gurgel geschleudert und ihn so mit einem Male seines fetten Hauptes entledigt." Hierzu meinte Simpson: „Obwohl einige behaupten, Sie, Sandra, seien viel zu leichtgläubig und dass Sie Regina de la Mancia die Versprechen von Ruhm und Reichtum zu leichtfertig abgekauft haben." „Die Sache ist noch nicht entschieden", sprach Regina, „je älter Sandra wird, desto besser wird sie schminken können und desto bekannter wird sie in der Filmwelt werden." „Du lieber Gott, Frau Manca, wenn ich jetzt noch nicht schminken kann, dann werde ich das in meinem Greisenalter gewiss nicht besser können. Das Schlimme an der Sache ist, dass Glanz und Gloria wer weiß wann eintreffen werden, und nicht, dass ich nicht richtig schminken kann."

„Alles wird noch gutgehen, Sandra, und vielleicht noch besser als erwartet, denn ohne Gottes Willen fällt kein Haar von unserem Haupt. Also bete und hoffe, denn wir sind größer als unsere Umstände, und vergiss nie, dass wir nach seinem Ebenbild erschaffen wurden", entgegnete Regina. „So ist es! Wenn er nur will, wird es Sandra an nichts mangeln – wenn er es will, wird es ihr nicht an Vermögen und Erfolg fehlen", sprach Simpson. „Das eine kann ich Ihnen sagen, Herr Magister Simpson, es freut mich unglaublich, dass die meisten Journalisten die Geschichten mit mir und über mich alles andere als langweilig finden. Aber ich wette, dass sie, wie immer, alles chaotisch miteinander vermischt haben." „Das kann gut sein, liebe Sandra, denn ich wette, die Autoren meiner Geschichte waren irgendwelche ignoranten Quatschköpfe und wir täten gut daran, ihre Werke zu lektorieren und zu rezensieren, denn sie haben wahrscheinlich ohne rechte Recherche einfach ins Blaue geschrieben. Die meisten werden sich sowieso gedacht haben: soll doch daraus werden, was will. Wahrscheinlich wird unsere Geschichte, werte Freundin, eine Explikation benötigen, da sie sonst – dessen bin ich mir sicher – brillant fehlinterpretiert wird."

KAPITEL 22

In dem Regina de la Mancia von unmöglichen Unmöglichkeiten berichtet

„Das glaube ich nicht", erwiderte Simpson, „es ist doch alles so verständlich und eindeutig. Die Kinder lesen Ihr Buch, Frau de la Mancia, die Teenager, Männer und Frauen in jedem Alter; kurz, Sie werden von allen sozialen Klassen gelesen und jeder kennt Sie. So sehr, dass niemand einen cremefarbenen VW-Käfer auf der Straße sieht, ohne gleich auszurufen: Das ist Rosy! Doch wissen Sie, wer Ihr Buch am meisten liebt? Die Bildungsbürger! Präsidentensöhne und Präsidententöchter im ganzen Land. Es gibt kein Bücherregal, in dem die *Regina de la Mancia* fehlen würde. Jawohl! *Wenn jemand sie hinlegt, nimmt sie der andere gleich.*[1] Die einen wollen das Buch in einem Zug durchlesen, die anderen es sofort wiederhaben. Jeder mag diesen heiteren Zeitvertreib, den unschädlichsten, den es bis dato je gegeben hat. Findet man im Buch doch nicht ein einziges auch nur andeutungsweise vulgäres Wort. Im Gegenteil beruhen alle darin enthaltenen Gedanken auf Ehrlichkeit und Echtheit."

Regina entgegnete: „Anders zu schreiben hieße doch lügen. Autoren, die lügen, sollten verbrannt werden wie die Satanisten. Herr Magister, soviel ich davon verstehe, um ein Buch zu schreiben, egal welcher Art, muss man über einen gesunden Menschenverstand und über die nötige Reife verfügen. Die Hochbegabten kleiden ihre Werke dann auch in Anmut und Witz, denn die geistvollste Rolle im Film ist doch immer die des dummdreisten Narren. Die Story ist also das Heiligtum und sie muss wahr sein – und wo die Wahrheit ist, da ist Gott. Trotzdem gibt es Leute, die Bücher schreiben und wie Konfetti unter das Volk werfen." „Es gibt kein schlechtes Buch", sagte Simpson, „das nicht etwas Gutes enthielte."[2] „Durchaus! Doch wie oft kam es vor, dass Autoren mit einem einst großen Ruf diesen einbüßten, sobald sie ihre minderen Werke in Druck gaben?" „Das kommt daher, dass über das gedruckte Buch in aller Ruhe nachgedacht werden kann und dass daher die enthaltenen Fehler leicht zu erkennen sind. Die Kritik ist umso gründlicher und strenger, je größer der Ruf des Verfassers ist. Derart glänzende Autoren werden doch immer von den Rezensenten freudig zerfetzt, die selbst nie irgendeine literarische Arbeit ins Leben gerufen haben."

---

1 vgl. S. 570

2 S. 570

„Darüber brauchen wir uns gar nicht zu wundern. Gibt es doch etliche Filmkritiker, die nicht für den Film taugen, die allerdings gleich erkennen, was an den Filmen anderer zu wenig oder zu viel ist. Deswegen behaupte ich, dass es ein großes Wagnis ist, einen Film zu drehen, da es über alle Unmöglichkeiten unmöglich ist, ihn so zu machen, dass er alle Kritiker befriedigt und erfreut. Ich bin außerdem davon überzeugt, dass das Buch über mich nur wenigen gefallen hat." „Ganz im Gegenteil, Frau de la Mancia. Es gibt so viele, denen Ihre Geschichte zusagt. Einige beklagen zwar, dass das Raum-Zeit-Kontinuum nicht eingehalten wird, und dass Sie mal hier, mal dort sind, und dass Sie Zitate aus dem Nichts einbringen oder sich auf Filme beziehen, die kaum einer kennt,

doch das ist wie kleine Muttermale, meiner Meinung nach, die dem Gesicht doch erst den rechten Reiz verleihen."[1]

Darauf sagte Sandra: „Hauptsache, der Verfasser hat nicht nur Geld und Gewinn im Sinn, denn in diesem Fall wird er oder sie bestimmt nichts anderes tun, als zu hudeln und sich zu überhaspeln. Da kommt nichts Rechtes dabei heraus, denn alle Arbeiten, die man schnell dahinschludert, werden nie mit der Vollkommenheit zu Ende geführt, die sie erfordern.[2] *Die unendliche Geschichte* (Wolfgang Petersen) oder *Der Name der Rose* (Jean-Jacques Annaud) wurden doch auch nicht in drei Tagen geschrieben." „Freundin Sandra", meinte Simpson, „Sie haben wie ein Professor gesprochen. Trotz allem sollten Sie die Hoffnung nicht aufgeben und weiterhin Ihr Vertrauen in Frau de la Mancia setzen, die Sie sicher nicht nur weltberühmt machen wird, sondern Ihnen gewiss auch die Möglichkeit geben wird, eine eigene Beauty-Linie herauszubringen und international zu vermarkten." „Zuviel ist ganz dasselbe wie zu wenig", erwiderte Sandra. „Gott wird alles richten", sprach Regina, „es wird sich alles schon geben, sobald du Make-Up-Artist des Jahrhunderts werden wirst; und mich dünkt ganz stark, ja ich kann es schon förmlich riechen, dass das schon sehr bald passiert."

Sie ließen es dabei beruhen und machten aus, dass die Flucht aus dem Irrenhaus in acht Tagen stattfinden solle, denn es sei wieder an der Zeit, Filmabenteuer zu erleben und dem Oscar entgegenzueilen. Regina schärfte dem Absolventen ein, alles geheim zu halten, besonders vor dem Chefarzt, dem Psychotherapeuten, der Friseuse, dem Neffen und der Haushälterin, damit sie nicht dazwischenfunkten. Der Magister versprach es und verabschiedete sich von Regina mit der Bitte, ihn immer über ihren weiteren Werdegang zu informieren. Sandra ging daraufhin heim, um für die weitere Reise die Koffer zu packen.

---

1 vgl. S. 571

2 vgl. S. 574

KAPITEL 23

In dem berichtet wird, was **Regina de la Mancia** bekennt, als sie sich aufmacht, ihren **Duccio dal Tosco** zu treffen

Gepriesen sei Gott der Allmächtige! Dreimal sei er gepriesen zu Beginn dieses 23. Kapitels, weil dann Regina de la Mancia und Sandra Wanst endlich frei sind und die Leser dieser kurzweiligen Geschichte sich wieder auf Reginas heroische Bravourstücke und lustige Geistesblitze ihrer Assistentin gefasst machen können. Bald schon nahmen diese Taten auf dem Weg in das Val d'Orcia ihren Anfang. Regina und Sandra fuhren in Rosy auf italienischen Autobahnen dahin. Sie saßen frohgemut nebeneinander und hielten es für ein höchst glückliches Vorzeichen, dass Rosys Motor an diesem Tag einen so leistungsstarken Sound hatte. Regina wandte sich an Sandra: „Freundin Sandra! Schon bald werden wir das anmutige Val d'Orcia erblicken, wohin ich zu gehen beschlossen habe, bevor ich mich an ein neues Filmabenteuer wage: dort will ich die Liebe, den Kuss und den Segen des einzigartigen Duccio erhalten, um so gekräftigt jede Bedrängnis bewältigen und erfolgreich zu Ende führen zu können. Nichts in diesem Leben macht uns Fahrende Schauspielerinnen tapferer als das Wohlwollen ihrer Herzbuben." „Das glaube ich gerne", entgegnete Sandra, „aber es wird wahrscheinlich kompliziert sein, ihn zu sprechen, weil ich mich nicht mehr erinnere, wo er wohnt." „Wie kann das sein? Er wohnt doch bestimmt in einer schönen Villa mit einem riesigen Garten oder in einem prächtigen Loft mit einem herrlichen Blick über das Val d'Orcia, wo er seine Drehbücher für Filme schreibt, die einen Oscar erhalten werden. Anders kann es gar nicht sein." „Ich kann mir eben nichts merken, Frau Manca, mein Gedächtnis ist schwach." „Trotzdem wollen wir hin. Ich muss ihn einfach sehen, sei es nur am Fenster oder vom Zaun eines Parks aus. Egal, jeglicher Strahl, der von seiner Schönheit und der Schönheit seiner Worte in mich dringt, wird meinen Geist erleuchten und mein Herz so bestärken, dass ich an Geistesstärke und Herzensgröße jeden übertreffen werde." „Ja, Frau Manca, das mag sein. Es stimmt zwar, dass ich manchmal etwas boshaft bin und eine gewisse Verschmitztheit an mir habe, doch das verbirgt nur meine Einfalt und meine Naivität. So wiederhole ich Ihnen zum x-ten Mal, dass mir der Herr Duccio keineswegs so strahlend schien – also eine Sonne ist er ganz gewiss nicht, wie er da so stand, mit grauen Bartstoppeln, ungepflegt und mit einer unverkennbaren Fahne."

„Alle Laster, Sandra, führen – ich weiß nicht welchen – Genuss mit sich; aber das Laster des Neids führt zu nichts Weiterem als zu Widerwärtigkeit, Groll und Wut."[1]

„Ach was, Frau Manca, ich bin doch nicht neidisch. Worauf denn? Jeder kommt nackt auf die Welt und geht nackt aus ihr heraus. Keiner verliert etwas und keiner gewinnt etwas. Der Herr Duccio macht da keine Ausnahme, weshalb ich keine Bohne darum gebe, was er hat oder ist." „Aber die Begierde, Ruhm zu gewinnen, ist im Menschen schon immer gewaltig wirksam, wird er doch als eine Art Anteil an der Unsterblichkeit angesehen. Doch ‚dieser Ruhm, so lang er auch dauern möge, muss zuletzt doch mit der Welt vergehen, die ihr vorbestimmtes Ende hat.'[2] Ich selbst werde immer beschuldigt, herzlos, egozentrisch und zu ehrgeizig zu sein.

Anders als mein männliches Original würde ich nicht die Ungerechtigkeit und das Böse in dieser Welt bekämpfen, sondern wäre narzisstisch und beinahe machiavellistisch einzig auf meinen eigenen Erfolg fokussiert. Ich wäre zu allem bereit, um meine Ziele zu erreichen. Bin ich etwa eine ruhmsüchtige Angelina Jolie, die für die Karriere ihre Seele dem Teufel verkauft hat und seitdem das Blut unschuldiger Kinder trinkt? Habe ich mich hochgeschlafen wie Madonna? Nein, mein Egoismus geht nicht so weit. Ich bin reinen Herzens und umso ehrlicher bekämpfe ich durch Filme, denen ich mich gewidmet habe, das Hässliche in der Welt, das Ungereimte und jegliche prosaische Trivialität. Es wäre mir selbst und der Welt gegenüber unfair, wenn ich mit meinem Wissen über Filme hinter dem Berg halten würde, dann nämlich würde ich meine Talente nicht fruchten und gedeihen lassen, was in den Augen Gottes eine Todsünde ist. Ich mag unsympathisch sein und, jawohl, ich mag nach Aufmerksamkeit lechzen.

Soll doch der andere, mein Gegenstück, mein Alter Ego quasi, den verschrobenen Helden spielen. In dieser Hinsicht sind wir quitt. Hat es etwa eine höhere Aufgabe, einen löblicheren, sinnvolleren oder edleren Zweck als den meinen? Wir haben doch denselben Vorsatz und verfolgen dieselben Ziele. Beide wollen wir dem Nächsten, dem Schwachen helfen. Ich mittels meiner Selbstsucht, er durch seinen empathischen Altruismus. Man wirft mir vor, ich sei eine reine Stilübung, ein trockenes, intellektuelles, steriles, abstraktes, unnahbares Konstrukt aus dem weltfremden und menschenfernen Hyperuran, ohne zu bedenken, dass ein Kopf denkt, weil ein Herz darunter schlägt.

Sympathisiert der Leser tatsächlich mehr mit meinem männlichen Gegenüber? Liest man mich nicht ebenso gerne? Was du unter meinen Füßen

---

1 vgl. S. 600

2 S. 603

siehst, ist nichts anderes als der Staub innerer Verwüstung, der Resignation, des Alters – wohl wahr! Manchmal ist es, als ob das junge Alien-Monster mein Gesicht umspannen und mich am Atmen und am Leben hindern würde. Mir bleibt dann nichts anderes übrig als die Welt mit weit geöffneten Augen stumm anzuschreien. Auch dieses Konzept ist nicht neu, doch der Maler ist in diesem Fall Ridley Scott. Übrigens, liebe Sandra, hast du mit deinen Freundinnen jemals einen *Alien*-Marathon veranstaltet und an einem Abend alle vier Alien-Filme angesehen – praktisch die ganze Nacht durch bis in das Morgengrauen hinein? Am Ende ist der Film immer noch schön und Sigourney Weaver immer noch hochinteressant, weißt du. Und dich überkommt so ein zufriedenes und sattes Gefühl, wie nach einer guten und üppigen Mahlzeit.

Eleganz, meine Liebe, ist seit Anbeginn eine Sache der Metrik, des Maßes, der Mengen und der Unmengen. Wir wollen in unseren Taten demnach niemals die Grenzen überschreiten, die uns das große Drehbuch der Welt, zu dem wir uns bekennen, gesetzt hat. Wir wollen den Neid durch unseren Edelmut und unsere Seelenruhe besiegen." „Am besten, wir werden Heilige, Frau Manca, denn dann werden wir in viel kürzerer Zeit den Ruhm erlangen, nach dem wir uns sehnen." „Ach Sandra, höre doch auf mit der Spötterei." Unter diesen und ähnlichen Gesprächen erblickten sie beim Abenddämmern das herrliche Val d'Orcia, und bei diesem Anblick wurde Reginas Herz sehr fröhlich, doch Sandra wurde depressiv, denn die Assistentin kannte Duccios Haus nicht und hatte ihn in ihrem Leben nicht zu Gesicht bekommen, ebenso wenig wie ihre Arbeitgeberin. Also waren beide sehr aufgeregt, die eine, weil sie ihn zu sehen wünschte, die andere, weil sie ihn nie gesehen hatte. Schon bald gelangten sie nach Bagno Vignoni, das bereits in tiefer Stille ruhte, da alle Einwohner schon im Schlummer lagen.

KAPITEL 24

Worin von Sandras List erzählt wird, die sie anwendet, um Duccio dal Tosco zu verzaubern

Das verträumte Dörfchen lag im Halbdunkeln, doch Sandra hätte es lieber gehabt, es wäre komplett finster, um eine Entschuldigung für ihre Lüge zu haben. Hunde bellten, Katzen miauten – dann und wann. In der völligen Stille der Nacht schienen diese Geräusche umso lauter. All das hielt die verliebte Schauspielerin für ein böses Omen, aber trotzdem sagte sie zu Sandra: „Sandra, beste Freundin, führe mich nun zu Duccios Villa, vielleicht finden wir ihn noch wach." „Zu welcher Villa denn? Ich sah den Herrn dal Tosco nur in einem kleinen Apartment im Erdgeschoss." „So wird das eine Zweitwohnung für die Gäste gewesen sein, wie sie alle großen Scriptwriter haben." Sandra war sich wohl bewusst, dass die Wahrheit immer die Wahrheit bleibt, und dass diese sich immer über die Lüge emporhebt. Sie hatte also große Angst, ihr Betrug könnte aufgedeckt werden und Regina könnte erfahren, dass sie Duccio dal Tosco niemals getroffen hatte.

Also dachte sie bei sich: ‚der Teufel, ja der Teufel selbst hat mich in diese Geschichte verstrickt, und sonst keiner.'[1]

> Ich muss mir unbedingt etwas einfallen lassen, und da Frau Manca meistens ein Ding mit einem anderen verwechselt, und weiß für schwarz und schwarz für weiß hält, wie damals, als sie den Bib mit dem Marshmallow-Männchen verwechselte, so wird es doch nicht schwer sein, ihr weiszumachen, dass irgendein Mann, der erstbeste, den wir antreffen werden, der Herr Duccio dal Tosco ist. Sollte sie es nicht glauben, so werde ich es schwören, und sollte sie dagegenschwören, dann werden ich meinerseits noch einmal schwören.[2]

Mit diesem Plan beruhigte sie sich und sah dem Treffen relativ gelassen entgegen.

So stiegen beide aus Rosy und begaben sich in Richtung der Piazza, die doch eigentlich ein Wasserbassin ist. „Ach", sprach Regina, und sah dabei durch ihren Fingerrahmen, den sie langsam, wie eine Kamera über den Platz schwenken ließ, „ich bin all dieser Schönheit müde, sagte er. Nur hier konnte

---

1 S. 613

2 vgl. S. 613

Tarkovskij seine *Nostalghia* drehen. Ist dieses Bild nicht zum Weinen schön? Hier steht die Zeit stumm. Hier kann ich ich sein und gleichzeitig auch du. Hier kann ich unbestimmt zerfließen. Ich danke dir Gott, dass du mich in meinem Leben mit so viel Schönheit umgeben hast, derer ich meinerseits niemals müde werde. Ich kann mich wahrlich nicht beklagen. Gleich sehen wir Andrej Gortschakov am Bassin entlangwandern. Mit seinem langen Mantel, eine Zigarette im Mundwinkel, den Kopf gesenkt, ein Schäferhund neben ihm hertrottend. Mit seitlicher Kamerafahrt auf Dolly."

Stattdessen kam ihnen eben in diesem Augenblick eine kleine grüne Ape Piaggio der öffentlichen Straßenreinigung entgegengefahren, wie sie in Italien des Nachts oft in den Innenstädten anzutreffen sind. Im dreirädrigen Rollermobil saßen Schulter an Schulter zwei Straßenreiniger eng aneinandergepresst, die auf der Piazza anhielten und anfingen, mit ihren Besen und anderen Gerätschaften die Straßen zu säubern. Regina und Sandra hörten sie pfeifen und fröhlich miteinander plaudern. „Was für ein Glück wir doch haben, Frau Manca! Sehen Sie nur! Der Herr Duccio! Der Herr Duccio dal Tosco dort, gerade vor uns." „Sag schnell, wo?" Regina ließ ihre Augen aufgeregt über das ganze Zentrum hinschweifen, sah aber niemanden außer den Straßenreinigern. „Ich sehe nichts als zwei Arbeiter, die die Straße fegen." „Haben Sie vielleicht die Augen hinten im Kopf? Sehen Sie nicht, dass der Rechte der Herr Duccio ist, strahlend wie die herrlichste Mittagssonne?" „Ach Unsinn, Sandra! Du kannst mir doch kein X für ein U vormachen. So wahr ich Regina de la Mancia bin und du Sandra Wanst, so wahr sind das nur Straßenarbeiter. Wenigstens kommen sie mir so vor."

„Schweigen Sie, Frau Manca. Sie wissen ja nicht, was Sie da reden. Reiben Sie sich die Augen und folgen Sie mir. Sie sollen endlich Ihren Duccio umarmen können." Mit diesen Worten schritt sie voran, um die beiden Straßenkehrer zu begrüßen. Sie hielt vor ihnen und sprach: „Hallo Herr dal Tosco! Sie sind der beste Drehbuchautor der Welt und jeder kennt Sie in der Filmbranche. Wir bewundern Ihre Werke, Ihr Talent und Ihre grenzenlose Fantasie. Bitte entschuldigen Sie die Störung, denn wie ich sehe, sind Sie gerade mitten in einer wichtigen, philosophischen Besprechung, die ich nur ungern unterbreche. Doch ich möchte Ihnen endlich meine Arbeitgeberin vorstellen, die Fahrende Schauspielerin von der traurigen Gestalt, Frau Regina de la Mancia. Ich bin ihre Assistentin und Make-Up-Artistin Sandra Wanst."

Jetzt hatte sich auch Regina hinzugesellt und schaute mit weit vortretenden Augen und wirrem Blick den an, den Sandra als Drehbuchautor und Philosoph angeredet hatte, und da sie nichts anderes in ihm sah als einen gewöhnlichen Arbeiter und noch dazu von keineswegs attraktivem Äußeren, denn er hatte ein kugelrundes Gesicht und eine Plattnase, war sie wie erstarrt. Voller Zweifel und Staunen wagte sie nicht, die

Lippen zu öffnen. Auch die beiden Straßenfeger waren hocherstaunt, als sie sahen, wie diese zwei so verschiedenen Frauen nicht von der Stelle wichen und in so ungewohnter Weise zu ihnen sprachen.[1]

Es folgte ein verlegenes Schweigen, das vom vermeintlichen Duccio unfreundlich unterbrochen wurde: „Wir haben es eigentlich eilig, bitte halten Sie uns nicht von der Arbeit ab!" Darauf antwortete Sandra: „Oh Herr dal Tosco, Sie genialer Drehbuchautor, erweicht beim Anblick der hochbegabten Schauspielerin Regina de la Mancia nicht Ihr Herz?" „Wie? Das ist wohl ein Jux", meinte der angebliche Duccio und lachte dabei verschmitzt. „Suchen die feinen Damen etwa ein schnelles Abenteuer? Einen flotten Vierer vielleicht?", dabei schubste er seinen Kumpanen mit dem Ellbogen an. „Lass nur, liebe Sandra", sprach Regina, „ich sehe schon, dass das Schicksal meiner Leiden noch nicht überdrüssig ist. Mein armes Herz, das ich im Busen trage, darf einfach keine Freude erwarten." Sich zum falschen Duccio wendend, sprach sie: „Ich weiß sehr wohl, dass du, mein Liebster, jetzt 10 Jahre lang ein Straßenarbeiter sein musst. Der böse Bischof hat diesen Fluch über uns ausgesprochen und hat dafür den Fürsten der Finsternis angerufen. Wir werden uns nicht treffen können, denn ich werde selbst in den nächsten 10 Jahren eine andere Gestalt annehmen müssen, und zwar die einer Thai-Masseurin und du wirst mich in dieser Aufmachung gewiss nicht erkennen. Wie solltest du auch? Nur beim Sonnenaufgang des ersten Tages des 11. Jahres werden wir uns einen kurzen Moment in unserer ursprünglichen Gestalt sehen können, bis der Fluch nicht gebrochen wird."

„Genau", prophezeite Sandra, „genau so hat es Storaro gemeint." (vgl. *Der Tag des Falken,* Richard Donner) „Bravo, Sandra!", wandte sich Regina ihr mit erhobenen Augenbrauen zu, „ich wusste es: auf dich und dein cineastisches Wissen ist Verlass!" „Erzählt das meinem Großvater!", kommentiere der unechte Duccio. „Machen Sie lieber Platz und lassen Sie uns hier weitermachen. Wir wären Ihnen dafür sehr dankbar." Sandra machte Platz und ließ sie weiter, höchst vergnügt und erleichtert, dass ihre List einen so glücklichen Ausgang gefunden hatte. Kaum erkannte der Straßenreiniger, der die Rolle Duccios gespielt hatte, dass er wieder frei war, entfernte er sich einige Schritte, hielt dann an, lehnte sich gelassen gegen eine Mauer und zündete sich ganz leger eine Zigarette an.

„Ah, was wäre *Casablanca* (Michael Curtiz) ohne Zigaretten? Bogart würde nur herumstehen und nicht wissen, was er tun solle. So aber wirkt auch mein Duccio tiefgründig, als ob jeder Zug ein Gedanke wäre. Sieht das nicht aberwitzig elegant aus, Sandra?", schwärmte Regina. Eigentlich fluchte der Paffer

---

1 vgl. S. 616

die ganze Zeit untertönig zwischen den Lippen, da er dieses unerwünschte Sich-Aufdrängen als eine leidige Zeitverschwendung ansah. Er wollte nur so schnell wie möglich seine Arbeit und seine Schicht beenden. Am Ende löste sich das Bild auf, die beiden Arbeiter zogen weiter mit ihrem Gefährt und auch die zwei Frauen gingen ihres Weges.

„Sandra, wie sehr muss mich der Bischof hassen? Sieh, wie boshaft er zu mir ist. Ich wurde wahrscheinlich geboren, um das Vorbild aller vom Glück Verlassenen und Schießscheibe für alle Kugeln des Missgeschicks zu sein. Du musst zugeben, dass dieser gemeine Kirchenmann sich nicht damit begnügt hat, meinen Duccio zu verwandeln. Nein, er musste ihn auch in ein so geringes und hässliches Wesen wie einen Straßenfeger umwandeln und zugleich entzog er ihm auch den guten Geruch, den ein so begnadeter Schriftsteller normalerweise hat. Sonst riecht er immer fein nach edlem Moschus und unwiderstehlichem Vetiver, doch heute, glaube mir Sandra, als mein Duccio die Zigarette ausmachen wollte und mich am Vorbeigehen beinahe streifte, da kam mir ein Geruch von rohem Knoblauch entgegen, bei dem ich mich beinahe übergeben hätte."[1]

„Ha, dieser Drecksack!" schrie Sandra. „Wenigstens den Geruch hätte er ihm doch lassen können, wenn er schon alle Schönheit in Hässlichkeit verwandelt hat. Um die Wahrheit zu sagen, habe ich persönlich seine Hässlichkeit nicht gesehen, sondern nur seine prachtvolle Schönheit. Angefangen von seiner stattlichen Statur, den breiten Schultern, dem dichten Haar, den schönen Händen, über sein wohlgeformtes Gesicht bis hin zu seinem eleganten Outfit."

„Und dass ich all das nicht gesehen haben soll, Sandra!", klagte Regina. „Ich wiederhole es und werde niemals aufhören, es zu sagen: ich bin der unglücklichste aller Menschen!" Sandra hingegen hatte alle Mühe, bei diesen Worten ein schelmisches Lachen zu unterdrücken.[2]

---

1 vgl. S. 618

2 vgl. S. 619

KAPITEL 25

Als Regina die Bekanntschaft der Spiegelschauspielerin macht

Nachdenklich stieg Regina wieder in Rosy und zog weiter, ernstlich betrübt über ihr schlimmes Schicksal, das ihr Duccio dal Tosco in der ekligen Gestalt des Straßenreinigers präsentiert hatte. Sie konnte einfach keine Möglichkeit ersinnen, um ihn in sein ursprüngliches Aussehen zurückzuführen. Diese Gedanken brachten sie ganz außer sich, und nur Sandra konnte sie aus diesem tiefen Sinnieren herauslocken: „Liebe Frau Manca! Wenn die Menschen zu traurig sind, dann werden sie zu Tieren! Kommen Sie wieder zu sich und leben Sie wieder auf! Wachen Sie auf und freuen Sie sich des Lebens, ganz so, wie es sich für Fahrende Schauspieler schickt. Was soll die ganze Niedergeschlagenheit?"

Regina wollte Sandra eine Antwort geben, aber Sandra fuhr fort: „Sehen Sie, vielleicht sollten Sie die ganze Schauspielerei und dieses Filmejagen noch einmal überdenken, Frau Manca. Ich kann mir gut vorstellen, wie Sie bereits als Kind ganz auf Fernsehen und Kino erpicht waren und wie sie als Teenager Ihre Schauspieleridole sehnsüchtig anhimmelten, doch niemals sind die Zepter und Kronen von Filmkaisern von echtem Gold gewesen, sondern nur aus Blech oder Plastik. Das sollte Ihnen zu denken geben!" „Das sind sie in der Tat. Und das ist auch gut so, denn es wäre nicht vernünftig, wenn die Wertsachen im Film echt wären. Vielmehr müssen sie fake und nachgemacht und bloßer Schein sein, wie es der Film doch selbst ist. Ich würde mich freuen, Sandra, wenn du den Film, die Darsteller und alle kreativen Figuren dahinter ebenso sehr lieben würdest, wie ich sie liebe, denn sie sind alle Werkzeuge, die dem Gemeinwesen von großem Nutzen sind, indem sie uns bei jedem Schritt einen Spiegel vorhalten, worin sich das ganze menschliche Leben zeigt. Es gibt keine treffendere Zusammenstellung von Wirklichkeit und Nachbildung, die uns lebendiger vor Augen führte, was wir sind und was wir sein sollen, als der Film und die Schauspieler. Oder hast du nicht Filme gesehen,

> in denen Könige, Kaiser und Päpste, Mafiabräute und viele andere Personen auftreten? Einer spielt den Loser, ein anderer den Gangster, dieser den Kaufmann, jener den Soldaten, der dritte einen tollpatschigen Liebhaber … und wenn der Film fertiggedreht ist und die Kostüme abgelegt sind, sind die Schauspieler in

ihrer Menschlichkeit wieder alle gleich." „So wie beim Schach-spiel", entgegnete Sandra, „wo jede Figur, solange das Spiel dau-ert, ihre besondere Aufgabe hat und, wenn das Spiel zu Ende ist, alle vermischt und durcheinandergeworfen in einen Beutel gelegt werden, wie man die Toten ins Grab legt."[1]

„Von Tag zu Tag, Sandra, nimmst du an Einfalt ab und an Verstand zu." „Es muss doch etwas von Ihrem Verstand an mir haftengeblieben sein, Frau Manca, in der Zeit, die ich mit Ihnen verbracht habe." *Dann und wann sagte Sandra tatsächlich Sachen, die Regina in großes Staunen versetzten.*[2] „Das macht mir so gute Laune, liebe Sandra, dass ich jetzt große Lust hätte, einen schönen Film zu sehen, und zwar im Kino."

So fuhren sie in die nächste Kleinstadt und fanden dort ein Kino aus den 40-er Jahren, mit hölzernen, unbequemen Sitzen und einem einzigen, recht kleinen Saal. Die Kartenverkäuferin war ein Faktotum, das nicht nur an der Kasse stand, sondern die Zuschauer auch zu den Plätzen führte und den Film einlegte – ganz so, wie es Regina liebte. So saßen die beiden Frauen nebeneinander und freuten sich über die Situation und den Film. Im Saal wa-ren nur wenige andere Zuschauer. Unter ihnen waren zwei weitere weibliche Figuren, die aus irgendeinem Grund Reginas Aufmerksamkeit weckten.

Die eine beugte sich immer zur anderen und flüsterte ihr etwas ins Ohr. Eben von diesen gewisperten Worten konnte Regina einen Fetzen erha-schen: „Edward Norton hat immer die lästige Angewohnheit, das Dreh-buch umschreiben zu wollen, wie etwa in *Der unglaubliche Hulk*. (Louis Le-terrier). Kannst du dir vorstellen wie ermüdend es ist, mit ihm zusam-menzuarbeiten? Ich war nach dem Dreh immer fix und fertig." Als Regina das hörte, schien es ihr ein unfehlbares Zeichen, an dem sie erkannte, die Flüsterin müsse eine Schauspielerin sein. Sie näherte sich daher Sandra, die während des Films natürlich eingeschlafen war, rüttelte sie mit viel Mühe wach und sagte ihr leise: „Liebe Sandra, wir haben ein Abenteuer." „Wie meinen Sie? Was war so teuer?"

„Ach was, Sandra. Da, dreh dich um! Da ist sie, unsere Hollywood-Di-va!" „Nun, woran erkennen Sie, gnädige Frau, dass das ein Abenteuer ist?" „Ich will ja nicht behaupten, dass dies schon ein vollständiges Abenteuer ist, sondern nur der Anfang. Denn damit fangen die Abenteuer doch immer an: mit dem Anfang. Höre doch nur, sie redet wieder. Von einem Mann, glaube ich …" „Ah, wieder eine von der verliebten Sorte." „Die meisten Fahren-den Schauspieler sind es. Ja es gibt keinen, der es nicht wäre. Das weißt du doch mittlerweile." Die angebliche Schauspielerin bemerkte, dass über sie

---

1 vgl. S. 627

2 vgl. S. 628

gesprochen wurde, weshalb sie sich umdrehte und mit hochgezogenen Augenbrauen verwundert fragte: „Ist etwas?"

Als Regina das hörte, beugte sie sich zur Kollegin vor und Sandra ebenso. „Ich bin Schauspielerin, genau wie Sie und eine Fahrende noch dazu. Sie haben mein Mitgefühl für Ihre Leiden, denn ich denke es sind Liebesleiden, Ihren Worten nach zu urteilen." *„Sind Sie etwa auch unglücklich verliebt?"*[1], wisperte die vermeintliche Schauspiel-Kollegin. „Ja, allerdings", warf Sandra ein. „Wie, ist das etwa Ihre Assistentin? So aufmüpfig? Sehen Sie sich meine an: sie macht ihr Ding, und sonst schweigt sie." „Ich aber mache meinen Mund auf, wann immer ich will." Darauf ergriff die Assistentenkollegin Sandra am Arm und sagte ihr: „Lass uns hier verschwinden. Der Film ist echt Kacke und ich hätte Lust auf ein Bier. Lassen wir die Chefinnen mit den Erzählungen ihrer Liebschaften und ihrem schwierigen Leben alleine." „Meinetwegen", meinte Sandra, „Hauptsache du machst mich nicht an", denn sie hatte wohl bemerkt, wie lesbisch ihre Kollegin war. Und so trennten sich Schauspielerinnen und Assistentinnen voneinander und erzählten sich alles über ihre Arbeit. „Wir haben doch einen schweren Job", sagte die Spiegelassistentin zu Sandra, „manchmal essen wir den ganzen Tag lang nichts. Also ich ertrage das ja alles nur, weil ich hoffe, bald bezahlt zu werden. Soviel ich weiß, wird der Assistent eines Fahrenden Schauspielers über kurz oder lang mindestens in Europa berühmt – wenn er nicht allzu großes Pech hat." Darauf antwortete Sandra: „Ich habe meiner Chefin gesagt, dass ich als Make-Up-Artistin völlig damit zufrieden bin, hin und wieder in Interviews für wichtige Zeitschriften erwähnt zu werden." „Klar, da hast du ganz Recht. Wie ist denn deine Arbeitgeberin so? Meine ist ziemlich durchtrieben und oft bringt sie mich damit zur Weißglut." „Nein, also durchtrieben ist die meine gar nicht; und deshalb bringe ich es nicht übers Herz zu kündigen." Die beiden Assistentinnen hatten einen netten Club gefunden, wo sie einen Double Vodka Redbull nach dem anderem hinunterkippten. Kurz, die beiden plauderten und tranken so viel, dass ihnen zuletzt der Schlaf auf den Sofas im Club die Zunge lähmte. Dort wollen wir sie für jetzt auch lassen, um zu berichten, was die Spiegelschauspielerin mit der von der traurigen Gestalt so verhandelte.

---

1 vgl. S. 632

KAPITEL 26

Das von der vermeintlichen 25. Stunde berichtet

Wir verbringen mehrere hundert Jahre damit, alles durch Inspiration zu regeln, und dann reicht manchmal eine einzige Begegnung, die nicht länger als einige Minuten dauert, um uns über uns selbst klar zu werden. Da saßen sie sich also gegenüber, Regina und die Spiegelschauspielerin, und musterten einander kritisch. Sie sahen einander so ähnlich – so zum Verwechseln ähnlich. Sie waren nicht mehr im Kinosaal, sondern irgendwo in irgendeiner dunklen Umkleide. Die Kameraperspektive war eine leichte Untersicht.

„Fuck you. Ja, du dich auch. Scheiß auf mich, scheiß auf dich. Ich scheiß auf dich und die ganze Stadt und alle, die da wohnen." „Ich scheiß auf deinen miefigen Duccio dal Tosco, der meinem Vlad von Cassidy nicht das Wasser reichen kann. Doch beide sind Schnorrer, und ich scheiß auf beide." „Ja, die wollen nur dein Geld und lachen dich hinter deinem Rücken aus. Sollen sie sich doch beide einen Job besorgen, statt unsere Windschutzscheiben vollzuschmieren." „Ja, ich scheiß auf sie! Die stinken doch beide aus jeder Pore nach Alkohol! Trinkt doch gefälligst weniger!" „Vielleicht sind das sogar zwei Schwuchteln mit ihren komischen glattrasierten Brüsten. Ich scheiß auf sie. Vielleicht wedeln sie an der Orcia mit ihren Schwänzen rum." „Ja, oder sie kommen mit in Zellophan eingewickelten Tulpen und Rosen an. Sie sind schon ein Leben lang Männer und wissen immer noch nicht, wie man einer Dame Blumen schenkt." „Die können doch sowieso nur in Kneipen rumlungern und ihre Schnäpse runterwürgen. Richtige Drehbücher werden die doch sowieso niemals schreiben. Verpisst euch dahin, wo ihr hergekommen seid!" „Ständig tragen sie mit Schuppen beschmuddelte Wannabe-Armani-Anzüge und haben sich selbst zu den Herrschern dieser Welt ernannt. Sind doch nur Möchtegern-Imitationen ihrer selbst mit pomadigen Haaren. Ich scheiß auf diese Arschlöcher. Ach, leck mich doch am Arsch: die leben doch beide sowieso von der Stütze und schreiben beschissene Video-Scripts, wenn sie denn überhaupt irgendetwas schreiben." „Ich scheiß auf meinen, mit seinem Goldkettchen mit dem heiligen Antonius. Ich sag dir, wahrscheinlich hängt er mit gelifteten Chicks ab, die jung und knackig wirken wollen, es aber seit 20 Jahren nicht mehr sind. Hey, das kauft dir sowieso keiner ab, Süße!" „Genau, das Ding landen die nicht mehr! Werdet endlich wach! Ich scheiß auf meinen Geliebten. Ich habe ihm vertraut und er hat mich geliebt. Scheiß auf das ganze Val d'Orcia und seine Bewohner. Soll doch ein Erdbeben alles platt machen. Soll doch alles in Feuer aufgehen. Sollen doch die Fluten diese ganze rattenverseuchte Gegend aushöhlen und überfluten." „Weißt du was, am meisten scheiß ich auf dich!" „Ja, und ich auf dich! Wir sind Chaos, einfach verschissenes, kompliziertes Chaos."[1]

Mit diesen Worten gingen sie ihre Assistentinnen suchen und fanden sie schnarchend in der gleichen Position, in der der Schlaf sie überrascht hatte. Freudig, selbstzufrieden und selbstsicher wollten alle ihre Reise fortführen, denn nach dieser Zäsur hielten sich alle für die besten Fahrenden Schauspielerinnen und die vortrefflichsten Assistenten der größten Schauspielerinnen aller Zeitalter. Alle Rollen und alle Filme, die auf sie warteten, hielten alle vier bereits für so gut wie abgetan und zu glücklichem Ende – also zum Oscar – geführt. In diesen Betrachtungen war Regina völlig versunken, als Sandra ihr sagte: „Ist es nicht seltsam, Frau Manca, dass ich immer noch Ihr Spiegelbild, Ihre zum Verwechseln ähnliche Doppelgängerin vor Augen habe?"

„Und du, Sandra, glaubst vielleicht", fragte Regina, „dass die Spiegelschauspielerin wirklich ein Mensch aus Fleisch und Blut war und ihre Assistentin ebenso wahrhaftig war?" „Ich weiß nicht, was ich dazu sagen soll", meinte Sandra, „ich weiß nur, dass sie mir erzählt hat, wie durchtrieben ihre Arbeitgeberin ist. Das kann wahrscheinlich kein anderer als sie selbst besser wissen. Wie auch immer: sie sei, wer sie sei. Und wenn es auch Geister waren, wie Sie gerade angedeutet haben: *gab es in der Welt nicht noch zwei andere, denen sie hätten ähnlich sein können?*[2] „Alles ist ein Kunstgriff, Blendwerk und falsches Spiel, Sandra. Alles ist Zauber. So ist eben der Film! Es ist nichts Sonderliches, sondern einfach nur das Drehbuch, das für uns geschrieben wurde. Das hat etwas Tröstliches, findest du nicht, dass wir am Ende nur das vollbringen, was bereits für uns von anderer Hand und anderem Geist vorgesehen wurde. Ich jedenfalls fühle mich so sicher und aufgehoben. Es enthebt mich vieler Verantwortung und ich kann mich ganz auf die Ausführung konzentrieren – auf mein höchsteigenes Talent also. Ich bin Regina de la Mancia, aka die Schauspielerin von der traurigen Gestalt."

---

1 vgl. 25 Stunden, Spike Lee

2 vgl. S. 655

„Mag schon sein", entgegnete Sandra, „das hat schon etwas Wahnsinniges an sich. Gott allein weiß die Wahrheit." Die Hirngespinste ihrer Arbeitgeberin vermochten Sandras Zweifel definitiv nicht aufzuheben. Und wenn Regina Sandra bei diesem Zwiegespräch aufmerksam ansah, so sah Sandra Regina noch aufmerksamer an und hatte dabei eine Miene zwischen munter und ernst. Die Erscheinung der beiden gab ein Bild ab, wie es seit langer Zeit nicht gesehen worden war. Wohl deshalb waren bereits 30.000 Bände von ihrer Geschichte gedruckt worden, und es hatte den Anschein, als sollten weitere 30.000 x 1.000 gedruckt werden, sollte sich die gute Fügung nicht von ihnen abwenden. Eben in diesem Augenblick überquerte vor ihnen eine schwarze Katze von links nach rechts die Straße. Sie hatten Rosy bereits angespornt und mussten deshalb recht abrupt bremsen, um den Löwen der Straße vorbeigehen zu lassen, der gemächlichen Schrittes vorbeistolzierte. Sandra, die abergläubische Visagistin, bekreuzigte sich gleich dreimal, wohingegen Regina freudig und flackernden Auges die Szene kommentierte: „Da, sieh doch! Leo, das Maskottchen der Metro Goldwyn Mayer. Das ich ihn noch einmal sehen darf, grenzt an ein Wunder! Du musst wissen, dass ich das Löwchen vor langer Zeit persönlich getroffen habe!

Ein wunderschönes Tier! Er war ungeheuer groß und schien entsetzlich, doch als für den Dreh der Käfig geöffnet wurde, und ich ihm direkt gegenüberstand, war das erste, was er tat, dass er sich im Käfig nach allen Seiten hin drehte, die Tatzen ausstreckte und sich genüsslich reckte und dehnte. Dann riss er den Rachen auf und gähnte lang und gemächlich und leckte sich mit der Zunge das Gesicht ab. Dann erst streckte er den Kopf aus dem Käfig und sah sich nach allen Seiten um, mit Augen, die wie Kohle glühten. Das war ein Anblick, kann ich dir sagen, die den Tollkühnsten aller Tollkühnen mit Entsetzen erfüllt hätte. Nur ich bin dageblieben. Mich sollte kein Löwe schrecken.[1]

Alle anderen sind schreiend weggelaufen, daran kann ich mich noch sehr gut erinnern. Erst da hat der goldene Leo laut gebrüllt und nur aus reinem Zufall wurde dieses Brüllen aufgenommen, weil der Tontechniker auf „Record" gedrückt hatte und alle Lautsprecher angeschlossen waren.

Wie majestätisch er doch war. Ich möchte mich fortan nicht mehr die Schauspielerin von der traurigen Gestalt nennen, sondern die Löwenschauspielerin. So folge ich dem alten Brauch der Fahrenden Schauspieler, ihren Namen nach Lust und Laune zu ändern."

---

1 vgl. S. 670

Kapitel 27

Von den Begebnissen, die Regina mit den Drehbuchautoren zustoßen, neben anderen ungeheuerlichen Dingen

Nach dieser Namensänderung, die Sandra vermuten ließ, Regina müsse vollends geistesgestört sein, da wir übel daran tun, mit dem Strom derer zu schwimmen, die davon ausgehen, sie seien nicht wahr, parkte Regina schnell am Straßenrand und tat etwas, das ihre Assistentin nun wirklich nicht vermutet hätte: sie entnahm ihrer Tasche die Tarotkarten und begann sie zu mischen. „Ganz nach Jodorowsky, liebe Sandra, ganz nach Jodorowsky! Den ich nur teilweise schätze, da er doch so viele Tiere in seinen Filmen misshandelt hat. Schafe, Frösche, Schweine." Sie hob die Karten einige Male und legte ihrer vier umgekehrt auf die flachgelegte Hermès-Handtasche.

Was Regina am meisten in diesem Moment behagte, war die wunderbare Stille, die in Rosy nun herrschte, fast wie in einem alten Kartäuserkloster.[1]

„Wollen wir doch mal sehen, was sie uns sagen wollen." „Wer, Frau Manca?" „Na die Karten natürlich!" Sie hatte ihren ganz persönlichen Legestil, frei von allem okkulten, esoterischen, magischen, spirituellen oder rituellen Kram. Für Regina waren die Tarotkarten eine rein psychologische Angelegenheit, der Spiegel innerer Prozesse, quasi, und ein Werkzeug zur Selbsterkenntnis. Worum geht es eigentlich? Sie drehte die erste Karte um. Der Gehängte. „Aha, es geht also um Selbstzweifel und Schuldgefühle. Mal sehen, was die nahe Zukunft bringen wird." Bei diesen Worten drehte sie die zweite Karte um, die die auf den Kopf gestellte Welt zeigte.

„Ha! Potz Blitz! Ich hab's doch gewusst!" Sandra, die bis dahin still dagesessen war und mit offenem Mund gestaunt hatte, fragte jetzt: „Was bedeutet das, Frau Manca? Etwas Schlimmes?" „Nein, ganz und gar nicht! Das verweist auf eine abgeschlossene Geschichte, eine isolierte Erfahrung, die andere Menschen ausschließt, und dennoch einen Gefühlsverlust darstellt. Diese Kombination stellt eine Person dar, die eine lebensverändernde Erfahrung gemacht hat. Ja, das kann man wohl sagen, Sandra, nicht wahr? Seit wir unterwegs und auf Filmabenteuer aus sind, hat sich unser Leben doch ungemein verändert."

---

1 vgl. S. 679

„Ganz so, wie meine Filme das Leben von Millionen von Menschen verändert haben, würde ich sagen." Bei diesen Worten, die von Rosy's Rücksitz mit männlicher Stimme ausgesprochen wurden, bekamen Regina und Sandra beinahe einen Herzinfarkt, wähnten sie sich doch alleine im Auto. „Méliès!", rief Regina entsetzt, „Sie haben mich zu Tode erschreckt! Machen Sie das nie wieder, Sie alberner Spaßvogel!" „Haha! Waren meine Filme nicht immer voller Humor und Ironie? Wer kommt, bitte schön, auf die Idee, eine Kapsel im rechten Auge des Mondgesichtes landen zu lassen? (*Die Reise zum Mond*, Georges Méliès) Und das im Jahr 1902. Man kann wohl zu Recht sagen, dass ich ein Filmpionier bin. Zugegeben, auch die Brüder Lumière waren nicht von schlechten Eltern. Gar nicht schlecht, muss ich sagen! Wusstet ihr, dass sie eine Zeitlang ein Atelier über meinem Theater hatten? Sie wollten mir partout ihren Cinématographen nicht verkaufen, ganz verstockt waren sie da."

„Wie Sie wissen, Herr Méliès, bin ich der festen Überzeugung, dass die Wissenschaft des Filmemachens allen anderen vorangeht", bemerkte Regina. „Beim hohen Himmel, beim höchsten der Himmel, Sie sind der beste Regisseur auf Erden und sind würdig, mit dem Lorbeer gekrönt zu werden, von den Akademien Hollywoods, denen zu Venedig, Cannes und Berlin.

> Gott gebe, sollten die Richter Ihnen den Preis absprechen wollen,
> dass die Musen niemals über die Schwellen ihrer Häuser schreiten.
> Ihrem bewundernswerten Genius auf den Puls fühlen zu dürfen,
> Herr Méliès, müsste für jedermann eine große Ehre sein."[1]

Méliès war höchst erfreut, sich von Regina loben zu hören, obwohl er sie bereits für eine Närrin hielt. „O Schmeichelei, wie groß und süß ist doch deine Macht."[2] „Wollen Sie nicht die dritte Karte umdrehen?", fragte er sie.

> „Gelobt sei Gott, dass ich unter den zahllosen verkommenen
> Regisseuren einen vollkommenen Regisseur gefunden habe, wie
> Sie es sind, denn davon hat mich die kunstvolle Arbeit Ihrer
> Filme mehr als überzeugt.[3]

Und die dritte Karte, das sind die Liebenden. Neben der Welt bedeutet das das öffentliche Bekanntgeben einer Liebe, was wiederum auf alles verweist, was die Welt und die Liebenden betrifft. Allerdings deutet die Kombination auch auf soziale Isolierung und Zurückweisungen hin. Im Allgemeinen symbolisieren die Liebenden die Unumgänglichkeit einer Entscheidung. Ich sollte mein Leben überdenken und einzelne Beziehungen genauer beleuchten."

„Ich denke, Herzensentscheidungen sind der richtige Weg für wichtige Veränderungen. Wissen Sie, Jules Verne und Sci-Fi, das war bei mir eben

---

1 vgl. S. 681

2 S. 682

3 vgl. S. 682

auch so ein Herzensprojekt. Wer hätte denn damals ahnen können, dass nur einige Jahre später so etwas Abscheuliches und Obszönes, wie *Ein andalusischer Hund* und *Das goldene Zeitalter* entstehen würde? Das ist doch die Verneinung aller Filmkunst. Was haben Sie sich dabei nur gedacht, Herr Buñuel?", dabei drehte er sich nach rechts zu seinem Nachbarn, der jetzt ebenfalls auf Rosy's Rücksitz saß.

> „Ich weiß nicht, ob ich es den beiden Herren schon einmal gesagt habe, und habe ich es schon gesagt, so sage ich es nochmal: wenn ihr euch die Wege und Mühen sparen wollt, um zu der unnahbaren Höhe des Ruhmestempels zu gelangen, braucht ihr nichts weiter zu tun, als den etwas schmalen Pfad der Regiekunst zu verlassen und den allerschmalsten, den des Fahrenden Schauspielervolkes, einzuschlagen, der euch im Handumdrehen zum Oscar verhelfen und zum Kaiser machen kann."[1]

Mit diesen Worten brachte Regina den Prozess ihrer Verrücktheit vollständig zu Ende und zu Beweis, und noch vollständiger mit den Worten: „Gott weiß, wie gerne ich die beiden Herren hier mitnehmen würde, um ihnen zu zeigen, dass, wenn sie auch gute Regisseure sind, sie doch ausgezeichnete werden können. Ich für meinen Teil habe die Surrealisten schon immer abgöttisch verehrt, stehen sie doch für die totale Freiheit. Alle wirklichen Schranken werden einfach aufgehoben." Dem fügte Buñuel freundlich lächelnd hinzu: „Ganz recht, liebe Löwenschauspielerin. Sie sollten auch unseren Einfluss auf die Rive Gauche und später auf die Nouvelle Vague nicht vergessen." „Mon Dieu! Resnais, und all die anderen Spinner", warf Méliès ein. „Im Grunde sind Sie ein Bourgeois, Méliès. Ein spaßiger Konformist. Und dafür verachte ich Sie, obwohl ich Ihre Filme verehre. Sie als Person langweilen mich! Da war mir Dalí doch weitaus lieber. Mit ihm konnte ich zumindest reden, auch wenn ich mich am Ende auch mit ihm verkracht habe", entrüstete sich Buñuel.

„Schon gut, meine Herren, wir werden uns doch jetzt nicht zanken", warf Regina ein, da sie sah, wie rot Méliès im Gesicht wurde. „Drehen wir lieber die vierte und somit letzte Karte um, die auf eine Deutung wartet."

> Buñuel und Méliès staunten über das seltsame Gemisch von Verstand und Unsinn in den Äußerungen Reginas und über ihre Beharrlichkeit und Hartnäckigkeit, die sie an den Tag legte, sich mehr und mehr der Suche nach ihren Abenteuern hinzugeben, die ihr Ziel waren.[2]

„Auf mich wirkt sie vernünftig", meinte Méliès. „Das ist bei vielen Wahnsinnigen so", erwiderte sein Kollege. Bei diesen Worten stiegen beide Herren

---

1 vgl. S. 683

2 vgl. S. 684

aus Rosy und ließen sich vom nächtlichen Nebel verschlingen.

Die vierte Karte war der Tod. Der prächtige Tod, der die Zukunft auf längere Sicht offenbarte. „Das ist interessant!", rief Regina aus. Sandra, die die ganze Zeit über nur offenen Mundes abwechselnd zu Regina und zum Rücksitz geblickt hatte, äußerte sich nur wie folgt: „Also, dass eine gottesfürchtige Person wie Sie, Frau Manca, auf Tarot abfährt, hätte ich auch nicht gedacht." „Ich fahre nicht darauf ab, ich ziehe die Karten nur zu Rate. Also, wie gesagt, ist die Kombination Tod und Liebende höchst interessant. Das deutet nämlich auf eine enge Beziehung zwischen Menschen hin, die sehr verschieden scheinen oder es sind.

Vielleicht geht es hier um den Mut, einen geliebten Menschen zu schützen und für ihn da zu sein. Der Tod verrät uns, dass die Zeit kommen wird, loszulassen. Ohne dass wir darauf achten, verabschieden sich jeden Tag viele Dinge von uns. Jede Minute ist eine Minute des unausgesprochenen Abschieds. Ich neige ja dazu, beim Tod im Tarot die Aufforderung zur Akzeptanz zu sehen. Waren die beiden nicht schnucklig, Sandra? Wie sie so nebeneinandersaßen, wie die Loren und Mastroianni während eines Rauchinterviews, bei dem Marcello in seinem gebrochenen Englisch über latin lover und love carpenters sprach ... haha, ja, das war ein gelungenes Interview." „Ja, schnucklig und gruselig. Also, wenn ich noch mehr Geister sehen werde, Frau Manca, dann drehe ich noch bald durch." „Das waren doch keine Geister, Sandra. Die waren echt. So echt, wie eben Projektionen unserer Einbildungskraft nur sein können. Bin ich echt, Sandra? Bist du es?" Mit diesen Worten ließ sie den Motor an und beide fuhren mit Rosy von dannen.

Kapitel 28

In dem Bericht erstattet wird über das Abenteuer im Tunnel und über grobe Filmfehler

Und als sie so dahinfuhren, auf holprigen Straßen, gelangten sie an einen dunklen, klaffenden Tunnel, der durchquert werden musste. Unsere MUA sagte mit heißerer und etwas gebrochener Stimme: „Also, wissen Sie, Frau Manca, da ist es schon wieder so unheimlich, finden Sie nicht? Könnte uns nicht etwa gleich ein großer, zähnefletschender Hund anspringen?" „Sandra, bei Gott! Du legst immer mehr Fantasie an den Tag! Du überraschst mich wahrlich sehr, beste Freundin! Ja, ich muss dir zustimmen, das ähnelt tatsächlich einer sehr bösen Cerberus-Szene." Bei diesen Worten fuhr Rosy instinktiv langsamer und ein Scheinwerfer fiel auf einmal aus. „Ich würde mich nicht wundern, wenn jetzt auch noch Formationen blasser Soldaten mit großem Heimweh auf uns zumarschierten. Ich würde ihnen *Kehrt marsch!* befehlen und dann zusammenbrechen."[1]

„Jetzt machen Sie mir richtig Angst, Frau Manca!"

„Wovor fürchtest du dich? Etwa vor dem Tod? Es liegt doch durchaus in der natürlichen Ordnung der Dinge, dass der Tag meines Todes eher kommt als der deinige." „Ha! Dem dürren Gerippe, ich meine dem Tod, ist nicht zu trauen; er frisst das Lamm wie den Hammel. Dieser große Herr ist weit gewalttätiger als wählerisch. Vor nichts ekelt es ihm. Zu jeder Stunde mäht und schneidet er, dürres wie frisches Kraut und er verschlingt und schluckt alles unzerkaut hinunter, was ihm vorgesetzt wird, denn er hat einen Wolfshunger, der nie zu sättigen ist. So sehr dürstet es ihn nach dem Leben aller Lebenden."[2] Und in eben diesem Augenblick schwirrte eine unendliche Menge der schwärzesten Raben, Krähen und Fledermäuse in dichter Schar und pfeilschnell heraus und an Rosy vorbei,[3] dass sich die beiden Frauen instinktiv duckten, obwohl sie doch im Auto saßen. Sandra erachtete das sofort für ein böses Vorzeichen.

---

1 vgl. Akira Kurosawas Träume, Akira Kurosawa

2 vgl. S. 699

3 vgl. S. 715

„Sage nichts weiter, Sandra! Was du in deiner Visagistensprache eben über den Tod gesagt hast, das hätte auch ein guter Prediger sagen können. Ich sage dir, wenn du so viel Bildung hättest wie gute Anlagen, könntest du es wirklich zu sehr viel bringen in der Welt und viel Gutes tun,[1]

wie *Batman* (Tim Burton), etwa. Ich kann wahrlich nicht verstehen und begreifen, wie du so mancherlei Weisheit in dich aufgenommen hast. Hast du etwa auch mit dem blassen Tod Schach gespielt? (*Das siebente Siegel, Ingmar Bergman*) Hast du den Fahlgesichtigen, der nicht mit sich handeln lässt, in diesem Kriegsspiel herausgefordert? Du wirst am Ende doch kein ungläubiger Ritter sein! So etwas darfst du mir nicht verheimlichen, Sandra! Das wäre eine ungemein wichtige Information für mich und für uns. Ach, ich höre das Meer rauschen. Ich sehe die weißen und die schwarzen Figuren auf dem Brett. Wie sie da warten – auf mich warten. Hast du etwa das Beten verlernt, tapferer Ritter? Bist du ohne Gott aus dem Land Gottes zurückgekehrt? Wer hat deinen Gott umgebracht? Und doch trägst du ein Kreuz auf deiner Brust. *Wenn ich dich mattsetze, bin ich frei*, wagst du zu sagen!" (*Das siebente Siegel*, Ingmar Bergman)

Und hier lachte Regina laut auf. „Du sinnloser Mensch! Die einzig sinnreichen waren da – sieh mal einer an – wieder einmal die Schauspieler! Weiß doch der Tod selbst nicht, welchen Sinn seine Existenz hat! Wer wagt es da noch, sich über meine blühende Fantasie, die sich durch Zeit und Raum so schwerelos bewegt, lustig zu machen? Bin ich wie du, edler Ritter, eine Gefangene meiner Träume und meiner Fantasie? Ist alles für uns beide nur ein Traum und sind wir alle nur Schachfiguren, nur Teile eines im Voraus entworfenen Plans?

Wahrlich, ich sage dir, beste Sandra, nach meinem Tode, wenn mein Herz ausgeschlagen hat, sollst du es mir aus der Brust schneiden und es zu Duccio tragen!" Da schrie die unglückliche Sandra laut auf und sprach: „Was? Das werde ich nie im Leben machen, Frau Manca. Ich werde Sie im Schoß der Erde bestatten und mit viel Tränen, aber in den Eingeweiden werde ich Ihnen nicht wühlen.[2]

Sie wollen mich heute wohl das Fürchten lehren! Ein rechter Schauer ist mir den Rücken entlanggelaufen. In diesem dunklen Tunnel noch dazu, mit den ganzen Nachtvögeln. Hören Sie sofort auf, so zu sprechen und zu fantasieren! Kommen Sie zu sich und fahren Sie uns schnell aus diesem Tunnel!" Dabei verkroch sie sich, so gut sie konnte, in den Autositz und zog ihren Jackenkragen hoch.

---

1 vgl. S. 700

2 vgl. S. 720

„Bist du mit deiner Predigt fertig? Ja, meinst du etwa, wir werden an die 500 Jahre alt, und werden selbst dann noch nicht sterben? Wie Connor MacLeod? Sie kamen aus der Dämmerung der Zeit und wanderten unerkannt durch die Jahrhunderte. Verborgen vor den Augen der Welt. Mit der Komposition des magischen Soundtracks, wurde keine Geringere als die Königin aller Rockbands beauftragt. (*Highlander – Es kann nur einen geben*, Russel Mulcahy). Daran wirst du dich sicher erinnern können, oder nicht? Ich für meinen Teil würde mich am liebsten für immer in den Busen der Erde hinabstürzen, um der Sonne und den Menschen den Rücken zu kehren. Denn traurig bin ich Zeit meines Lebens – traurig und düster.

Auch stimme ich Julius Cäsar zu, jenem tapferen römischen Imperator, der einst gefragt, welcher der beste Tod sei, so antwortete: der unvermutete, der plötzliche und unvorhergesehene."[1]
Dann versank Regina in großes Schweigen, hielt sich weiter an Rosys Lenkrad und sagte kein Wort weiter.

Als sie endlich wieder aus dem Tunnel fuhren, atmete Sandra erleichtert auf und fragte: „Ich wundere mich, wie wir in so kurzer Zeit, in diesem halben Augenblick, als wir im Tunnel waren, so vieles sehen, denken und uns vorstellen konnten." „Wie lange waren wir denn im Tunnel?", fragte ihrerseits Regina. „Wenig mehr als zwei Minuten", blickte Sandra auf die Uhr. „Das ist nicht möglich! Nach meiner Berechnung waren es mindestens 30 Minuten. Sind wir nicht gerade zum Stern Wega gereist? Oder sind wir in einem *Time Tunnel* gewesen? Und ich dachte, uns stünden noch ganze 28 Tage, 6 Stunden, 42 Minuten und 12 Sekunden zur Verfügung. Das hat mir der Hase Frank aber nicht gesagt, dass es so schnell vergehen würde. ‚Wach auf, Donnie!', hat er gesagt, woraufhin ich mich gefragt habe, ob nicht jedes Lebewesen einem vorbestimmten Weg folgt. Und wenn du deinen Weg oder deinen Kanal sehen kannst, dann kannst du auch in die Zukunft sehen, oder?" (*Donnie Darko*, Richard Kelly) Als Sandra ihre Arbeitgeberin so reden hörte, meinte sie schier den Verstand zu verlieren oder sich totzulachen. Sie hatte jetzt überhaupt keinen Zweifel mehr, ihre Chefin sei nicht bei Sinnen, wenn nicht ganz und gar verrückt, und daher sagte sie zu ihr: „Entschuldigen Sie, wenn ich Ihnen sage, dass ich von allem, was Sie eben erzählt haben, Gott soll mich holen" – Sandra wollte eigentlich sagen: der Teufel – „nicht das geringste glaube."[2]

„Du Sprachverderberin, die Gott verderben möge!", fiel Regina ein. „Werden Sie doch nicht gleich so wütend", entgegnete Sandra, „Sie wissen doch, ich habe nicht studiert, und verwechsle gerne so einige Sachen." „Ja, da

---

1 vgl. S. 733

2 vgl. S. 724

ich dich kenne, Sandra, berühren mich deine Worte nicht so sehr. Ich weiß, dass du mich liebst. Nur weil du in den Dingen dieser und der anderen Welt keine Erfahrung hast, scheint dir alles unmöglich, was schwer zu begreifen ist. Doch vieles ist einfach wahr und gestattet weder Einwand noch Widerspruch oder Zweifel. *Nicht alles ist Lug und Trug oder Traumgebilde.*"[1] Das musste wohl stimmen, *da Regina die wahrheitsliebendste Schauspielerin ihrer Zeit war.*[2] Sie fügte nur halbleise vor sich hinmurmelnd hinzu: „Obgleich der Traum die einzige Wahrheit ist, in der ich zu verweilen wünsche. Geduld, und neue Karten legen!"

Eben da fuhren sie an einem VW-Kombi vorbei, in dem zwei junge Männer mit langen Haaren saßen. Einer von ihnen hatte ein Löwenjunges auf den Knien, das Christian hieß und sehr verspielt war (*Der Löwe Christian, Anthony Bourke*). Regina sah die Autoinsassen allerdings nicht – zu sehr war sie in Gedanken versunken. Doch Sandra konnte die Szene vollständig in sich aufnehmen und war sofort Feuer und Flamme. „Frau Manca, haben Sie den Löwen gesehen? Im VW-Bus! Fahren Sie doch etwas langsamer!" „Ich denke gar nicht daran. Wie kann das sein? Ein Löwe in einem VW-Bus? Ich habe dir doch bereits erzählt, welche Erfahrungen ich mit Löwen gemacht habe." Sandra drehte sich um und glaubte schon, sie hätte sich alles nur eingebildet.

„Wer viel liest und viel reist, sieht vieles und erfährt vieles, doch betreff des angeblichen Löwens begehst du einen ganz groben Irrtum, denn in diesen Breitengraden gibt es keine Löwen, sondern nur Katzen oder Luchse oder Hunde. Und schon gar nicht in einem Auto auf dem Schoß irgendeines australischen Hippies. *Ein Löwe in einem VW-Bus ist auf jeden Fall eine große Verkehrtheit.*[3] Wie … na, wie … Filmpannen, Patzer, die nicht herausgecuttet wurden oder im Nachhinein ausgebessert werden mussten. In *Krieg der Sterne*, (George Lucas) Episode 5, *Das Imperium schlägt zurück*, z.B. hat der gute Lucas wohl vergessen, Harrison Ford die Jacke entweder anzulassen oder sie ihm auszuziehen, kurz bevor er in Carbonit eingefroren wird. Er hat sie zu guter Letzt weiß umfärben lassen. Oder denken wir nur an *Gladiator*, (Ridley Scott) in dem in einem römischen Streitwagen ein Motor eingebaut war, den man klar erkennen konnte, als der Wagen umfiel. Haha! Noch effektvoller ist vielleicht das Auto, das in *Braveheart*, (Mel Gibson) hinter den Kampflinien von William Wallace geparkt war. Ungezügelte und ungezäumte Pferdestärken unter einer Motorhaube, quasi. Und das im 13. Jahrhundert! Als ob die Kilts, deren Auftreten nicht vor dem Jahr 1600 nachgewiesen ist, nicht schon Fehler genug gewesen wären."

---

1 vgl. S. 743

2 vgl. S. 728

3 vgl. S. 748

Als Sandra dies hörte, erwiderte sie:

> „Frau Manca, Sie sollten nicht auf solche Kleinigkeiten achten, treiben Sie doch nicht alles auf die Spitze, dass zuletzt keine mehr da ist.[1]

Sehen wir heute nicht tausende von Filmen voller Ungereimtheiten und groben Fehlern, und trotzdem haben sie Erfolg und ernten nicht nur Applaus, sondern werden auch bewundert und so?" „Das ist schon wahr", antwortete Regina, „doch da es so große Produktionen waren, für die Millionen ausgegeben wurden, würde man sich wünschen, dass diese fehlerfrei auf der Leinwand erscheinen. Denke doch nur daran, wie viele Personen am Editing arbeiten." Sandra meinte dazu etwas neunmalklug: „Vielleicht gab es ja jemanden in der Produktion, der die Fehler erkannt hatte, aber kein Wortrecht hatte und deshalb keine Anmerkungen machen durfte. Vielleicht waren es ja junge Assistentinnen, so wie ich eine bin, die es nicht gewagt haben, den Mund zu öffnen, da sie um ihren Job bangten. Vielleicht dachten sie sich: ,Wes Brot ich ess, des Lied ich sing.'[2] Das mag zwar etwas feige sein, ab ich verstehe ihre Vorgehensweise durchaus."

> „Alles in allem sieht man wohl, dass du eben ein Waschweib bist und zu den Leuten gehörst, die sagen: ,Hoch der Sieger!' Zum einem bist du bestimmt nicht mehr das, was man eine junge Assistentin nennt, und zum anderen könnte dein Geldgeber auch ein wahrsagender Affe oder eine hölzerne Marionette aus einem Puppentheater sein, die die Filme mit allem Unsinn vollspickt, und du würdest ihn trotzdem preisen."

> „Ich weiß nicht, zu welchen Leuten ich gehöre,[3] aber ich weiß, soviel einer hat, soviel ist er wert und umgekehrt. Nur zwei Arten von Menschen gibt es auf der Welt, wie meine Großmutter sagte, die Hab-ich, also die Arbeitgeber, und die Hätt-ich, also die Arbeitnehmer. Man fragt doch: wem gehört die Firma? Und nicht: wer ist witzig und talentiert? Besitz gilt mehr als Witz."[4]

Hier musste Regina laut auflachen: „Welch seltsame Moral du doch vertrittst. Weißt du denn nicht, dass unsere Talente uns in indirekten Fällen wenig nützen, und selbst im direkten Fall: wollte Gott, sie wären uns von Nutzen!"[5]

---

1 vgl. S. 748

2 S. 698

3 S. 698

4 vgl. S. 699

5 vgl. S. 737

Also mach den Mund auf, du junges Ding einer Assistentin und sage, was du denkst, sofern du mit einem Funken Verstand ausgestattet bist. Ich bin nicht verheiratet, und bis jetzt ist es mir auch nicht in den Sinn gekommen zu heiraten. Deshalb habe ich auch keine Kinder, doch ich schwöre bei allem, was mir heilig ist, ich hätte meiner Tochter oder meinem Sohn nicht das Nichtdenken oder das Duckmäusern beigebracht. Meine Kinder hätten den Fehler im Filmmaterial nicht nur erkannt, sondern ihn auch gemeldet, und zwar lautstark."

KAPITEL 29

In dem in einem exklusiven Club bis zum Blut gekämpft wird

Als sie die Straße entlangfuhren, kamen sie am Parkplatz eines großen Einkaufszentrums vorbei. „Ach, halten Sie hier kurz, Frau Manca. Ich müsste ein paar Kleinigkeiten kaufen. Sie wissen schon – Frauensachen." „Ist gut Sandra. Es soll meine Assistentin nicht meinetwegen leiden." Also parkte sie Rosy. Es war bereits spät nachmittags, der graue Himmel wurde langsam grün und braun und nur eine einsame Schwalbe zog als Himmelsanker im Frack große Bögen über ihre Köpfe, wie ein Geier, der vorfreudig geduldig sein Festmahl umkreist. „Was ist das, Sandra? Hörst du es auch? Was ist dieses Schlagen? Dieses Stöhnen und Wehklagen? Schnell, ich glaube, jemand ist in Schwierigkeiten."

Sie eilten in die Richtung, aus der die seltsamen Geräusche kamen, und wunderten sich sehr, als sie einen Mann gegen sich selbst kämpfen sahen. Eigentlich hatte er gerade einen schweren Müllsack herangeschleppt, um ihn in die Mülltonne zu werfen, was ihm allerdings nicht gelingen wollte. Immer wieder versuchte er, ihn hochzuheben und schwungvoll zu entsorgen, doch er war viel zu schwer, weshalb der Gute immer wieder rückwärts strauchelte und hinfiel; mal auf die Knie, mal auf sein Steißbein. Der Mann war recht verzweifelt und bereits von Kopf bis Fuß mit Schmutz bedeckt, da schon große Löcher im Plastiksack waren, aus denen der Abfall herausquoll. Er schimpfte und fluchte und schlug heftig um sich. Es sah tatsächlich so aus, als würde er sich gerade selbst blutig schlagen.

Er fiel hin, erhob sich wieder, bedrohte sich selbst, verfluchte seine Tollpatschigkeit, jammerte und spuckte sehr viel auf den Boden. „Du hier, Tyler? Was machst du hier? Ich habe nie über uns gesprochen, das schwöre ich. Ich habe die erste Regel nie gebrochen. Niemals!" (*Fight Club*, David Fincher), rief Regina und rannte bereits zu dem gebückten, blutüberströmten Mann, der sich gerade die Seele aus dem Leib zu schlagen schien. Er war in diesem Augenblick alles andere als ein Simulant. Was da gerade aus seiner Nase triefte, war in Reginas Augen nicht Ketchup, sondern echtes, dickflüssiges, dunkelrotes Blut. Sein Blut!

„Fühlst du dich damit wirklich so lebendig, Tyler? Hast du wieder nicht geschlafen?" Der Mann war ein schmächtiger Angestellter der Supermarkt-Cafeteria um die 30, dessen Schicht gerade zu Ende gegangen war, weshalb er

117

mit dem Heraustragen des Mülls beauftragt worden war. Doch dieses Unternehmen erwies sich schwieriger als geahnt. Er hieß Daniel und fristete ein trauriges Dasein: er musste jobben, um sein Jurastudium weiter zu finanzieren, obwohl er sowohl das Jurastudium als auch seinen Job als Bedienung von ganzem Herzen hasste. Er hielt kurz inne, als Regina ihn ansprach, fuhr allerdings sofort mit seiner umständlichen Tätigkeit fort, ohne Regina eines Wortes zu würdigen. Da schien es ihr, er sei noch zorniger und kämpfe umso heftiger im brüderlichen Zweikampf. Es kamen einige Männer aus dem Supermarkt und traten neugierig näher. Diese freundschaftliche Prügelei schien ihnen zu gefallen.

Schon fieberten sie mit und feuerten die Duellanten, die sich einander mit Worten reizten, lautstark an. Alle wussten, dass sie sich nach dem Kampf die Hand geben und engere Freunde als zuvor sein würden, obwohl sie einander krankenhausreif geschlagen hatten. Regina hatte den Eindruck, es seien mindestens 200 mehr oder weniger muskulöse Mannsbilder. Sie trat näher zu ihnen hin, zu Sandras großer Sorge, die nie eine Freundin davon gewesen war, solchen Auseinandersetzungen beizuwohnen. Sie konnte die Suche nach dieser Art von Nervenkitzel einfach nicht verstehen. Weitere Männer schlossen sich an, bis der Kampftrupp Regina in seine Mitte nahm, da alle glaubten, sie sei eine von ihnen. Alle stellten sich rings um sie her, um sie mit jenem Staunen anzusehen, in das jeder verfällt, der eine Frau in derartigen Situationen antrifft.

Als Regina die angespannte Aufmerksamkeit bemerkte, mit der alle sie betrachteten, wollte sie dieses Stillschweigen nutzen. Sie erhob die Stimme und sprach:

> „Liebe Herren! Ich bin eine Fahrende Schauspielerin, deren Beruf die Schauspielerei ist und deren Amt es ist, die beste Schauspielerin der Welt zu werden und mit meinem Talent alle zu erfreuen, die meine Kunst zu sehen bekommen. Ich habe lange über euer Handeln nachgedacht und ich finde, den Gesetzen des Zweikampfs gemäß, dass ihr nicht im Irrtum seid, wenn ihr nach einem Kampf eure Ehre nicht für gekränkt haltet, denn keiner kann einen anderen mit einem Faustschlag an der Ehre kränken, solange kein Verrat vorliegt und solange keiner die Grenzen zu weit überschreitet.“[1]

So sprach Regina zu den Männern, die allesamt Angestellte der Supermarktkette waren und einfach von Neugier getrieben mitansehen wollten, was sich gerade im Hinterhof abspielte. In Reginas Vorstellung handelte es sich selbstverständlich um Mitglieder des exklusiven Clubs, den Tyler und sein

---

1 vgl. S. 757

identitätsgestörter Freund gegründet hatten. „Trefft ihr euch immer noch regelmäßig zu den Kampfabenden? Gibt euch das noch den ultimativen Kick, wenn ihr einander die Zähne ausschlagt oder euch die Wirbel ausrenkt? Stimmt es, dass die Organisation landesweit vertreten ist? Wow, Tyler", sie gab Daniel dabei einen Klaps auf die Schulter, „ich hätte nie gedacht, dass sich das Ganze so gut entwickeln würde. Du scheinst eine wahre Marktlücke zu füllen. Gut gemacht, kann ich nur sagen!"

Daniel war verdutzter als zuvor und sah sie einfach mit offenem Mund und herabhängenden Armen an. Noch verdutzter war er, als Sandra von etwas außerhalb die Stimme erhob:

„Meine Chefin, Regina de la Mancia, die sich eine Zeitlang die Schauspielerin von der traurigen Gestalt nannte und sich jetzt die Löwenschauspielerin nennt, ist eine sehr intelligente Dame, die sieben Sprachen spricht und immer wie eine tapfere Walküre handelt. Wenn sie sagt, dass sie alle Regeln und die Technik des sogenannten Zweikampfes bis aufs Tüpfelchen kennt, dann – glauben Sie mir, meine Herren – stimmt das auch! Und daher ist nichts weiter zu tun, als ihr Recht zu geben und ihre Anweisungen zu befolgen. Und glauben Sie mir, dabei wird niemals etwas schieflaufen."[1]

Aber einer von denen, die um sie herum standen, in der Meinung, die Assistentin würde sie gerade verspotten, gab ihr eine solche Nuss, dass er die biedere Sandra, die nicht imstande war, dagegen anzuhalten, rücklings zu Boden streckte. Als Regina ihre Sandra so übel zugerichtet sah, sprengte sie mit erhobenen Fäusten auf den Mann los, der den Schlag geführt hatte. Allerdings warfen sich jetzt so viele dazwischen, dass es nicht möglich war, sie zu rächen. Sie befahl sich Gott von ganzem Herzen an, dass er sie aus der Gefahr befreien möge.[2] Jede Sekunde fürchtete sie, ein Faustschlag könnte sie mitten auf den Kopf treffen und sie zu Boden werfen. Also tat sie etwas, das im Gegensatz zu ihrem anfänglichen Mut stand: sie floh! Sie rannte so schnell sie konnte und in jedem Augenblick holte sie aus tiefer Brust den Atem hervor, um zu sehen, ob er ihr nicht schon ausgehe. Sie befürchtete bereits das Schlimmste, aber die Leute begnügten sich damit, sie weglaufen zu sehen, ohne auf sie oder auf Sandra weiter einzuschlagen.[3]

1 vgl. S. 759

2 vgl. S. 760

3 vgl. S. 760

Als sich nun Regina eine beträchtliche Strecke entfernt hatte, blickte sie sich um und sah Sandra kommen und wartete auf sie, da sie bemerkte, dass keiner ihr folgte. Es ist die Art vorsichtiger Frauen, sich für eine bessere Angelegenheit aufzuheben. Diese Wahrheit bestätigte sich in diesem Moment auch an Regina, welche, der Wut der Kämpfer und den mutmaßlich bösen Absichten jenes Kämpferhaufens ausweichend, sich aus dem Staube gemacht hatte und, ohne an Sandra oder die Gefahr, in der sie sie zurückließ, zu denken, sich so weit entfernte, bis sie sich in Sicherheit wähnte. Ihr folgte Sandra, wie schon berichtet. Als sie endlich ankam, sank sie vor Reginas Füßen nieder, ganz verängstigt, zitternd und völlig außer Atem.[1]

Regina untersuchte sie nach etwaigen Wunden, doch als sie sie von Kopf bis Fuß für heil und gesund befand, wetterte Sandra zornig: „Niemals werde ich aufhören zu sagen, dass die Fahrenden Schauspieler fliehen und ihre braven Assistenten, windelweich geschlagen, in den Händen ihrer Feinde lassen."

„Wer sich zurückzieht, flieht nicht",[2] antwortete Regina entrüstet, „denn du musst wissen, Sandra, die Tapferkeit, die nicht auf der Grundlage der Vorsicht ruht, heißt Vermessenheit, und die Heldentaten des Vermessenen werden weit mehr der Gunst des Glücks als seinem Mute zugeschrieben. Daher bekenne ich wohl, dass ich mich zurückgezogen, nicht aber, dass ich geflohen bin, und darin bin ich vielen tapferen Schauspielern gefolgt, die sich für bessere Zeiten aufgespart haben. John Travolta etwa hätte die Hauptrolle in *Forrest Gump* (Robert Zemeckis) anstelle von Tom Hanks spielen sollen. Stattdessen hat er es vorgezogen, mit Quentin Tarantino *Pulp Fiction* (Quentin Tarantino) zu drehen. Ich denke, das hat sich gelohnt."

Von Zeit zu Zeit stieß Sandra ein klägliches Ach! und Schmerzensseufzer aus, und auf Reginas Frage, warum sie so leide, antwortete sie, sie habe von dem Schlag auf den Kopf so arge Schmerzen, dass sie am Umfallen sei. „Aber das ist Ihnen ja egal, Frau Manca. Jeden Tag erkenne ich aufs Neue, wie wenig ich von dieser Anstellung bei Ihnen zu erwarten habe.

Es wäre viel klüger – nur bin ich leider stur wie ein Esel und werde in meinem ganzen Leben nichts Gescheites tun! – viel klüger wäre es, sag ich nochmals, wenn ich zu meinem Mann und meinem Kind heimkehren würde, um meinen Mann zu bekochen und mein Kind zu erziehen, statt mit Ihnen auf aussichtslosen Wegen herumzuziehen. Ich habe Respekt vor Ihnen, insbesondere weil ich weiß, dass Sie in allem, was Sie

---

1 vgl. S. 761

2 S. 761

sagen und denken dem Teufel selbst an Gescheitheit immer um
einen Schritt voraus sind,[1]
doch glauben Sie mir, manchmal ist es wirklich schwer, den Glauben an Sie
nicht zu verlieren."

„Ach, höre doch auf zu jammern, du undankbare Maus, die sich im Lo-
che duckt. Mit mir erlebst du doch gerade das Abenteuer deines Lebens. Und
wenn du jetzt stillhältst und aufhorchst, dann wirst du in 3, 2, 1 ... Bumm!
einen großen Knall hören. Hättest du das etwa verpassen wollen?" In der Tat
hatte der anarchistische Haufen auf dem Parkplatz hinter dem Supermarkt
ein paar Böller in der Mülltonne hochgehen lassen. Das gab eine formidable
Explosion, die in der gesamten Umgebung nachhallte. „Sie haben gerade ihr
altes Leben und faktisch sich selbst in die Luft gesprengt, in der Hoffnung,
jeden Menschen noch einmal ‚von Null‘ anfangen zu lassen und quasi eine
Neue Weltordnung einzuleiten. Sind das nicht die grandiosesten Suppenpis-
ser aller Zeiten?" (*Fight Club*, David Fincher)

---

1 vgl. S. 762, 763

KAPITEL 30

Das von vielen wichtigen Dingen handelt

So einfältig Sandra auch war, sah sie doch ein, dass die Handlungen ihrer Chefin insgesamt oder doch größtenteils irrsinnig waren, und so suchte sie nach einer Gelegenheit, eines Tages, ohne Verabschiedung und in aller Heimlichkeit, sich aus Reginas Klauen loszumachen und heimzukehren. Doch das Schicksal lenkte die Dinge – ganz zur Verzweiflung Sandras – wieder einmal in eine ganz andere Richtung. Es geschah nämlich, dass am nächsten Tag so gegen 9 Uhr morgens, als sie sich nach dem Frühstück wieder mit Rosy, die sie selbstverständlich wieder zu sich geholt hatten, auf den Weg machen wollten und Regina ihre Blicke über die Hotelhalle schweifen ließ und an deren äußerstem Rand Leute erblickte, die sich beim Näherkommen als reiche Industrielle entpuppten. Sie trat noch näher heran und sah unter ihnen einen stattlichen Mann, der einen eleganten grauen Armani-Anzug trug. Er wirkte leger und doch glanzvoll, weshalb Regina Sandra bat: „Bitte, Sandra, gehe schnell zu diesen Leuten und sage jenem Herrn dort, dass ich, die Löwenschauspielerin, ihn grüße und ganz zu seinen Diensten stehe, falls er es gestattet. Gib darauf acht, Sandra, wie du dich ausdrückst."

„Jawohl", erwiderte Sandra, „kommen Sie mir doch nicht mit so etwas! Es ist doch nicht das erste Mal in meinem Leben, dass ich einem wichtigen Mann eine Botschaft überbringe." „Außer der, die du meinem Duccio ausgerichtet hast", antwortete Regina, „wüsste ich nicht, welche weiteren du ausgerichtet hast, wenigstens nicht in meinen Diensten." „Das ist wahr, aber ich meine, man braucht mir nichts zu sagen und mich auf nichts aufmerksam zu machen, denn ‚ich verstehe ein wenig von allem'."[1] „Ja, ja, das mag schon stimmen. Da geh nur geschwind hin und verplappere dich nicht." Sandra flog mit gestrecktem Schritt zu der Stelle, wo der schöne Mann sich aufhielt.

Als sie vor ihm stand, redete sie ihn so an: „Guten Tag, diese Schauspielerin – sie steht dort drüben – nennt sich die Löwenschauspielerin und ist meine Chefin, und ich bin ihre Assistentin. Ich heiße Sandra Wanst. Bis vor kurzem hieß sie nicht die Löwenschauspielerin, sondern die Schauspielerin von der traurigen Gestalt. Kurz und gut, sie hat mich zu Ihnen geschickt, und lässt Ihnen sagen, dass sie – sofern Sie das auch wünschen – gerne Ihre Bekanntschaft machen würde. Sie steht Ihnen außerdem ganz zu Ihrer Verfügung." „Wie

---

1 S. 774

meinen Sie das? Das klang jetzt eher etwas zweideutig, finden Sie nicht?",
entgegnete der feine Herr.

„Die Assistentin einer so ausgezeichneten Schauspielerin, wie es
die von der traurigen Gestalt ist, von der wir hier in dieser Gegend schon vieles gelesen haben, darf doch nicht anzüglich sein.
Wie auch immer, sagen Sie Ihrer Chefin, sie möge kommen, da
sie mehr als gerngesehen ist. Sie ist hiermit in aller Form in unser
Landhaus eingeladen, das ich und meine Frau hier ganz in der
Nähe besitzen."[1]

Sandra war nicht nur über die Schönheit des freundlichen Herren, sondern
auch über seine so äußerst feine und höfliche Art zu reden sehr verwundert. Doch noch mehr überraschte sie, dass er von ihrer Arbeitgeberin, der
Schauspielerin von der traurigen Gestalt, bereits gehört hatte. Der Industrielle, dessen Namen man bis jetzt nicht in Erfahrung gebracht hat, fragte sie
nun: „Liebe Assistentin, können Sie mir bitte bestätigen, dass Ihre Chefin
die Schauspielerin ist, über die bereits ein Buch mit dem Titel „Regina de la
Mancia" gedruckt wurde und die sich unsterblich in einen gewissen *Duccio dal
Tosco* verliebt hat?"

„Ja, das ist sie", antwortete Sandra, „und die Assistentin, die
in der Geschichte vorkommt oder vorkommen sollte, und die
Sandra Wanst heißt, bin ich, wenn ich nicht im Krankenhaus
nach meiner Geburt verwechselt worden bin – ich meine, wenn
man mich nicht falsch gedruckt hat."[2]

„Darüber bin ich hocherfreut", sagte der Industrielle.

„Gehen Sie, liebe Frau Wanst, und sagen Sie Ihrer Arbeitgeberin, dass sie in meinem Haus sehr willkommen sein wird und mir
nichts ein größeres Vergnügen bereiten könnte als sie als meinen
Gast willkommen heißen zu dürfen."[3]

Höchst erfreut kehrte Sandra zu ihrer Arbeitgeberin zurück und berichtete
ihr alles, was der vornehme Herr gesagt hatte, wobei sie alles etwas übertrie-
ben ausschmückte. Da brüstete sich Regina in ihrem neuen Dior-Kleid aus
der letzten Kollektion, streifte den Rock glatt und schritt mit edlem Gang
heran, um den schönen Industriellen persönlich zu begrüßen.

Dieser hatte in der Zwischenzeit seine Frau rufen lassen, eine Künstlerin,
die nur nackt malte und dadurch exzentrisch wirken wollte. (*The Big Lebowski*,
Gebr. Coen) Er erzählte ihr, während Regina sich näherte, von seiner Ein-
ladung; und da beide den ersten Teil unserer Geschichte gelesen hatten und

---

1 vgl. S. 774

2 vgl. S. 775

3 vgl. S. 775

Reginas närrische Grillen bereits kannten, erwarteten sie sie höchst belustigt und freuten sich wirklich sehr, sie endlich persönlich kennenzulernen. Sie hatten die entschiedene Absicht, auf ihre Verrücktheiten einzugehen, allem zuzustimmen, was sie ihnen sagen würde, und sie, solange sie bei ihnen weilte, als Fahrende Schauspielerin zu behandeln und dabei alle Förmlichkeiten einzuhalten, die daraus entstehen würden.

„Es komme nur die Schauspielerin von der traurigen Gestalt!" Mit diesen Worten begrüßte der schöne Industrielle Regina, indem er ihre Hand küsste und sie freundlich anlächelte.

„Die Löwenschauspielerin, sollten Sie eher sagen", sprach Sandra,

„es gibt keine traurige Gestalt noch Ungestalt mehr."[1]

„Also Löwenschauspielerin", fuhr der Industrielle fort. „Ich sage: die Frau Löwenschauspielerin ist herzlich in mein Landhaus eingeladen, das wir hier in der Nähe haben. Sie soll so empfangen werden, wie meine Frau und ich stets alle Fahrenden Schauspieler willkommen heißen, die unser Haus beehren." So fuhren sie denn alle vier mit dem Land Rover des Industriellenpaares zum nahgelegenen Landsitz. Sandra hatte sich nicht lange bitten lassen, sie mischte sich unter die Gesellschaft und gab den vierten Mann bei der Unterhaltung ab, zum großen Ergötzen der Künstlerin und des Industriellen, die es für ein großes Glück hielten, eine solche Fahrende Schauspielerin in ihrem Anwesen aufnehmen zu können.

Noch bevor sie in das Auto gestiegen waren, hatte die Künstlerin unauffällig ihre Haushälterin angerufen, die alle Hausangestellten darüber aufklärte, auf welche Art und Weise sie Regina behandeln sollten. Als sie vor dem Hauseingang der prächtigen Villa hielten, kamen ihnen gleich zwei Bedienstete entgegen, die mit lauter Stimme riefen: „Willkommen sei die Blume und der Schmuck aller Fahrenden Schauspieler!" Über all dies war Regina höchst verwundert. Das war tatsächlich der erste Tag, an dem sie ganz und gar an sich glaubte und erkannte, dass sie in Wirklichkeit und nicht bloß in ihrer Einbildung eine Fahrende Schauspielerin war, da sie sich ganz so behandelt sah, wie sie es erwartete.

Leise wisperte sie Sandra zu:

„Zügle deine Zunge, jedes Wort musst du hier überlegen und wiederkäuen, bevor es dir über die Lippen kommt, und bedenke, dass wir in eine Umgebung gelangt sind, aus der wir durch Gottes Bestand und meines Geistes Kraft mit dem größten Teil an Ruhm, sowie bereichert an Hab und Gut hervortreten werden."[2]

---

1 vgl. S. 777

2 vgl. S. 782

Sandra versprach ihr eifrig, sich lieber den Mund zuzunähen oder sich in die Zunge zu beißen, als ein Wort zu sagen, das nicht passend und wohlerwogen wäre. Sie solle da ganz ohne Sorge sein, denn durch sie werde es niemals herauskommen, wer sie in Wahrheit seien. Regina hob eine Augenbraue und schritt in die prunkvolle Villa, wo sie gleich zu einer pompösen Tafel geführt wurde.

Sandra, die bei allem zugegen war, sperrte Mund und Nase vor Erstaunen weit auf. So einen fürstlichen Empfang hätte sie nicht erwartet. Auch hätte sie nie gedacht, dass Regina und sie selbst bei diesen feinen Herrschaften in so gutem Ruf stehen würden, vor allem, weil sie von sich selbst immer dachte, gar keinen Ruf zu haben.[1]

Noch viel erstaunter war sie, als der elegante Industrielle Regina fragte, welche Nachrichten sie von Herrn Duccio dal Tosco habe, und ob sie wieder irgendwelche Marshmallow-Männchen oder Hexen angetroffen habe, denn es könne doch nicht sein, dass sie keinen mehr begegnet sei. Darauf antwortete Regina: „Mein Herr, mein Unglück hatte zwar einen Anfang, aber ein Ende wird es nimmer haben. Stay Puft habe ich besiegt und böse Bischöfe entlarvt. Aber wie, wie soll ich weiterleben, wenn mein Duccio doch in den scheußlichsten Straßenkehrer verwandelt wurde, den man sich vorstellen kann?" „Ich weiß nicht", fiel Sandra ein, „mir schien er das schönste Geschöpf auf der ganzen Welt."

„Und haben Sie ihn verwandelt gesehen, Sandra?", fragte die üblicherweise nackte Künstlerin. „Ob ich ihn gesehen habe", antwortete Sandra, „ob ich ihn gesehen habe, fragen Sie? Wer anders, zum Teufel, als ich war die erste, die hinter die Geschichte mit dem Fluch gekommen ist? Er ist gerade so verzaubert, wie mein Vater selig."[2]

„Ich bin verliebt", warf Regina ihrerseits ein, da sie fürchtete, Sandra würde sich noch länger auf ungebührende Weise über Duccio auslassen, „aber aus keinem anderen Grund, als weil jede Fahrende Schauspielerin es notwendigerweise sein muss. Und das in rein platonischer Form, versteht sich." „Mein Gott, sehr gut!", fiel Sandra wieder ein. „Loben Sie Duccio nicht weiter, denn es gibt auf der ganzen Welt keinen Besseren – keinen besseren Mann, keinen besseren Drehbuchautor, keinen besseren Künstler. Sie sollten weiterhin in ihn verliebt bleiben. Wenn er am Leben bleibt und Sie am Leben bleiben – versteht sich." Der Industrielle und seine Frau erstickten schier am Lachen, das sie allerdings nicht öffentlich zeigen wollten. Der einzige halblaute Kommentar des

---

1 vgl. S. 783

2 vgl. S. 786

Industriellen, den Sandra beinahe noch kurzweiliger und verrückter als ihre Chefin hielt, war deshalb nur:

„Frau Assistentin der Löwenschauspielerin, Sie haben so großartig geantwortet, dass Ihnen nichts mehr zu tun bleibt, als uns von Frau Regina de la Mancia, die doch ein gutes Gedächtnis zu besitzen scheint, die Schönheit und die Gesichtszüge von Duccio dal Tosco beschreiben zu lassen. Denn sein Ruf eilt ihm voraus und er scheint tatsächlich das schönste Geschöpf auf Erden zu sein." Regina seufzte, als sie den Wunsch des feinen Industriellen aufschnappte, und sprach:

„Könnte ich mir das Herz herausreißen und es hier auf diesem Tische in einer Schüssel Ihnen vor Augen legen, dann würde ich nicht in Worten ausdrücken müssen, was kaum ein Gedanke fassen kann, denn Sie würden ihn in meinem Herzen getreu abgebildet erblicken. Wie soll ich nur seine Schönheit und Begabung Punkt für Punkt und Zug für Zug beschreiben? Ich habe wohl Bilder von ihm auf Instagram, doch in echt ist er noch viel schöner."[1]

Rasch zückte sie ihr Handy und zeigte stolz die eindrucksvollen Aufnahmen, die allesamt gephotoshopt waren. Uhhhh, ahhhhh, staunten alle. Doch auf einmal sagte jemand aus der Gruppe, wahrscheinlich Dreizehn:

„Wartet mal, was soll diese rötliche Verfärbung an der Schläfe? Hat sie niemand davor bemerkt? Was sagt uns das? Und welche Krankheit können wir ausschließen?" „Ich will eine vollständige Differenzialdiagnose! Jetzt!" (*Dr. House, David Shore*) „Es könnte Lupus sein. Wie hat er sich nur angesteckt?" „Es ist eben nie Lupus. Infektiös oder umweltbedingt? Wir müssen also herausfinden, ob die Ursache Parasiten, Bakterien, Pilze, Viren, Strahlungen, Toxine, Chemikalien oder Internetpornos sind. Ich checke das Internet und ihr Leute übernehmt alles andere." „Ok, wir haben grünes Licht von Cuddy. Nehmen wir dem Patienten Blut ab und machen eine MRT, oder der Kleine geht ex." „Sie versuchen doch bei jedem anständigen Patienten gleich einen Hirnschaden nachzuweisen." „Ich habe nicht gesagt, seine abgedrehte Persönlichkeit sei ein Symptom." „Die Plättchendisfunktion und der HKS sind Hinweise auf einen Pankreastumor." „Oder Multiple Sklerose. Das Gehirn ist wie das Internet. Ständig werden kleine Informationspäckchen von einem Ort zum anderen geschickt. Plaques im Gehirn sind wie ein fehlerhafter Server. Das drosselt den Datenfluss. Wenn der Defekt im Parahippocampus liegt, weitet er sich auf den Hirnstamm aus. Das bedeutet, als Nächstes ist die Lunge dran. Eine Hirnbiopsie wird die Plaques nachweisen."

„Angesagt wäre eine ERCP." „Oder wir können es mit Schere, Stein, Papier

---

1 vgl. S. 794

ausknobeln, aber leider gibt es Leute, die bei solchen Streitfragen entscheiden."
„Ok", sagte Regina, „Krebs ist ja total überbewertet. Ist es nicht so, Wilson?",
dabei wandte sie sich Sandra zu. Diese stand nur mit noch weiter geöffnetem
Mund als sonst da, und verstand absolut nichts mehr. „Ebenso überbewertet
wie die Schwerkraft, das Kinderkriegen, das sowieso nur die eigene miserable
Existenz rechtfertigen soll, *The Big Lebowski*, generell die Gebrüder Coen, mit
ihrem ewig gleichen diegetischen Filmschema, Woody Allen, *Der Pate* (Francis Ford Coppola), mit dem schrecklichen Pferdekopf und, last but not least,
Lars von Trier, der Langweiler. Völlig unterbewertet, hingegen, bleibt dieses
Genie von Buster Keaton."

KAPITEL 31

Von tiefen Schmerzen nebst anderen ernsten und lustigen Ereignissen, wobei unseren beiden Heldinnen begegnet, was im folgenden Kapitel erzählt werden soll

Das Industriellenpaar **konnte** sich das Lachen kaum mehr verkneifen, denn allzu belustigend fanden sie diese abrupten Transpositionen in die Filmwelt. *„Scherz und Witz kehren nicht bei stumpfen Geistern ein.*[1] Doch ist es nicht schier verrückt, große Regisseure wie Woody Allen oder Lars von Trier für überbewertet zu halten?", wagte die Künstlerin zu kommentieren. „Es ist ein arger Fehler, dass du gefragt hast, Schatz", belehrte sie ihr Ehemann. „Herrgott!", schrie die Künstlerin laut auf.

„Es ist nicht chic, wenn man Künstler kritisiert und für unfähig hält, ohne die Natur des Fehlers am Kunstwerk wirklich sehr gut zu kennen."[2]

„Wie Sie wissen, meine Teuerste, bin ich eine Schauspielerin, und als Schauspielerin werde ich sterben. Von meinem Stern geleitet, wandle ich den schmalen Pfad der Fahrenden Schauspielerei. Ich habe es nicht nötig, den Schwerenöter zu spielen. Ich habe es nicht nötig, dreiste Urteile über bekannte Regisseure zu fällen. Andererseits bin ich nicht gewillt, meinerseits solchen willkürlichen Kritiken zu unterliegen", dabei lächelte Regina die Künstlerin offenherzig an.

„Verfolgt haben mich böse Widersacher, böse Widersacher verfolgen mich, und böse Widersacher werden mich verfolgen, bis sie mich und meine hohe Kunst in den tiefen Abgrund der Vergessenheit hinabstoßen werden, und gerade dort tun sie mir weh und verwunden mich, wo sie wissen, dass ich am meisten Schmerz empfinde, denn einer Fahrenden Schauspielerin ihren Herzallerliebsten zu entreißen heißt, ihr die Augen zu rauben, mit der sie die Filme sieht, und die Ohren, mit denen sie die Filmmusik wahrnimmt, und den Lebensunterhalt, mit dem sie ihr Dasein fristet. Schon oft habe ich es gesagt und hiermit sage ich es aufs Neue: die Fahrende Schauspielerin ohne den Herrn

---

1 vgl. S. 777

2 vgl. S. 787

ihres Herzens ist wie ein Baum ohne Blätter, ein Gebäude ohne
Fundamente, ein Negativ, ohne das Positiv, das aus ihm wird."[1]

„Es bedarf keines weiteren Kommentars", sagte der Industrielle, „wenn
wir allerdings der Geschichte von den Abenteuern von Regina de la Mancia Glauben schenken sollen, die erst vor wenigen Tagen zu einem riesigem
Medienerfolg wurden und ans Licht der Welt getreten sind, so geht daraus
hervor, wenn ich mich nicht irre, dass Sie, liebe Frau de la Mancia, Duccio dal
Tosco niemals gesehen haben und dass ein solcher Drehbuchautor gar nicht
existiert, sondern dass er nur ein Gespinst Ihrer Fantasie ist und dass Sie ihn
mit aller Attraktivität und Begabung ausgemalt haben, die Ihnen gefällt."

„Darüber ließe sich vieles sagen", antwortete Regina, „Gott allein weiß, ob
es einen Duccio in der Welt gibt oder nicht, und ob er nur ein Traumbild ist
oder nicht; das gehört eben zu den Geheimnissen, die man nicht unbedingt
ergründen sollte. Ich habe meinen Herzensgebieter weder erzeugt noch geboren, obwohl ich ihn mir so vorstelle wie ein anziehender Mann sein muss."
„Das ist richtig", sagte der Industrielle, „doch Sie müssen mir gestatten zu
bemerken, dass selbst wenn man zugeben will, dass in der Nähe des Val
d'Orcia mit dem größten Grad an Schönheit und Intelligenz ein Duccio lebt,
so kommt dieser in Punkto Berühmtheit und Schreibvermögen niemals den
Wachowski-Geschwistern oder einem Billy Wilder gleich."

„Hierauf kann ich entgegnen", sagte Regina, „dass Duccio mehr zu schätzen und höher zu halten ist als lasterhafte Genies von hoher Stellung, denn er
trägt in sich einen weitaus feineren Genius, der ihn einst zum preisgekrönten
Scriptwriter erheben kann. Seine Gabe reicht so weit, dass er noch große
Wunder vollbringen kann. Wenn auch nicht in Wirklichkeit, so doch in seiner
und meiner innerlich berechtigten Vorstellung." „Ich muss sagen", erwiderte
die Künstlerin, „Sie sprechen immer so liebevoll und bewundernd von Ihrem
Duccio, dass ich von nun an nicht nur selbst glauben werde, dass es einen
Duccio dal Tosco gibt, sondern auch alle Leute und nötigenfalls selbst meinen Mann dazu zwingen werde, an seine Existenz zu glauben." „Dafür danke
ich Ihnen sehr. Wissen Sie, manchmal versteift sich unser Wille und denkt so
subtilen Unsinn, dass das Nachdenken darüber, ob die Verkehrtheit unsinnig
oder subtil ist, uns auf tückische Weise im Griff hält.

Nur auf eines kommt es an: dass man das Gute will und in allen
Dingen nach dem Rechten strebt. Des Menschen Wille und Streben ist wahrlich sein Himmelreich."[2]

Soweit waren Regina, die Künstlerin und der Industrielle gekommen, als
Sandra dem Industriellen leise anvertraute: „Das, was ich zu sagen habe, ist,

---

1 vgl. S. 795

2 vgl. S. 799

dass ich meine Chefin, Regina de la Mancia, für unheilbar verrückt halte, obwohl sie manchmal Dinge sagt, die meiner Meinung nach und auch nach der Meinung aller, die ihr zuhören, so gescheit sind, dass der Teufel selbst sie nicht besser formulieren könnte. Trotzdem steht vollständig fest, dass bei ihr eine Schraube locker ist." Der Industrielle lachte sich im Stillen krumm und bucklig und stand kurz davor, lauthals loszugrölen, konnte sich aber noch in letzter Sekunde zusammenreißen und antwortete diskret: „Da Regina de la Mancia blödsinnig und verrückt ist und Sie, Sandra Wanst, ihre Assistentin, es wissen und trotzdem weiter bei ihr bleiben und ihr nachlaufen und fortwährend ihren leeren Versprechungen glauben, dann müssen Sie doch ohne Zweifel noch wirrer und dümmer sein als Ihre Chefin."

„Da haben Sie schon Recht, und wäre ich gescheit, so hätte ich meine Arbeitgeberin schon längst im Stich lassen müssen. Aber das ist nun mal mein Schicksal und mein Pech: ich kann nicht anders. Ich muss ihr einfach überallhin folgen. Ich habe sie gern und sie ist dankbar. Außerdem bin ich eine von der treuen Sorte. Sie können mich also ruhig für dumm halten – ich bin doch gescheit genug, mir nichts daraus zu machen."

Der Industrielle hätte sich am liebsten vor Lachen auf dem Boden gekugelt, verkniff sich aber jedes Losprusten und flüsterte stattdessen: „Nur Mut, Sandra! Im Handumdrehen werden auch Sie berühmt werden und endlich MUA der ganz Großen sein. Sie werden wahrscheinlich so viele berühmte Kunden haben, dass Sie sich vor Aufträgen kaum retten werden." „Also, was das Schminken angeht, brauche ich keinen Rat. Darin bin ich ein alter Fuchs! Ich bin bereit für das große Schminken und für das Schminken der Stars, so wie meine Chefin, die Löwenschauspielerin für die großen Rollen bereit ist. Wir sind beide so was von bereit. Ich bin bereiter als Mario Dedivanovic, Nikki Wolfe oder Patrick Ta.

Auch stehe ich morgens immer früh auf und lasse mir in meinem Handwerk nichts vormachen. Es kommt dabei immer auf den Anfang an, auf die richtige Grundierung und den passenden Primer. Ist gar nicht so einfach, heutzutage unter den vielen Produkten auf dem Markt die wirklich guten herauszupicken. Hinter den Kulissen, in der Schminke, geht das dann meist so: Sandra hat's gesagt, Sandra hat's getan, Sandra benutzt dies und Sandra benutzt das. Das ist doch immer die gleiche Leier. Doch jetzt werden die Leute berücksichtigen müssen, dass Sandra nicht mehr die Erstbeste ist, sondern dieselbe Sandra, die in Büchern, Artikeln und Posts weit und breit durch die Welt geht, wie mir Karl Simpson gesagt hat, der ein sehr belesener Mann und sogar ein Magister ist. Solche Personen können nicht lügen – höchstens vielleicht, wenn sie gerade dazu Lust haben oder wenn ihnen das Lügen ganz besonders liegt. Ich habe also einen guten Namen und den besten Leumund, der, wie mir meine Chefin sagt, mehr wert ist als großer Reichtum. Wenn ich erst mal MUA der ganz Bekannten sein werde, wird die Welt schon ihr blaues Wunder erleben. Wer eine gute Assistentin ist, ist von Haus aus auch eine gute MUA."

„Das nenne ich wirklich, wirklich aus der Seele reden", antwortete der schöne Industrielle, der Sandras Worte urkomisch fand. Groß war das Amüsement, das auch die Künstlerin an der Unterhaltung mit Regina de la Mancia und Sandra Wanst fand. Es waren Stunden vergangen und nach dem Abendessen wurden die ahnungslosen Regina und Sandra in ihre Zimmer einquartiert. Sie konnten nicht voraussehen, dass das Industriellenpaar sich für die Nacht einen Streich ausgedacht hatte, der so ausgetüftelt war, dass es mithin das beste Abenteuer ist, das in dieser ergötzlichen Geschichte vorkommt.

Unsere beiden Heldinnen schliefen bereits tief unter weichen Federn, als sie plötzlich mitten in der Nacht von einem brüllenden Cop jäh aus dem Schlaf gerissen wurden: „Aufwachen! Wir brauchen Sie!" Er hatte die Tür weit aufgerissen, stand breitbeinig da und fuhrwerkte mit einer Taschenlampe Lichtstrahlenskizzen in das dunkle Zimmer. Die beiden verwunderten und aufgeregten Damen warfen sich rasch ihre Jacken über und hetzten aus dem Haus oder wurden vielmehr vom schreienden Polizisten hinausgejagt. „Na, wird's bald? Hopp hopp! Schnell!", schrie der Polizist, der doch eigentlich der Gärtner des Industriellen war und seit 10 Jahren für ihn arbeitete. Vor dem Hauseingang wartete ein kleiner Polizeibus mit geöffneten Hintertüren auf sie, in den sie von einem zweiten Polizisten – in Wahrheit dem Personal Trainer der Künstlerin – mit sanfter Gewalt hineingeschubst wurden. „Was geht hier vor?", wagte Regina zu fragen, „wo fahren wir hin?" Bevor der zweite Cop die Tür hinter ihr zuschlug, kommentierte er: „Sie sind hier, weil Sie bereit sind. Sie sagten, Sie seien bereit." Bevor die Tür hinter ihnen zugeschlagen wurde, hob Sandra noch den Zeigefinger und wollte den Cop noch etwas fragen, doch dazu kam sie nicht mehr. Der Cop hieb von außen zweimal an die Tür, was für den Fahrer ein Zeichen für das Losfahren war. Da saßen Regina und Sandra nun hinten und wurden von den beiden Polizisten mit Blaulicht durch die nächtlichen Straßen der Stadt gefahren. *(Police Academy 4 – Und jetzt geht's rund*, Jim Drake)

Gleich pochte Sandra auf das Gitterfensterchen, das den hinteren Teil vom Fahrerhaus trennte. Prompt wurde es aufgeschoben, und als einer der Cops sich zu ihnen drehte, stotterte Sandra mit weit geöffneten Augen: „Können Sie uns freundlicherweise sagen, wo wir hinfahren und warum?" „Wir müssen zwei Schurken festnehmen", war die knappe Antwort. „Eehm, ok, ich gehe jetzt nach Hause." Doch noch bevor Sandra ausgesprochen hatte, wurde ihr das Schiebenfenster schroff ins Gesicht zugeworfen. Nach einer Weile hielten sie in einem abgelegenen und heruntergekommenen Hinterhof an, in dem hohe, finstere Gebäude mit eingeschlagenen Fenstern verrostete

Autos umsäumten und wo die beiden Fahrer rasch ausstiegen und in der menschenleeren Dunkelheit verschwanden. „Wir dürfen ihn nicht entgehen lassen", rief der eine, „hey, Mann, zück deine Knarre", der andere.

Die beiden Frauen saßen sich immer noch sprachlos gegenüber. „Was blickst du so entsetzt ins Nichts, du Waschlappenseele? Wo ist dein Handy, Sandra, wenn man es braucht?" Sandra sprang auf, und versuchte vergebens die Tür von innen zu öffnen. „Hilfe!", schrie sie, „wo sind wir? Was habt ihr vor?" Da ertönten auf einmal Schüsse und wildes Geschrei, was Sandra hinter Reginas Rücken zusammenkauern ließ, die immer noch ruhig dasaß. Nur ihre Hände zitterten ein wenig, doch wie immer wusste sie auch in dieser Situation Sandra zu beruhigen: „Mich erinnert das an etwas Sandra. Ich kann das nur noch nicht richtig einordnen, aber ich hoffe, meine Synapsen werden bald mit einer Eingebung vorsprechen."

Die Schüsse waren in Wahrheit mit einer Schreckschusspistole abgefeuert worden und waren Teil des teuflischen Planes, den das Industriellenpaar bis ins kleinste Detail, laut eines bereits geschrieben Drehbuches, ausgetüftelt hatte. Sie verfolgten die ganze Szene selbstverständlich per Webcam von zu Hause aus, mit einem Glas Portwein in der Hand, da sie sich keinen einzigen Augenblick dieses tolldreisten Spaßes entgehen lassen wollten. Im Fahrzeug, an den Jacken der Cops und in der ganzen Umgebung waren kleine Kameras versteckt worden und alles war verwanzt.

Nach kurzer Zeit wurden die Wagentüren aufgerissen und die Cops und schubsten einen riesigen schwarzen Jamaikaner mit langen Rastalocken, einem Reggae-Käppchen und einer rotglasigen Sonnenbrille in den Laderaum. Er hievte einen grauen Leichensack zu den Frauen, der ganz offensichtlich eine Leiche enthielt. Beim Bob Marley-Doppelgänger handelte es sich in Wahrheit um den Chauffeur des Industriellen, der sich das Gesicht schwarz angemalt hatte, das Regina und Sandra jetzt fassungslos anstarrten. Einer der falschen Cops kommentierte noch: „Alles klar. Ihr zwei bleibt hinten mit Badula und seinem toten Bruder." Und schon fuhren sie auch wieder los: die beiden Damen, der ihnen gegenübersitzende Badula und der Tote zwischen ihnen, die Cops vorne im Fahrerhaus. Schon fing Badula an, mit tiefer Stimme eine Art rhythmischen Zauberspruch zu murmeln, der die beiden Frauen noch enger zusammenrücken ließ: „Yuma, yuma, yuma, yumm, yumm, lecker, lecker, lecker …"

„Hey, haltet ihn unter Kontrolle. Lasst euch nicht von seinem Voodoo Mambo Jambo einschüchtern", riet ihnen einer der Cops. Badula, der vorher mit Handschellen dagesessen war, zerriss diese auf einmal mit einem wilden Ruck und grummelte: „Wer glaubt, den Bruder von Badula einfach umbringen zu dürfen?" Regina und Sandra erschraken so sehr, dass sie bei diesen Worten beinahe vom Sitz rutschten. Sandra stammelte nur: „Also ich habe das nie geglaubt", dabei klammerte sie sich fest an Reginas Arm. Schon holte der Voodoozauberer ein kleines Säckchen hervor und begann ein Pülverchen über den Leichensack zu streuen. „Wenn ich nur in den Bauch eines Yaks greifen und sein Herz herausreißen könnte", brabbelte er. „Das würde ihn wieder zum Leben erwecken?", fragte Sandra zögernd. „Nein Mann! Ich habe Hunger!", ließ sie Badula wissen. Der Wagen hielt ein zweites Mal an. „Hört mal! Wir holen uns kurz ein paar Burger und Pommes. Wir sind gleich wieder da", informierten sie die Polizisten, die so taten, als würden sie aussteigen. „Yuma, yuma, yuma, yuma, yumm …", würzte Badula die Leiche weiter. Die Situation wurde sogar Regina etwas zu heikel und so fidel sie sonst auch war, so half sie jetzt dennoch Sandra gegen die Kombitür zu trommeln, die sich immer noch nicht öffnen ließ.

„Uauauauauaua …", lachte Badula laut auf, als plötzlich ein lautes Geräusch aus dem Inneren des Leichensacks drang. Die beiden Frauen drückten sich mit ausgebreiteten Armen gegen die Wagenwand, starr vor Entsetzen und als ob ihnen ein hochdosierter Mix aus Adrenochrom und LSD in den Adern rinnen würde. Schon sägte sich eine laute Motorsäge durch den Leichensack von den Füßen zum Kopf einer Gestalt hoch, die sich prompt aufrichtete und sich nun, die kreischende Motorsäge hochhaltend, zu Regina und Sandra drehte. In diesem exakten Moment lachten sich der Industrielle und die Künstlerin schier tot, als sie den Gesichtsausdruck der beiden Frauen sahen.

Sie prusteten sich an und konnten einfach nicht mehr aufhören. Später wurde bekannt, dass eben dieser Streich ihre Ehe gerettet hatte, da sie sich so zusammengehörig gefühlt und so viel Spaß miteinander gehabt hatten wie nie zuvor. Im Kombi fuchtelte indes die Gestalt mit der roten Fleischmaske weiterhin mit der Kreissäge in der Luft, bis Regina und Sandra es endlich schafften, die Tür aufzusprengen und mit entsetzten Schreien davonzulaufen. Die ganze Crew bog sich natürlich vor Lachen und am meisten mussten der vornehme Industrielle und seine Frau lachen, denn dieses Abenteuer gab den beiden nicht nur für einen Augenblick, sondern für ihr ganzes Leben lang Stoff zum Lachen.

KAPITEL 32

Vom ergötzlichen Ausgang dieses bedeutenden Abenteuers, das man lesen und sich merken sollte

Regina und Sandra liefen und liefen, soweit sie konnten, bis ihnen die Puste ausging. Endlich, als sie sich im Sicheren wähnten, hielten sie an. „Was muss ich nicht alles durchstehen, um allen Hilfsbedürftigen durch Filmszenen beizustehen. Doch ich bin Regina de la Mancia und hiermit sage ich es ‚in Wahrheit und in Wirklichkeit‘[1] , dass Gott die Bösen duldet – allerdings nicht ewig.“ Sie japsten noch keuchend nach Luft, als Sandra bemerkte: „Halten Sie mich nicht für verrückt, Frau Manca, aber trotz aller Furcht und allem Graus rieche ich etwas, das mir die Magengegend kitzelt. Dort aus der Laube, wenn ich mich nicht irre, kommt ein Geruch von geröstetem Speck und nicht von irgendeinem veganen Fraß, wie Tofu oder so. Ich hätte so einen Hunger! Da werden wir mitten in der Nacht aus den Betten gejagt und müssen die schrecklichste aller Horroraktionen miterleben. So etwas macht Appetit!“ „Hör auf, du Vielfraß! Statt deine Geruchs- und Geschmacksnerven reizen zu lassen, solltest du lieber dein Sehvermögen aktivieren.“

„Wie meinen Sie das? Wenn der Herr Badula hungrig sein durfte, dann darf ich das doch wohl erst recht. Wahrscheinlich hat er mir mit seinem Geyummayuma seinen Hunger angesteckt. Was regen Sie sich wegen solcher Kleinigkeiten auf! Ich bin jetzt nach diesem schnellen Sprint toter als tot.“ Und bei diesen Worten war es, als wolle sie in Ohnmacht fallen. Regina fing sie auf: „Na, Sandra! Du wirst mir doch nicht zu dieser unglücklichen Stunde von der Seite weichen. *Wir sind zwar in einem unseligen Augenblicke zur Welt geboren*[2] , doch das will nicht heißen, dass wir unserer Mission, zum allgemeinen Zeitvertreib aller Lebenden, nicht mehr nachkommen müssten, unzählige Jahrhunderte lang zu leben. Au contraire!

Ich, mein ruhmreicher Duccio, du, Sandra, mit deinem witzigen Kopf – wir alle miteinander, und jeder für sich müssen somit unser Schicksal erfüllen.“[3]

„Schon, aber wissen Sie, man hat's schon erlebt, dass einer, der in Ohnmacht lag, begraben wurde, weil man glaubte, er wäre tot.“ „Oh du Ungläubige!

---

1 S. 892

2 vgl. S. 843

3 vgl. S. 844

Wie kann es sein, dass du dich immer mit belanglosen Nebensächlichkeiten aufhältst, während das purste Gold vor dir funkelt.

Schaue auf und sage mir, ob das nicht Peters Pferd scheint, auf dem er die schöne Magelone entführte und das der alten Sage nach von Merlin in Person angefertigt worden ist."[1]

Sandra drehte sich um und musste sich gehörig die Augen reiben. „Wow! Bei meinem Schminkgürtel!", denn sie konnte es nicht fassen. „Da soll'n mich doch die Läuse beißen! Das ist nicht nur irgendein Pferdchen, das sind ganze 390 sich aufbäumende Hengste!"

Vor ihnen stand ein glühend roter *Ferrari Mondial t* mit einladend geöffneten Türen. Er schien ihnen mit einem Scheinwerfer zuzuzwinkern, als wolle er sie zu einer kleinen Spritztour einladen. Sogleich holte Regina ihren weißen Chanel-Seidenfoulard aus der Pyjamatasche (sie hatte immer einen mit, für alle Notfälle), und bat Sandra, ihr damit die Augen gut zu verbinden. „Warum? Ich denke, jetzt ist die Zeit gekommen, wirklich sehr genau hinzusehen. Meinen Sie nicht, Frau Manca?" „Mehr als genau, Sandra! Blindgenau! Sei jetzt kein Hasenfuß! Verbinde mir die Augen und steige mit mir in das Auto! Wir wollen eine kleine Rundfahrt machen. Ich fahre!" „Sind Sie jetzt von allen guten Geistern verlassen? Sie wollen blind fahren? Also ich steige nicht ein, denn ich habe keinen Mut und bin kein Blinder. Nein, das werde ich nicht tun, in keinster Weise. Falls Sie mich zwingen, so müssen Sie sich schon nach einer anderen Assistentin umsehen."

„Ach zier dich nicht so, Charlie, und steige endlich ein!", Regina saß bereits mit verbundenen Augen hinter dem Steuer. „Ich wollte schon immer einmal einen Ferrari fahren." „Ja, aber wieso mit verbundenen Augen?" „Weil ich so besser riechen kann. Besonders den *Duft der Frauen. (Der Duft der Frauen, Martin Brest)* Aber auch, damit die irre Fahrt keinen Schwindel verursacht." Sandra hätte am liebsten losgeweint, so wirr schien ihr die Situation. Dennoch hatte sie Angst, Regina könne alleine lospreschen und sich um Kopf und Kragen fahren. So ließ sie sich am Ende dann doch weichklopfen und stieg mit größtem Widerwillen und zögernd in den Wagen: „Oh je, oh je, oh je! Ich bitte Sie, Frau Manca, ich bin nur eine arme Assistentin! So viel Freundlichkeit können Sie nicht verlangen."

Regina lachte laut auf:

„Wohlauf denn! Gott stehe uns bei! Der Teufel soll mich packen, wenn das nicht ein Heidenspaß wird! Noch nie habe ich dich, Sandra, in solcher Angst gesehen wie jetzt. Wäre ich aber gläubisch, würde mir dein Kleinmut allerhand Bedenklichkeit in den Kopf setzen."[2]

---

1 vgl. S. 845

2 vgl. S. 845

„Ok, aber Sie fahren so, wie ich es Ihnen sagen, Frau Manca! Immer schön gerade aus." Schon fuhren die beiden langsam los, Regina hielt ihre Hände ganz korrekt in der Viertel-vor-drei-Stellung auf dem Lenkrad. „Schön festhalten! Spüren Sie's?" „Ja." „Es ist geradeaus, die Straße ist gerade, also bleiben Sie so." „Das macht aber keinen Spaß, Charlie! Ein bisschen will ich hin- und herfahren. Das ist sonst langweilig. Komm schon! Wenn etwas geschieht, so komme alles Böse auf mein Haupt! Halte dich fest, kühne Sandra, und freue dich der Geschwindigkeit!" Sandra krallte sich bei diesen Worten mit einer Hand am Sitz fest, mit der anderen umfasste sie die Armlehne, als gäbe es kein Morgen.

„Ich weiß nicht, worüber du dich so ängstigst und entsetzt, Sandra, denn diese ganze Reise liegt zweifelsohne außerhalb des gewöhnlichen Laufs der Dinge. Du wirst staunen, wie weit wir sehen und hören werden! Drücke dich nicht so stark in den Sitz, du kannst das sonst gar nicht mit allen Sinnen genießen.

Merkst du nicht, wie ruhig und sanft dieses Rösschen dahingleitet; es ist gerade so, als ob wir uns nicht von der Stelle bewegten. Verbanne, Freundin, die Furcht, denn die Sache geht aufs Beste, und wir haben den Wind im Rücken."[1]

Und bei diesen Worten trat Regina das Gaspedal bis zum Ansatz und beschleunigte das Auto von 0 bis 100 km/h binnen weniger Sekunden. Die Geschwindigkeit presste die beiden Frauen nach hinten und Sandra fasste das Lenkrad mit an und schrie: „Weniger Gas, Frau Manca! Wir sind zu schnell! Ich will noch nicht sterben!" Da lachte Regina ebenso laut: „Du scheidest nicht, Sandra! Und solltest du auch scheiden, dann wirst du scheiden und bleiben zugleich!

Merke dir, dass gute Werke, die schlaff und lau verrichtet werden, verdienstlos und wertlos sind!"[2]

„Runter vom Gas! Das ist ein Befehl!" Doch Regina wollte nicht hören: „Irgendetwas ist mit meinem Fuß." Sie flogen direkt über den Asphalt, der Motor heulte und die Reifen quietschten. Es gab kein Zurück mehr, nur ein stetes Vorwärtsrasen. „Da war irgendwo noch ein Gang", und schon legte Regina ihn ein. Die Wirklichkeit schoss in langgezogenen Strähnen an den beiden Frauen vorbei – die Zeit und der Raum dehnten sich.

„Es ist, als bliesen mir tausend Blasebälge ins Gesicht. Wir werden bald Feuer fangen, und ich weiß nicht, wie ich die Kraft dieses Höllendrachens mäßigen soll, damit wir nicht verbrennen." „Sie drücken jetzt einfach auf die Bremseeeeeee!", schrie Sandra, „ich spüre jetzt schon die Hitze. Nehmen Sie

---

1 vgl. S. 855

2 vgl. S. 825

endlich die Binde ab!" „Dazu ist überhaupt kein Grund, denn ‚jener, der die Sorge für uns übernommen hat, hat auch die Verantwortung für uns zu tragen'."[1] „Frau Manca, mir wird schlecht!" „Wow!" „Vorsicht!" Wenn Sandra das Lenkrad nicht rechtzeitig nach rechts geschwenkt hätte, wären sie mit 150 Sachen geradewegs gegen einen Container geprallt. „Wir könnten jetzt tot sein!" „Gib nicht mir die Schuld, Charlie! Ich kann doch nicht sehen! Hahahahah!" Reginas Lachen hatte sich nie teuflischer angehört. „Oh Gott! Ich fasse es nicht!" „Jetzt wollen wir doch mal sehen, wie dieses Baby in der Kurve liegt."

„In der Kurve? Welche Kurve denn? Frau Mancaaaa!" „Ja! Sag mir, wann!" „Sag mir wann was?" „Wann die Kurve kommt." „Sie können mit verbundenen Augen doch keine Kurve fahren!" „Kann ich nicht? Wo ist die nächste Kurve?" „Da kommen keine Kurven! Oh Gott, oh Gott, oh Gott!", während der rote Pfeil immer schneller durch die Landschaft schoss. „Drei Uhr? Zwei Uhr? Hat nichts Vorfahrt oder dürfen wir fahren? Komm schon, sag's mir! Rechts oder links?" Reginas Fuß schien mittlerweile mit dem Gaspedal verwachsen zu sein. „Ehhhm, nach links, glaube ich. Nach links!" „Links! Ich wusste es. Ok! Jetzt!" „Nein, nein, noch nicht!" „Jetzt?" „Frau Manca, bitte! Bitte, bringen Sie uns nicht beide um!" „Charlie! Ich tue es sowieso. Also wann? Wenn du es mir nicht sagst, tu ich's jetzt." „Ok, ok! Ich bin zwar nicht Charlie, aber warten Sie! Das ist doch der reinste Wahnsinn! Jetzt noch nicht!"

„Gleich geht's los! Gleich geht's los!" „Noch nicht! Jeeeeetzt!", schrie Sandra und hielt sich dabei die Augen zu. Regina riss das Steuer nach links: „Ahhhhh!", schrie sie. Die Reifen rauchten regelrecht, als das Gefährt in der steilen Linkskurve lag. „Scheiße, Scheiße, Scheiße!" „Wuaaaa! Ich hab's getan! Oh Charlie! Wow!" „Ich bin nicht Charlie, Frau Manca! Wer zum Henker ist dieser Charlie? Ist der genauso verrückt wie Sie?" „Du fährst gerade mit der glücklichsten Frau der Welt!" „Wir fahren direkt auf eine Mauer zu! Wir müssen wieder abbiegen, und zwar schnell! Jeeetzt!" Wieder riss Regina bei unvermindertem Tempo das Lenkrad im letzten Moment scharf nach links, was die beiden Ladies die Zentrifugalkraft der Massen so richtig spüren ließ. „Wie habe ich das pariert? Hahaha! Es gibt nichts Schöneres! Ich liebe es! Und was fährt der Wagen spitze!"

„Lassen Sie mich sofort raus! Sie gehören doch in die Klapse!", flehte Sandra sie beinahe resigniert an. „Markerschütternd ist nicht das, Sandra, sondern die Interpretation von Vittorio Gassman im italienischen Original. Ein großartiger Schauspieler! Dagegen ist die Darstellung von Al Pacino doch der reinste Kindergarten! Der einzige Fehler, den Gassman in seinem

---

1 S. 857

Leben beging, war, einen missratenen und unwürdigen Sohn in die Welt zu setzen. Gesegnet sei dieser Blinde! Und gesegnet sei Giovanni Arpino. *(Der Duft der Frauen, Dino Risi; Der Duft der Frauen, Giovanni Arpino, Heyne Verlag, Roman)* Merke dir Sandra: Alles! Beginnt mit einer winzigen Idee im Kopf eines Autors. Ooops, was wollen die jetzt? Wir haben einfache keine Fortune."

Hinter ihnen heulten die Sirenen eines Polizeiwagens auf und endlich trat Regina auf die Bremse. Sie hielt an und nahm die Augenbinde ab. Als sie das Fenster heruntergelassen hatte, begrüßte sie den Polizisten, der mittlerweile herangetreten war. „Guten Tag! Wissen Sie, wie schnell sie gefahren sind? Hier herrscht ein Tempolimit von 80 km/h." „Guten Tag, Officer!", erwiderte Regina mit einem charmanten, aber dennoch vornehmen Lächeln. Da das Schweigen zur rechten Zeit Gold wert ist, hätte Regina jetzt besser geschwiegen, denn Sandra konnte bereits erkennen, wie nahe sie daran war, gleich in das nächste Filmabenteuer zu springen. Die Situation war allzu reizvoll und erinnerte an hunderte von Szenen aus berühmten Filmen.

Doch wie bereits oftmals im Verlauf dieser Geschichte gesagt wurde, verfiel Regina nur dann in Unsinn, wenn man bei ihr an der Schauspielerei rüttelte.

> Bei allen anderen Themen zeigte sie einen hellen, offenen Kopf,
> sodass bei jeder Gelegenheit ihre Taten ihren Verstand und ihr
> Verstand ihre Taten Lügen straften.[1]

In diesem Fall schien die Lage erst aussichtslos, doch da der Himmel stets dem guten Willen günstig ist, konnte unsere Heldin sich auch aus dieser misslichen Zwangslage befreien.

---

1 vgl. S. 867

KAPITEL 33

Von allerhand, was dieses denkwürdige
Abenteuer mit dem Sheriff betrifft

Ein **Missgeschick solcher Art** kann nun einmal jedem Fahrenden Schauspieler passieren. Da saß Regina in ihrem roten Ferrari und konnte nichts anderes tun als den Polizisten treuherzig anzublicken. Ich wäre doch die unseligste aller Fahrenden Schauspielerinnen, wenn sich nicht gleich jeder Mann in mich verlieben würde – dachte Regina, während sie in ihrer Handtasche nach dem Führerschein kramte. „Hier bitte, Officer. Sandra, würdest du bitte nach den Autopapieren suchen?"

Dabei lachte sie den Polizisten auf eine Art an, die diesen bereits sehr betörte – er lachte nämlich freundlich zurück, was doch ein rechtes Zeichen von großer Empathie war. „So kenne ich Sie gar nicht, Frau Manca. Ich dachte immer, Sie seien nur für Ihren Duccio Honig und Zuckerkuchen, und für alle anderen nur harter Carrara-Marmor und Wermut." „Sei still und such den verwünschten Fahrzeugschein", zischte Regina.

„Jeder weiß, dass mich die Natur für ihn allein und für keinen anderen in die Welt geschleudert hat.[1]
Ich gehöre meinem Duccio mehr denn je. Es ist ja nicht so, dass der Sturm auf meine Keuschheit vonseiten dieses verliebten Cops mich dazu zwingen würde, meine Treue zu brechen, die ich dem Herrn meines Herzens schuldig bin."

„Ja, dann brauchen Sie doch nicht so liebzuäugeln und so süßrasplerisch zu lächeln", fauchte Sandra leise zurück, während sie im Handschuhfach nach den Papieren wühlte. „Wo ist die Frau geblieben, die den Duccio einen Teil ihrer selbst nannte? Die ihn auf Schritt und Tritt ‚mein Leben' und ‚meine Seele', ‚meine Stütze' und ‚mein Stab' nannte?", murmelte Sandra weiter.

„Auf den Grundmauern der Dummheit kann wahrlich kein vernünftiges Gebäude stehen.[2]
Du kannst nur deinem Schutzengel danken, dass du ein gutes Herz hast, ohne das keinerlei Wissen Wert hat. Dass Gott dich dennoch verdamme, Sandra! Dass 60.000 Teufel und mehr dich und deinen Schminkgürtel mit all den Pinseln holen mögen, die du immer wie ein Pistolero zückst! Gib mir

---

1 vgl. S. 883

2 vgl. S. 872

endlich die Papiere und halte doch um Himmels willen den Mund! Siehst du nicht, in welch bedenkliche Situation wir verwickelt sind?" „Sie wollten doch unbedingt blind mit 180 Sachen fahren. Und das auch noch in einem roten Ferrari. Das sticht ja so gar nicht ins Auge!" Der Polizist hatte derweil eine Runde um das Auto gedreht und stand jetzt wieder breitbeinig am Fenster neben Regina, die ihm endlich die Autopapiere aushändigte. „Ich muss Ihnen leider einen Strafzettel wegen Geschwindigkeitsüberschreitung ausstellen. Sie sind ganze 185 km/h gefahren." „Wie kann das sein, Herr Officer? Ich bin mir ganz sicher, das Tempolimit eingehalten zu haben. Meine Assistentin und ich haben erst heute Morgen unsere Bündel geschnürt und sind abgefahren." Sie klimperte mit den Augen zu ihm hoch und hauchte mit einer berauschenden Kopfkribbelstimme: „Steht nicht irgendwo geschrieben: *Brauchet aller Dinge, als ob ihr ihrer nicht brauchtet?* Ich muss heute wohl gemäß diesem Motto gefahren sein." „Ja, das sagte meine verstorbene Frau auch immer. Wissen Sie eigentlich, dass ich dazu befugt wäre, Ihnen die Fahrerlaubnis zu entziehen und das Auto zu konfiszieren? Eine Alkoholkontrolle muss leider ebenfalls durchgeführt werden", stotterte der schlaksige Polizist und strich sich dabei nervös durch die Haare.

Vom Beifahrersitz aus kommentierte die neunmalkluge Sandra spitz: „Wäre Ihre Frau nicht ums Leben gekommen oder um ihr Leben gebracht worden, so wären Sie jetzt kein Witwer." Dabei beugte sie sich über Regina zum Polizisten. „Ja, diese Bemerkung wirft uns tatsächlich in ein verworrenes Labyrinth", war Reginas lakonischer Kommentar. „Officer, werde ich einen Anwalt brauchen?" „Ach, nein, nein, wo denken Sie hin", brabbelte der mehr als verwirrte Polizist, der Nicolas hieß und seit einem dumm verlaufenen Undercover-Einsatz, bei dem er seine Unterwäsche verloren hatte und nackt durch die Straßen rennen musste, unter einem lästigen nervösen Zucken litt, das ihn ständig mit dem linken Auge zwinkern ließ, und für das er sich sehr schämte. Besonders in Gegenwart von Frauen begann das Auge sich selbstständig zu machen, was er immer unter seiner Polizeimütze zu verstecken versuchte.

„Ja, das ist gut, Nick, denn ich habe nichts zu verbergen." (*Basic Instinct*, Paul Verhoeven) Regina sprach diese Worte aus und schlug, so gut sie es im beengten Raum dieses Autos machen konnte, die Beine übereinander. *Woher kennt diese Frau meinen Namen?*, fragte er sich und kratzte sich hinter den Ohren. Er räusperte sich und stammelte weiter: „Das Auto ist nicht auf Sie zugelassen, wie ich gerade sehe." „Ganz recht, Officer. Der rechtmäßige Eigentümer ist Herr Boz." „Ein Bekannter?" „Ein sehr guter Freund, würde ich sagen. Er hat keine Angst vor neuen Experimenten. Ich mag solche Männer, wissen Sie. Männer, die mich gerne verwöhnen. Und Boz verwöhnt mich sehr." Die Atmosphäre war dermaßen aufgeheizt, dass Nicolas beim Klang dieser tiefen, lustvollen Stimme erst einmal schlucken musste.

„Johnny liebt es sehr, seine Hände zu benutzen", dabei umfasste sie mit beiden Händen das Lenkrad und streichelte es wiederholt. Er starrte sie weiterhin sprachlos an. „Sie wollen mir doch nicht etwa Handschellen anlegen, Officer?", und schon streckte sie ihm mit unschuldigem Blick ihre beiden Handgelenke entgegen. „Sie können mich auch mit einem weißen Seidenschal fesseln, wenn Ihnen das lieber ist. So einen wie den hier. Ich habe immer einen dabei. Man kann nie wissen, wofür man ihn einsetzen könnte." Als Sandra das hörte, gab sie Regina einen Klaps auf die Schenkel: „Also, Frau Manca! Alles was Recht ist! So hören Sie doch endlich auf, diesen Menschen zu bezirzen."

„Au! Du hast mir wirklich wehgetan! Was hast du auch so lange Nägel! Ich rate dir, sie zu schneiden. Viele glauben in ihrer Ungebildetheit, dass lange, falsche Nägel die Hände verschönern, als ob dieser Auswuchs, dieses Anhängsel, wirklich Fingernägel wären. Vielmehr sind es schweinische und widerwärtige Aasgeier-Krallen. Das ist wie mit schlampiger, nachlässiger Kleidung, die doch immer einen schlaffen Geist verrät[1] – oder mit der Knoblauchfahne. Iss weder Knoblauch noch Zwiebeln, damit die Leute nicht am Geruch deine niedrige Herkunft erkennen. Außerdem rate ich dir, Sandra, weniger zu Mittag und noch weniger zu Abend zu essen, denn vom Magen geht die Gesundheit aus."[2]

„Was hat das jetzt hier zu suchen? Manchmal kommen Sie mir wirklich sehr schwachköpfig vor, Frau Manca, das muss ich Ihnen schon sagen." „Meinst du, ja? Dazu kann ich nur sagen, dass, wenn Geist und PC-Tastatur ständig damit beschäftigt sind, über ein einziges Thema zu denken und zu schreiben, dann ist das eine fast unerträgliche Mühsal und deren Ergebnis sicher ohne Ergebnis. ‚Operibus credite et non verbis[3] kann ich da nur antworten. Möge Augustinus noch so sehr dubitieren."[4] „Können Sie bitte aus dem Wagen steigen?", stotterte Nicolas, der mittlerweile heftig ins Schwitzen gekommen war. „Sehr gerne, Nick. Ich lege keine Regeln fest, das machen Sie. Ich folge nur dem Instinkt." Sie stieg aus und stand dem Sheriff jetzt im Schlafanzug gegenüber, der ihr allerdings sehr gut stand und besonders gut ihre weiblichen Formen betonte, da er aus feinster Seide war und sich sanft an ihren Körper schmiegte.

---

1 vgl. S. 867

2 vgl. S. 868

3 S. 744

4 vgl. S. 935

Nicolas bat sie, die Hände hochzuheben und sich umzudrehen, was sie auch tat. „Aus der Zentrale wurde uns soeben mitgeteilt, dass das Fahrzeug als gestohlen gemeldet wurde. Haben Sie das Auto gestohlen, Frau Manca?" „Das wäre doch furchtbar dumm von mir, ein Buch über einen Autodiebstahl zu schreiben, um dann einen Wagen genauso zu stehlen, wie ich es in meinem Buch beschreibe. Das ist, als ob ich eingestehen würde, der Dieb zu sein. Und ich bin nicht dumm." „Ich weiß, dass Sie nicht dumm sind, Frau Manca, doch vielleicht nutzen Sie gerade das Buch als Alibi, um sich zu entlasten." „So ist es, Nick! Doch nein! Die Antwort ist nein. Ich habe kein Auto gestohlen." „Nehmen Sie Drogen, Frau Manca?" „Manchmal." „Welche Art von Drogen?" „Kokain. Haben Sie jemals unter Kokain blind einen Ferrari gefahren, Nick? Das macht Spaß!" Der Polizist war mehr als verwirrt. Ihm lief der kalte Schweiß von der Stirn und sein Auge flimmerte mehr denn je. Ihm fiel nichts anderes ein als Reginas Personalien aufzunehmen und ihr einen Strafzettel auszustellen. Als er ihn ihr übergab, zitterten ihm die Hände und das Atmen fiel ihm schwer. Er schluckte ein paar Mal und begann mit den Füßen zu scharren, vielleicht um endlich den wilden Stier in sich zu wecken, der bisher den ewigen Schlaf geschlafen hatte. *(Wie ein wilder Stier, Martin Scorsese)*

„Sie spielen gern Spielchen, nicht wahr?" „Das ist unvermeidlich, bin ich doch Schau*spielerin*. Ich liebe es zu *spielen*." Wenn Nicolas nicht der verweichlichste aller verwitweten Männer gewesen wäre, hätte er spätestens jetzt seine Nummer auf Reginas Hand geschrieben. Als könnte Regina seine Gedanken lesen, gab sie den Strafzettel an Sandra weiter und fügte noch hinzu: „Ich verstehe schon, Nick! Ämter und hohe Stellen sind nichts anderes als ein tiefes Meer der Wirrsale. Das ist auch der Bund der Ehe, selbst wenn er längst aufgelöst ist." Sie stieg wieder in den Wagen, verabschiedete sich noch mit einem angedeuteten Militärgruß und war auch schon weggefahren. „Woher wussten Sie, dass er noch an seiner Frau hängt? Er trug doch keinen Ehering. Ich habe extra nochmal hingeguckt." „Ach, Sandra! Das habe ich einfach erraten. Dazu braucht man doch nicht Kieslowski zu sein. Ich mag übrigens sehr die Skulptur an seinem Grab."

„Schon klar", die Kamera schwenkte nach links und Sandras Augen wurden per Detailaufnahme in Italienischer Einstellung zum dramatischen Universum des Beobachters, während im Hintergrund Morricones *Spiel mir das Lied vom Tod* ertönte. „In Ihren Worten und Handlungen sind, wie immer, Verstand und Albernheit wild durcheinandergemischt." „Ja, herrscht denn hier gar keine Willensfreiheit mehr? Gibt es nur noch defätistischen Zwang? Selbst in der ehemals freien Gedankenwelt?" Bei solchen Spitzfindigkeiten verwünschte Sandra bei sich die gesamte Filmwirtschaft und die ganze Schauspielerei mit dazu.

KAPITEL 34

Von Frauen in Männerkleidern und von anderen Ereignissen, die gar nicht übel sind

Die beiden Frauen fassten den Beschluss, den Ferrari an den Ort zurückzubringen, wo er so hilfsbereit auf sie gewartet hatte, um dann zu Fuß die Strecke zurückzulaufen, die sie von der brav wartenden Rosy trennte. Sie machten sich bereits Sorgen um die gute alte Vollblüterin, die beiden doch am allerliebsten war, und die sie nun einmal sehr ins Herz geschlossen hatten. Sie hätten sie mit keinem Ferrari der Welt eingetauscht, auch wenn er ihnen noch so schöne rotglitzernde Augen gemacht hätte. „Meinen Sie, dass Badula immer noch da ist? Ich hätte nämlich keine Lust, aufgegessen zu werden." „Nur Mut, Freundin Sandra. Gott ist mit uns.

> Wer glaubt, dass die Dinge dieser Welt sich nie ändern, der lebt in einem großen Irrtum. Im Gegenteil scheint es, dass alles sich immer im Kreis dreht. Dem Frühling folgt der Sommer, dem Sommer der Herbst, dem Herbst der Winter und dem Winter der Frühling. Und so dreht sich die Zeit und alles Wirkliche in einem ewigen Kreislauf. Allein unser Menschenleben vergeht schneller als die Zeit, ohne die Hoffnung, sich wieder zu wiederholen.[1]

Was wären wir für Kriegerinnen, wenn wir weichmütig durch die Welt gehen würden?"

„Ich weiß nicht so recht, Frau Manca. Seit wir auf Ehrgeiz und Hochmut umgestiegen sind, seitdem werden wir mit tausenden von Sorgen und Schmerzen gequält. Wäre es nicht besser, zu unserem alten Leben zurückzukehren?

> Am wohlsten ist es dem heiligen Petrus doch in Rom, nicht wahr? Ich meine, man fühlt sich am besten, wenn man den Beruf ausübt, für den man geboren wurde.[2] Vielleicht sind uns Flügel gewachsen, obwohl wir Ameisen sind,[3]

die uns emporgehoben haben, um dann von den Vögeln gefressen zu werden. Jeder gehört doch zu seinesgleichen." „Das ist kleingeistig, Freundin

---

1 vgl. S. 952

2 vgl. S. 957

3 vgl. S. 804

Sandra. 'Everybody is slipping backwards'? (Song; *Kill for Love*, Chromatics)
Davon bin ich kein Fan. Lieber gehe ich geschröpft aus einem Kampf mit
Riesen oder Stay Pufts hervor." Wie sie so langsam zu ihrem Auto zurück-
schlenderten, Regina mit ihrem weißen Foulard locker um den Hals gebun-
den, sahen sie ein Schild mit dem Hinweis zu einem Dorffest. „Da sieh nur,
Sandra! Es werden sogar die Ballkönigin und der Ballkönig gewählt werden.
Wenn das nicht unsere Chance ist. Dem Namen nach bin ich doch bereits
Königin, wer weiß, ob ich es auch de facto sein kann? Lass uns hingehen,
teilnehmen und den Preis, eine Schinkenkeule, gewinnen!" Schon hatte sie
den Weg eingeschlagen, der sie zum nächsten Filmabenteuer führen sollte.

Sandra hingegen, die bereits müde vom Laufen war, konnte sich so gar
nicht für diese neue Schnapsidee begeistern. „Sind Sie sicher, dass Sie an der
Misswahl teilnehmen können, Frau Manca? Vielleicht gibt es eine Altersgren-
ze oder die Teilnehmerinnen müssen zwingend aus diesem Dorf kommen
oder was weiß ich, welche Auflagen es geben kann. Was machen Sie außerdem mit einer ganzen Schinkenkeule? Die können wir beide doch gar nicht
tragen."

„Und wenn es auch die letzte Schinkenkeule der Welt wäre, die will ich gewinnen. Sie ist mein! Ich habe sie mir verdient! Nach so vielen Jahren der Ar-
beitslosigkeit als Schauspielerin, nach so viel Schauspielunterricht und nach
so vielem Vorsprechen, ist dieser Prosciutto bereits jetzt mein moralisches
Eigentum!" Sandra hatte für Widerspruch einfach keine Kraft mehr, so trot-
tete sie hinterher und wünschte sich nichts sehnlicher als eine warme Dusche
und ein sauberes Bett, denn es war mittlerweile wieder stockfinster. Doch da
die Sommernacht lau war, war das Laufen im Dunkeln unter den Sternen am
Ende gar nicht beschwerlich, sondern sehr hollywood-romantisch. Da fügte
es das infame Geschick, dass Sandra kniehoch in eine tiefe Grube fiel, die
mit Gras überwachsen und völlig unerkennbar auf sie gewartet hatte. „Oh
Gott!", schrie sie im Hinunterfallen und dachte ernsthaft, sie würde in die
tiefste Unterwelt stürzen und sich alle Knochen brechen, so arg dumm flog
sie hin. „Beste Freundin, was richtest du nur an?" Sogleich half ihr Regina
aus dem Sumpf und stützte sie so gut es ging, während Sandra sich atemlos
am ganzen Körper befühlte, um zu sehen, ob sie unversehrt sei.

Sie schien zum Glück nicht die geringste Verletzung erlitten zu haben, was
beide vor Erleichterung aufatmen ließ. „Wenn das kein gutes Omen ist", rief
jetzt Regina aus, „wie doch die ungeahntesten Ereignisse uns begegnen, uns,
die wir auf dieser elenden Welt leben. Wer hätte gedacht, dass die Frau, die
gestern noch in einer schönen Villa bei einem feinen Industriellenpaar weilte,
heute in eine Grube fallen würde und ohne mich niemanden hätte, der ihr
beistünde?" „Glauben Sie etwa, dass es mir Spaß macht zu versagen?" „Oh
nein, nein, ganz und gar nicht. So war das nicht gemeint." „Und ich sage

nochmal: wir sind doch zwei arme Frauen, denen es nicht vergönnt ist, in unserer Heimat und umgeben von unseren Lieben zu versagen. Wir erleben unsere Niederlagen immer in der Fremde, in der Nähe von was weiß ich für komischen Dörfern mit noch komischeren Schönheitswettbewerben, wo es nicht einen einzigen Freund gibt."

„Wenn wir eins nicht brauchen, dann ist das schmerzensreiche Teilnahme. Wir sind nämlich noch nicht tot. Das wird ein schmackhaftes Filmabenteuer werden, Sandra. Als ob Sydney Pollack höchstpersönlich Regie führen würde. Du wirst sehen!" „Das ist wieder so eine blöde Situation, in der ich mich gar nicht wohlfühle. Zum Glück kann ich schon das Dorf von weitem sehen. Ich kann die Spitze der Dorfkirche erkennen." „Ich ebenso! Lass uns also sofort die Organisatoren dieser Misswahl aufspüren, um mich einzuschreiben." Sandra blieb nichts anderes übrig als die aussagekräftige Facepalm-Geste auszuüben und Regina schweigend nachzustiefeln.

Endlich kamen sie in besagtem Örtchen an und fanden sogleich die Stände mit den Teilnahmeformularen, die Regina prompt ausfüllte und dem Beauftragten aushändigte. Dieser überflog ihren Antrag und sagte dann mit einem Kopfschütteln, er bedaure es sehr, aber es sei aus sicherheitstechnischen und hygienischen Gründen nicht mehr möglich, an der Königinnenwahl zu partizipieren, da die zugelassene Anzahl der Konkurrentinnen bereits erreicht worden sei. „Können Sie nicht eine Ausnahme machen? Nur für eine einzige Person, nämlich für mich?" „Nein, nein, das geht leider nicht. Das ist völlig ausgeschlossen. Ich will doch keinen Ärger mit dem Bürgermeister."

Regina war wie vor den Kopf gestoßen. Sie konnte es gar nicht fassen und war stumm vor Enttäuschung. Ihre Kraft reichte jetzt einzig für eine hypnotisierte Inspektion der Finger des Mannes, der ihr die Schreckensnachricht überbracht hatte. Sie konnte nicht aufhören, dabei an Dustin Hoffman zu denken, der ebenso ekelerregende, dicke Wurstfinger mit kurzen, abgebissenen Stummelnägeln gelblicher Farbe sein eigen nannte. „Habe ich dir schon gesagt, Sandra mein, dass ich Leute mit hässlichen Händen, Fingern und Fingernägeln verabscheue? Darin besteht eine indirekte Proportion zur Intelligenz: je blöder der Mensch, desto hässlicher die Finger." „Ja, das erwähnten Sie schon einmal, Frau Manca. Das scheint ein sehr wichtiges Thema für Sie zu sein." Sie umfasste Reginas Schultern und tröstete sie, während sie sich enttäuscht von dem unsäglichen Stand entfernten.

„Wie kann es nur sein, Sandra, dass ich immer kurz vor dem Erreichen des Zieles das Ziel dennoch verfehle? Da wollte ich nun meinem Namen alle Ehre machen und tatsächlich zur Königin gekürt werden, als sich wieder einmal alle Kräfte des Bösen gegen mich wenden. Welch schlechter Lohn wird mir vom Leben für all mein Bemühen um die Schauspielerei vorbehalten!" Sie war wie zerschlagen und musste sich einen Moment lang sogar ganz entkräftet auf eine Parkbank setzen. „Jetzt machen Sie doch keine große Sache daraus! Ist doch bloß ein drittklassiges Dorffest, bei dem alle aufgeblasenen Prominenzen ihre fetten Töchter zurechtschmücken und unter Scheinwerferlicht feilbieten." „Ist es eben nicht. Hier geht es um viel mehr! Hier haben wir es mit einer internationalen Produktion und einer erstklassigen Besetzung zu tun. Doch wie, wie sage ich, bringe ich es fertig, trotzdem teilnehmen zu können?" „Sie sind eine ganz wunderbare Schauspielerin, doch auch eine mächtige Nervensäge. Sie sollten sich endlich einer Psychotherapie unterziehen." „Am wenigsten kann ich jetzt eine Lorbeerkrone für gebrochene Poeten oder Schauspieler vertragen. Ich befinde mich in großer Trübsal und noch größerer Bedrängnis. Wie ein Prediger in der Wüste werde ich nach einem Geistesblitz, einer göttlichen Eingebung rufen. Es ist doch bestimmt nicht das Unmöglichste aller Unmöglichkeiten, bei diesem Casting mitzumachen. Das glaube ich einfach nicht. Es gibt immer einen Pfad ins andere Leben."

Sie saßen eine Weile lang grübelnd da, Regina ganz im Brainstorming vertieft und Sandra dem hungrigen Grummeln ihres Magens horchend, als Regina plötzlich wie von der Tarantel gebissen hochsprang, Sandra in die Arme nahm und sich mit ihr im Walzertakt drehte. „Heureka, liebste Freundin! Ich wusste doch, dass ich mehr Pfeile als vermutet im Köcher habe, und dass ich mich immer blind auf meine Intuition verlassen kann. Ich weiß, wie ich trotzdem beim Casting mitmachen kann. Wenn Regina nicht als Königin teilnehmen kann, so kann sie doch als König aufwarten. The Queen is dead, long live the King!" „Also, ich verstehe nur Bahnhof." „Du wirst mich doch noch zum Mann schminken können. Das gehört doch bestimmt zu deinen Grundtechniken als MU-Artist. Nicht wahr?"

„Naja, eigentlich schon. Ich habe es auch schon öfter mit viel Vergnügen gemacht. Sie sind mir eine, Frau Manca! Die Idee ist gar nicht von schlechten Eltern, Ihre Majestät." „Nicht von schlechten Eltern, sagst du? Ich sage, sie ist vortrefflich! Das freie Feld kann man nicht mit Türen zuschließen, merke dir das, denn ‚beim letzten Verse stech ich', (*Cyrano von Bergerac,* Jean-Paul Rappeneau) jawohl!" „Aber Sie bleiben dennoch ganz Frau, nicht wahr?" „Das versteht sich von selbst. Allerdings bin ich auch ganz Schauspielerin. Potenziell sogar eine hervorragende Schauspielerin. Ich könnte Hamlet, Macbeth, den Dr. Faust und alle verkleideten Hosenrollen der Welt bestens spielen." „Sie werden dafür in der Hölle schmoren, Frau Manca." „Ich glaube nicht an die Hölle." So machten sie sich vergnügter Stimmung auf und besorgten im Store erst einmal alles, was sie zur Metamorphose brauchten: Schminke, Kleidung, Perücke, Bart. Sie nahmen sich ein Zimmer im einzigen B&B des Dorfes, wo es einen großen Schminktisch mit einem gut beleuchteten ovalen Spiegel gab, um den Sandra Bilder berühmter Schauspieler als Vorlage aufklebte. In einer Schwenkaufnahme von oben würde man Bartkleber, dunkles Make-up, eine

Männerperücke mit kurzen, graumelierten Haaren, dichte Augenbrauen, falsche Männerhaare für Brust, Hände und Arme und etliche weitere Produkte sehen, die Regina zum Manne machen sollten.

Während sie Sandra praktisch zu einem Sean Connery wie in *Indiana Jones* (Steven Spielberg) (John Madden) schminkte, übte Regina eine tiefe Männerstimme, die so echt und überzeugend wie möglich klingen sollte. Während der Sprechübungen rutschte sie aber immer wieder ganz automatisch in ihre hohe Frauenstimme, was sie durch ein Herabsetzen der Tonlage sofort wieder verbesserte. Auch die Gangart wollte einstudiert werden. Es war gar nicht so einfach, breitschultrig und langschrittig wie ein Mann zu laufen. Doch Regina war eine erstklassige Schauspielerin und bewältigte auch diesen Männlichkeitstest ganz bravourös.

Am nächsten Morgen gingen sie wieder zum Anmeldestand, wo derselbe Mann wie am Vorabend saß. Er sah sie kommen und dachte tatsächlich, es handele sich um ein Ehepaar mittleren Alters. Sandra hatte sich ein wenig zurechtgemacht, um als weiblicher Kontrast Regina etwas männlicher wirken zu lassen. Sie trug einen knielangen Rock mit Blumenprint, Schuhe mit halbhohem Absatz und eine lässige weiße Bluse. Ihr Haar hatte sie zu großen Locken gewickelt, die jetzt bei jedem Schritt mitwallten. Regina hingegen trug eine dunkle Karojacke, eine graue sportlich-elegante Hose, ein Poloshirt und sah mit ihrem Schnurrbart und dem 3-Tages-Stoppelbart insgesamt extrem maskulin aus.

Der Mann am Stand fragte: „Name?" „Michael Dorotter", antwortete Regina mit ihrer festen, virilen Stimme. „Alter?" „45." „Gut, dann füllen Sie das Blatt hier aus. Die Vorwahlen werden heute um 19.30 Uhr in der Stadthalle abgehalten." Regina drehte sich um, zwinkerte Sandra mit höchster Genugtuung zu, und hatte auch schon alle Fragen auf dem Formular beantwortet. Der Mann knallte seinen Stempel auf den Antrag, überreichte Regina ein Informationsblatt und wünschte ihr auch noch alles Gute für die Wahl des Dorfkönigs.

Regina konnte es kaum glauben, sie war wild vor Freude. Ihr kamen die Stunden bis zur ersten Vorauswahl wie Jahrhunderte vor, weshalb sie schon 45 Minuten vor Beginn in der Umkleide der Halle dastand, obwohl sie sich gar nicht mehr umziehen musste. Sandra stand neben ihr und zupfte ganz nervös an Reginas Frisur und ihrer Krawatte. „Meinen Sie, das wird gutgehen, Frau Manca? Ist das nicht illegal? Ist das nicht völlig verrückt? Was, wenn wir auffliegen?" „Manchmal habe ich das Gefühl, dass Frauen das Recht einfordern, Männer zu sein, doch ich hätte bis zum Ende meiner Tage nicht gedacht, einmal ein Mann sein zu müssen. Das wird schon klappen, Freundin Sandra. Nur keine Sorge, Gott ist mit uns und außerdem sind nicht alle Männer Männer." Als sie das sagte, gingen gerade einige sehr muskulöse Jungs mit gestähltem

Oberkörper und knackigem Hintern splitternackt an ihnen vorbei.

„Duschst du nicht?", fragte einer Regina. „Hey, Frauen sind hier nicht erlaubt", sprach ein anderer Sandra an, die rot anlief und den Kopf senkte. „Aber sie sind sehr erwünscht", fiel ein dritter wunderschöner Jüngling ein. Alle besiegelten diesen Einwurf mit einem lauten und gutgelaunten Gruppenlachen. „Wo sind wir hier gelandet? Im Paradies auf Erden?", fragte Sandra. „Ach, papperlapapp! Konzentriere dich lieber darauf, wie ich es vermeiden kann, mich ausziehen zu müssen. Im Infoblättchen stand nämlich, dass es auch einen Rundgang in Beachwear geben wird. Was machen wir denn da?

Findest du nicht auch, dass es neuerdings ungemein kompliziert geworden ist, ein Mann zu sein?

Ich erinnere mich, dass es vor 30 Jahren nicht so viele Diskussionen darüber gab, was eine Frau und was ein Mann ist. Man war entweder das eine oder das andere. Man war einfach, was man war. Jetzt reden wir nur noch darüber, wie sehr man dem anderen Geschlecht ähneln sollte, um alle gleich zu sein. Tut mir leid, aber wir sind nicht gleich. Zumindest nicht auf dem Land. Ein Stier bleibt ein Stier und kein Hahn versucht, Eier zu legen. Niemals!"[1]

Sandra, dieser kluge Kopf, hatte währenddessen den Gedanken weitergesponnen und unterbreitete folgenden Vorschlag: „Ich hätte da so eine Idee, Frau Manca. Sie tragen einfachen einen 30-er Jahre Schwimmanzug für Männer. So einen schönen, mit weiß-schwarzen Querstreifen. Wir kleben Ihnen noch mehr Behaarung auf die Beine, auf die Brust und auch auf den Rücken. Und basta! Die Brust können wir darunter mit großen Bandagen gut plattschnüren." „Ein brillanter Einfall! Wie in *Shakespeare in Love* (John Madden). Ich werde außerdem viel besser aussehen als die Paltrow mit ihrem komischen Mausgesicht", sagte Regina und klatschte Sandra einen Kuss auf die Stirn.

---

1 vgl. Tootsie, Sydney Pollack

148

KAPITEL 35

Welches von Ereignissen handelt, die
diese Geschichte und keine andere betreffen

Als Regina sich so auf dem Filmset sah – denn das war diese Mister-Wahl für sie – erlöst von allem Weltlichen, fühlte sie sich wie frei und ganz in ihrem Element, als wenn all ihre Lebensgeister sich in ihr erneuern würden. Sie wendete sich zu Sandra: „Die Freiheit, Sandra, ist eine der köstlichsten Gaben, die der Himmel dem Menschen verliehen hat. Mit ihr kann sich kein Schatz auf Erden messen.

Für die Freiheit das zu sein, was man sein will, darf und muss man das Leben wagen; Gefangenschaft dagegen ist das größte Unglück, das den Menschen treffen kann."

„Das denke ich auch. Wer frei von Fesseln ist, kann sich glücklich schätzen. Genauso wie der, der ein Stück Brot hat und dafür niemandem verpflichtet ist."[1]

Unter diesen und anderen Gesprächen zwischen der Fahrenden Schauspielerin und ihrer Fahrenden Assistentin verflog die Zeit, bis alle Männer auf die Bühne mussten, um von der Jury gemustert zu werden. Regina war etwas nervös und schwitzte stark, doch Sandra überpuderte eifrig die glänzende Haut, sodass Regina einen vortrefflichen Mann abgab. „Manchmal frage ich mich, was ich durch all meine mühseligen Taten gewinne", waren ihre letzten Worte, bevor sie lächelnd ins Scheinwerferlicht trat. Sandra stand staunend hinter den Kulissen, als würde sie Regina nicht kennen, denn sie war in diesem Augenblick mächtig stolz auf ihre Chefin und auf die Figur, die sie gemeinsam erfunden hatten und die zu funktionieren schien. Ein warmes Glücksgefühl überströmte sie, und nachdem Regina vorgesprochen hatte und den Catwalk entlanggelaufen war, applaudierte sie leidenschaftlich und schrie aus ganzer Brust: „Bravo!"

„Sind Sie seine Frau oder seine Managerin?", fragte sie im gleichen Augenblick eine propere Frau mittleren Alters mit stark toupierten, blond gefärbten Haaren, die neben ihr stand und ebenfalls die Show von diesem Standpunkt aus mitverfolgte. „Weder noch", antworte Sandra, „ich bin seine Assistentin und Maskenbildnerin." „Also ist dieser fesche Mann noch zu haben?" „Ehm, ja, wenn man so will, ist er durchaus noch zu haben." Da für

---

1 vgl. S. 984

den zweiten Rundgang die Anwärter auf den Sieg in Abendrobe defilieren mussten, begab sich Regina in ihre Umkleidekabine, um ihren Smoking anzuziehen. Sandra folgte ihr in einigem Abstand, trat aber nicht mit in die Garderobe ein. Wer allerdings dort auf Regina wartete, war die Dame mit dem toupierten Haar. Sie hatte sich kokett auf den Drehstuhl vor dem Schminkspiegel gesetzt, hatte ihr Oberteil so sehr aufgeknöpft, wie es den Umstände und der Moral nach gerade noch angemessen war und ihre Lippen feuerrot schimmernd nachgezogen. Als Regina den Raum betrat, drehte sich die feiste Frau Erika, die doch eigentlich die Dorfmetzgerin war, provokant zu ihr um und spitzte ihre Lippen zu einem Kussmund. Das konnte sie recht gut, denn so posierte sie auf all ihren Selfies für die Social Media. Im Dorf nannte man sie deshalb auch Hühnerarsch-Erika, oder kurz Cul de Poule.

Regina war sehr erstaunt und blieb verdutzt vor ihr stehen. *Die Zeiten sind nicht alle gleich und kein Tag ist wie der andere[1]*, dachte sie, sagte aber: „Guten Tag. Wie kann ich Ihnen helfen?" Sie fühlte sich dabei sehr unwohl. Die Situation schien ihr peinlich und grotesk. Zum Glück kam Sandra ihr zu Hilfe, indem sie ohne vorher anzuklopfen einfach in den Raum brauste, doch als sie Cul de Poule sah, stockte sie sofort und machte gleich eine Kehrtwende: „Bitte entschuldigen Sie! Ich wusste nicht, dass Sie Besuch haben. Benehmt euch, ihr zwei", zwinkerte sie ihnen noch zu und war, ohne Regina die Zeit für jeglichen Einwand zu lassen, auch schon wieder entflohen.

Das legte Cul de Poule als Aufforderung aus, stand auf und ging ziel-strebig auf Regina zu, die bald hilflos in eine Ecke mit dem Rücken gegen die Wand gedrängt wurde. So nahe kamen sich ihre Gesichter, dass Regina befürchtete, diese Frau würde sie nun küssen wollen, doch Cul de Poule säuselte nur: „Was haben Sie nur für wunderschöne Augen." Bei diesen Worten neigte sie tatsächlich leicht den Kopf und setzte zum Kuss an. Doch Regina war schneller, drehte sich zur Seite und konnte den Riesenlippen im letzten Moment noch entweichen. Dabei verrutschte allerdings ihr angeklebter fal-scher Oberlippenbart ein wenig, so musste sie ihn sich schnell wieder richten und zurechtzwirbeln. „Bitte verzeihen Sie, Herr Dorotter. Das ist alles meine Schuld", hauchte Cul de Poule, während sie weiterhin versuchte, Regina, die ihr zu entkommen versuchte, immer näher zu treten. So war es am Ende eine kleine Verfolgungsjagd auf wenigen Quadratmetern. „Doch Sie verwirren mich einfach. Ich habe Sie gleich bemerkt, wie Sie so männlich schön auf der Bühne standen. Es ist doch wohl klar, dass Sie den Wettbewerb gewinnen werden, denn zwischen Ihnen und den anderen Konkurrenten ist doch kein Vergleich. Sie gewinnen, und zwar haushoch!"

---

1 vgl. S. 987

„Schönheit ist die erste und hauptsächlichste Eigenschaft, die verliebt macht, das stimmt. Allerdings besitze ich keine, so kann ich nicht verstehen, worin Sie sich verliebt haben."[1]

„Haben Sie schon einmal in den Spiegel geschaut? Sie sehen wie ein griechischer Gott aus. Diese breiten Schultern, diese durchtrainierten Oberarme! Dieser mannhafte Gang! Ich habe doch keine Tomaten auf den Augen. Oder sind sie etwa gay, Michael?"

„Es gibt zweierlei Schönheiten: die der Seele und die des Körpers. Wenn der Blick sich auf die Schönheit der Seele richtet, so ist die Liebe umso ungestümer und besitzt eine umso größere Macht."[2]

„Mir würde das kleinste Liebeswort von Ihnen reichen, glauben Sie mir", sie hatte Regina schon fast gefasst, als diese innehielt und standhaft bekannte: „Sie müssten mich in anderen Kleidern sehen. In meinen wirklichen Kleidern. Dann würden Sie nicht mehr denken, ich würde vor Ihnen weglaufen, oder ein Herz aus Marmor, ein Gemüt aus Erz und eine Seele aus Granit haben."

„Wie meinen Sie das?" „Glauben Sie mir, das weibliche an mir ist das Beste an meiner Männlichkeit." „Also sind Sie doch schwul. Warum haben Sie das denn nicht gleich gesagt?" Cul de Poule hörte endlich auf, Regina zu bedrängen, die erleichtert aufstöhnte. „So, jetzt wird eine Hand ohne Ton eingeblendet, die mit den Fingern rückwärts zählt 5, 4, 3, *uuuund Cut*", wisperte Regina, die doch die ganze Zeit gedacht hatte, sie sei im Fernsehstudio bei den Aufnahmen einer berühmten Ärzteserie gewesen. Zwischenzeitlich hatten sich mehrere Personen vor der Tür versammelt, da die Hetzjagd sich etwas geräuschvoll abgespielt hatte. Auch Sandra kam hinzu und trat in das Zimmer, als Regina begann, sich die Perücke und den falschen Schnauzer abzunehmen und sich langsam abzuschminken. Und wie sie sich so das Make-up abwischte und sich immer mehr Leute neugierig vor die Tür drängelten, erblasste Cul de Poule zusehends, während ein erstauntes Murmeln und Raunen durch die Schar ging. „Ich dachte, er sei ein Mann." „Als Frau ist er doch gar nicht so schlecht." „Oh là là!" waren nur einige der erstaunten Äußerungen, die zu vernehmen waren.

„Ich bin nicht Edward Kimberly", sagte Regina, als sie in ihrer Männerunterwäsche, ungeschminkt und entwaffnet vor allen dastand. „Ich bin Regina de la Mancia, Fahrende Schauspielerin, und das ist meine ganz persönliche Kapitulation!" Sandra platzte zu ihr und wollte ihr einen Morgenmantel überziehen, doch Regina wehrte sie mit einer entschiedenen Geste ab und

---

1 vgl. S. 988

2 vgl. S. 989

gestand mit herabhängenden Armen und gesenktem Blick: „Ja, ich wollte diesen Wettbewerb unbedingt gewinnen, und hätte ihn auch gewonnen, doch *rechtmäßiger Erwerb kann verloren gehen, unrechtmäßiger aber geht ganz sicher verloren und der Besitzer mit.*[1] So habe ich beschlossen, die Mister-Wahl über Bord zu werfen, ehe die Mister-Wahl mich über Bord wirft. ‚Nackt bin ich heute, nackt bin ich geboren, hab nichts gewonnen und nichts verloren‘.“[2]

Erneut ging ein Raunen durch die Gaffer. „Ist die noch ganz sauber?“ „Die scheint nicht ganz richtig im Kopf zu sein.“ „Noch so ein Spinner“, waren die zu vernehmenden Ausrufe. Sandra, die ihrer Chefin mit größter Aufmerksamkeit zugehört hatte, schrie bei diesen Worten plötzlich auf und sagte: „Ist es denn möglich, dass jemand auf der Welt behaupten kann, diese Frau sei verrückt? Sagt mir, Ihr Schönheitsfanatiker, gibt es vielleicht eine einzige Lehrerin der hiesigen Dorfschule, und sei sie noch so gescheit und studiert, die so reden kann wie meine Chefin eben geredet hat? Oder gibt es eine Fahrende Schauspielerin, mag sie auch noch so bekannt sein, die so etwas bieten könnte, wie das, was meine Chefin eben hier geboten hat?“ Regina wendete sich Sandra zu und sprach mit zorngeladenem Gesicht: „Sandra! Kann auf der ganzen Erde jemand leugnen, dass du mit Dummheit geschlagen und böse bist? Wie kommst du dazu, zu erörtern, ob ich gescheit oder verrückt bin? Schweig und antworte mir nicht, sondern bring Rosy her.“ In leidenschaftlicher Wut und Empörung zog sie sich rasch den Schlafrock über, so dass alle Umstehenden staunten und daran zweifelten, ob sie sie für eine Geistesgestörte oder einen verständigen Menschen halten sollten. Schließlich löste sich die Gruppe auf, als Sandra, die den Befehl ihrer Chefin ausgeführt hatte, alle bat, aus den Raum zu gehen und Regina alleine zu lassen. Cul de Poule drehte sich ein letztes Mal zu Regina um und schüttelte verstimmt und melancholisch den Kopf. Regina wollte sich vor lauter Verdruss gar nicht mehr rühren und blieb in ihren Träumereien gefangen. „Lass mich sterben unter dem Angriff meiner Gedanken und der heimtückischen Macht meines Unglücks. Lass mich dahinsiechen. Hilf mir nie wieder, gute Sandra, denn ich verdiene es nicht.

Wie habe ich mich heute niedergetreten und zerstoßen und zermalmt gesehen von den Füßen schmutziger, unflätiger Tiere.“[3] „Ach kommen Sie! Wenn diese dumme Gans von Cul de Poule nicht gewesen wäre, dann hätten Sie den Schinken bestimmt gewonnen.“

---

1 vgl. S. 966

2 S. 957

3 vgl. S. 996

„Du musst bedenken", sinnierte Regina, „dass die Liebe keine
Rücksichten kennt, noch sich in vernünftigen Grenzen hält und
dass sie genau von derselben Art ist wie der Tod, der über die
hohen Burgen der Könige ebenso herfällt wie über die demüti-
gen Hütten der Schäfer. Wenn sie von einem Herzen völlig Besitz ergriffen hat, ist das erste, was sie tut, sehr, sehr viel Unsinn
um sich zu streuen."[1]

Mehr beschämt als vergnügt zogen die beiden Wegemüden, Chefin und Assistentin, wieder weiter. Sie ließen Rosy, die sie freundlich mit einem Motor-
heulen begrüßt hatte, frei laufen – ganz ohne Ziel. „Weißt du, der Undank-
baren ist die Hölle voll, liebe Sandra. Lass uns freudig über das Geschehene
lachen und glücklich in einen neuen Tag hineinfahren, reich an Erfahrung
aus diesem exquisiten Abenteuer. Was haben wir gelernt?" „Dass man besser
das bleibt, was man ist?", antwortete Sandra. „Das, und dass man Rollen
nicht übergut interpretieren soll, wenn man nicht daran zerbrechen will. Sich
als Schauspieler zu sehr mit der Rolle zu identifizieren kann zum Desaster
werden. Und das nicht nur für den Betroffenen selbst, sondern auch und
besonders für sein Umfeld." Darauf wandte Sandra ein: „Wissen Sie, Frau
Manca, nichts ist dümmer, als freiwillig die Verzweiflung oder irgendwelche
andere psychischen Krankheiten zu suchen."

Wie sie so dahinfuhren und irgendwann nichts mehr sagten, schaltete Regina das Autoradio an, denn ihr war nach etwas Musik. Muddy Waters hätte
sie jetzt gerne gehört, mit seiner tiefen, vollen Stimme. Das Radio war ein
altes Modell, bei dem man noch an den Knöpfen drehen musste, um die
Sender und die richtige Frequenz zu erwischen. So strudelte sie durch die
verschiedenen Stationen, mal nach links, mal nach rechts, unterbrach Musik-
segmente und konnte sich für keine Sendung so richtig entscheiden, bis sie
zufällig einen Wortfetzen aufschnappte, der sie aufhorchen ließ. Dieser Fetzen war ihr Name, *Regina de la Man* … sofort drehte sie zum Kanal zurück,
bis sie die Frequenz und den Ton wiedergefunden und zentriert hatte, aus
dem ihr Name erklungen war.

Folgendes sagte der vorher nie vernommene Sprecher: „Bitte, lesen Sie
uns, bevor unsere Sendung zu Ende geht, ein weiteres Kapitel aus dem Roman *Regina de la Mancia* vor." Kaum hörte Regina ihren Namen, bekam sie
starkes Herzklopfen und spitzte weiter die Ohren. Sandra, die es nicht wagte
dazwischen zu quatschen, so angestrengt war Regina am Horchen, hob einfach nur die Augenbrauen und lauschte ebenfalls neugierig mit. „Warum wollen Sie, geehrter Herr Literaturkritiker, diesen Unsinn lesen?", lautete es weiter aus dem Radio. „Es mag ganz nützlich sein, es zu lesen", sagte der Herr,

---

1 vgl. S. 988

der Literaturkritiker genannt wurde, „denn – wie bereits Simpson bemerkt – kein Buch ist so schlecht, dass nicht etwas Gutes darin wäre. Was mir allerdings an diesem Buch am meisten missfällt, ist, dass es, vor allem sprachlich, so zusammenhangslos ist und dass Regina de la Mancia am Ende Duccio dal Tosco vergessen hat."[1]

Als Regina das hörte, stoppte sie voll Zorn und Wut Rosy und rief: „Such mir sofort die Telefonnummer dieses Radiosenders! Denen will ich jetzt tüchtig etwas erzählen." Sie war ganz außer sich und zitterte am ganzen Körper vor lauter Aufregung. Als Sandra die Gemütsverfassung ihrer Chefin sah, googelte sie sofort die Nummer der Radiostation und gab, als der Sprecher antwortete, das Handy an Regina ab.

„Wer immer behauptet, Regina de la Mancia habe Duccio dal Tosco aus ihrem Herzen verbannt oder könnte ihn je vergessen, dem will ich eigenhändig beweisen, wie sehr er sich täuscht, denn weder kann der einzigartige Duccio dal Tosco vergessen werden, noch kann in Reginas Herz Vergessenheit Platz finden"[2], brüllte Regina in das Smartphone, während ihr der Kopf puterrot anlief und die Halsschlagadern anschwollen. „Wer spricht da?", fragte der Sprecher. „Wer wird es anderes sein", antwortete Regina, „als Regina de la Mancia höchstpersönlich, die Ihre Schundsendung wegen Diffamierung anzeigen wird."

„Wirklich? Haben wir tatsächlich die große Ehre, die berühmte Fahrende Schauspielerin Regina de la Mancia live auf Sendung zu haben? Herzlich willkommen Frau de la Mancia! Ihre Äußerung von soeben kann Ihren Namen nicht Lügen strafen. Sie sind ohne Zweifel die wahre Regina de la Mancia, die Beste aller Fahrenden Schauspieler. Allen zum Trotz und zum Ärger, die Ihren Namen beschmutzen und Ihre Taten herunterspielen wollen." „Jawohl, die bin ich, und eins kann ich Ihnen und allen Zuhörern sagen: dieses Buch über mich und meine Schauspielabenteuer, dieses *Regina de la Mancia*, das habe ich schon durchgeblättert. Steht da etwa drin, dass ich meinen Duccio vergessen habe? Nein! Keineswegs steht das drin. Nicht mit einer Seite, nicht mit einer Zeile und schon gar nicht mit einem Wort! Woher haben Sie also die Information, ich sei nicht mehr mit Duccio liiert und nicht in ihn verliebt?"

„Sie haben das Buch noch nicht zu Ende gelesen, nicht wahr?", schob der Herr Literurkritiker ein. „Selbstverständlich habe ich es noch nicht zu Ende gelesen. Wie könnte ich auch? Es ist ja noch nicht einmal zu Ende geschrieben, Sie Universalgenie, Sie!", protestierte Regina, und fuhr gleich

---

1 vgl. S. 999

2 vgl. S. 999

fort: „Zwar steht nichts über mein nachlassendes Gefühl für Duccio darin, dennoch habe ich in dem wenigen, das ich bisher gelesen habe, drei Dinge gefunden, für die die Verfasserin unverblümt getadelt werden muss." „Ach, und welche wären das?", erwiderte der schlagzeilensüchtige Sprecher.

„Das erste sind einige Worte, die in der Vorrede stehen, das andere, dass die Sprache unerträglich dediziert ist, und das dritte, was sie am meisten als unwissenden Menschen auszeichnet, ist, dass am wichtigsten Punkt der Geschichte nur direkte Reden erscheinen, und das mit einer Häufigkeit, die einfach redundant ist. Vieles wird extensiv beschrieben, was der Wahrheit nicht guttut, denn wer mit 20 Wörtern sagt, was man auch mit 10 Wörtern sagen kann, der ist auch zu allen anderen Schlechtigkeiten fähig."[1]

Hier fiel Sandra ein: „Einen schönen Flegel von Geschichtsschreiber haben wir da! Oder Geschichtsschreiberin, wie auch immer." „Höre ich da gerade Sandra Wanst? Sie müssen Sandra Wanst sein, die Assistentin der Regina de la Mancia", warf der Speaker ein. „Freilich bin ich die", antwortete Sandra, „und bin auch mächtig stolz drauf." „Wissen Sie, Frau Wanst", sagte der Speaker, „diese neue Schriftstellerin schildert Sie nicht wahrheitsgetreu. Sie schildert Sie als einfältig und faul und genügsam." „Sie hätte mich auch links liegen lassen können, ohne an mich zu denken", entgegnete Sandra.

„Verraten Sie uns, Regina de la Mancia, ob Sie etwas von Duccio dal Tosco gehört haben? Ist er schon verheiratet? Hat er schon Kinder? Erwartet seine Partnerin etwa eins? Oder wartet er nur auf seine Regina, sehnsüchtig vor Liebe?", bohrte der Sprecher weiter. Reginas Antwort war:

„Duccio ist reinen Herzens und meine Liebe ist beständiger denn je. Unser Gedankenaustausch ist so spärlich wie immer. Doch seine Schönheit ist zurzeit in die eines schmutzigen Straßenfegers verwandelt."[2]

Sofort schilderte sie in allen Punkten den Fluch, mit dem sie und der Drehbuchautor Duccio dal Tosco belegt waren. Die beiden Männer im Radiostudio fanden das höchste Vergnügen daran, Regina die seltsamen Einzelheiten ihrer Geschichte erzählen zu hören. Sie staunten in gleicher Weise sowohl über ihre Narrheiten als auch über ihre feine und gebildete Art, sie zu erzählen. Mal hielten sie sie für einen verständigen Menschen, mal glitt sie in ihren Augen in den Wahnsinn herab, wobei sie sich nicht entscheiden konnten, auf welchen Grad sie Regina zwischen Intelligenz und Tollheit einstufen sollten.

Sandra rief wieder laut in das Handy: „Eins können Sie uns glauben, die wirklichen Sandra und Regina de la Mancia müssen ganz andere sein als die,

---

1 vgl. S. 1000

2 vgl. S. 1001

die im Buch vorkommen, das diese Schriftstellerin verfasst hat; die wirklichen Figuren sind nämlich tapfer, begabt, mutig und verliebt – das ist meine Chefin – und ich: treu, hilfsbereit, schlau und weise." „Ja, das glaube ich", sagte der Radiosprecher, „und wenn es möglich wäre, müsste ein Gesetz verabschiedet werden, damit niemand so dreist sein kann, über Regina de la Mancia und alles, was sie betrifft, zu schreiben." „Das kommt darauf an", meinte Regina, „über mich mag schreiben, wer da will, aber misshandeln lasse ich mich nicht, denn manchmal geht die Geduld zu Ende, wenn man sie mit Beleidigungen und Unwahrheiten strapaziert."

Obwohl der Sprecher und der Literaturkritiker darauf bestanden, dass Regina noch mehr zu dem Buch kommentiere, um zu sehen, wie sie sich darüber auslassen würde, konnten sie Regina nicht dazu überreden. *Sie erklärte es wiederholt für ein durchaus albernes Buch.*[1] Außerdem wünsche sie nicht, dass die Verfasserin davon erfahre, dass sie es gelesen habe. Die beiden fragten sie, welches ihr nächstes Reiseziel sei. Sie antwortete Amazonien, zu den Studios. Dort sei es möglich, neue Drehbücher einzureichen, die dann tatsächlich auch verfilmt würden. Der Sprecher machte sie darauf aufmerksam, dass der Sitz des Unternehmens in Seattle sei und dass im Buch ein Kapitel zu Reginas Film stehe, das von den Amazonien Studios finanziert und gedreht worden sei. Darin stehe auch, dass es ein absoluter Flop gewesen sei und dass die Kritik diesen Film zerfetzt, als erfindungslos und höchst ärmlich an Poesie, doch reich an Albernheiten beschrieben habe.

„In diesem Fall", echauffierte sich Regina, „werde ich keinen Fuß in die Studios Amazoniens setzen und auf diese Weise vor der ganzen Welt die Lügen dieser neuen Geschichtsschreiberin offenbar machen, dann sollen die Leute sehen, dass ich nicht die Regina de la Mancia bin, von der jene spricht."[2]

„Da haben Sie völlig Recht", sagte der Literaturkritiker, „es gibt ja so viele andere Möglichkeiten, ein Drehbuch zu unterbreiten. Sie könnten sich z.B. an einen zugelassenen Literaturagenten wenden, der neue Filmideen *Verflixt* oder anderen Produzenten zuspielt", schlug der Literaturkritiker vor. „Das werde ich tun. *Verflixt* ist eine wunderbare Idee. Also wird unser nächster Halt Los Gatos sein", freute sich Regina, „und nun, weil es Zeit ist, gestatten Sie mir, dieses Telefonat zu beenden, und zählen Sie mich von nun an unter die Zahl Ihrer ergebensten Freunde." „Mich auch", fügte Sandra aus dem Beifahrersitz hinzu, „vielleicht bin ich in Zukunft ja noch für etwas gut."

Hiermit wurde die Unterhaltung abgebrochen. Regina und Sandra nahmen ihre Reise wieder auf und ließen den Radiosprecher,

---

1 vgl. S. 1002

2 vgl. S. 1002

den Literaturkritiker und die gesamte Zuhörerschaft erstaunt zurück. Alle wunderten sich über die Vermischung von Verstand und Torheit, die die Schauspielerin an den Tag gelegt hatte. Jetzt waren sie allerdings fest davon überzeugt, dass es die echte Regina de la Mancia und die echte Sandra Wanst gewesen waren, und nicht die, die ihre italienische Erfinderin beschreibt.[1]

Während der Sendung riefen im Anschluss noch hunderte von Hörern bei dem Radiosender an, um Fragen zu stellen und das Telefonat mit der berühmten Fahrenden Schauspielerin Regina de la Mancia zu kommentieren. Da die durchschnittliche Anzahl von Hörern sich dank Reginas Cameotelefonat vertausendfachte, schnellte der Umsatz der Radiostation in ungeahnte Höhen, was dem Sender endlich den lang ersehnten, durchschlagenden wirtschaftlichen Erfolg brachte.

---

1 vgl. S. 1003

KAPITEL 36

Von dem, was der Schauspielerin Regina de la Mancia auf ihrem Weg nach Los Gatos widerfährt

Nachdem die beiden Frauen nach dem Weg gefragt hatten, zogen sie auf nach Los Gatos, fest entschlossen, Amazonien zu umfahren, so sehr wünschte Regina, die neue Geschichtsschreiberin Lügen zu strafen, die sie, wie man sagte, so sehr kritisiert hatte. Nach einigen Stunden Fahrt durch die menschenleere Nacht bat Sandra, die vorher eingeschlafen war, kurz anzuhalten, da sie dringend auf die Toilette müsse. Da weit und breit keine Tankstelle oder Raststätte zu finden war, hielt Regina kurzerhand am Straßenrand. Sandra stieg aus dem Auto und entfernte sich ein gutes Stück in den stockfinsteren Wald hinein.

Als sie fertig war, lehnte sie sich an einen Baum, als sie fühlte, dass ihr etwas den Kopf berührte. Sie streckte die Hände hoch und spürte zwei Menschenfüße mit Schuhen und Strümpfen – zumindest schien es ihr so. Sie schrie laut auf, zitterte vor Schreck und rannte zu einem anderen Baum, wo ihr dasselbe widerfuhr. Sie schrie mit noch lauterer Stimme nach Regina. Regina kam, und als sie fragte, was ihr zugestoßen sei und wovor sie solche Angst habe, antwortete Sandra, dass all diese Bäume voller Menschenfüße und Menschenbeine hingen.

Regina griff hoch und erriet gleich, worum es sich handelte: „Du brauchst keine Angst zu haben, denn diese Füße und Beine, die du berührst, aber nicht siehst, gehören sicher den Franzosen, die die Nazis zu zwanzig oder dreißig an diesen Bäumen gehängt haben.[1]

Wir sind im Juni 1944, und es ist der Vortag des D-Days. Das Sterben hat gerade begonnen und *Operation: Overloard* (Film von Julius Avery) ebenso. Diesen mythischen Todeshain hat Joseph Conrad vor vielen Jahren bereits in Zentralafrika gesehen. Auch er erschauerte vor so viel menschlicher Grausamkeit. Im Herzen der Finsternis musste er am Höllentor jede Hoffnung fahren lassen. Dann kam die Verfilmung für das Fernsehen, und schließlich Werner Herzogs Masterpiece *Aguirre, der Zorn Gottes*. Ganz zu schweigen von der anderen Umsetzung, die wir alle kennen und die hier bereits erwähnt wurde. Einen Todeswald gibt es freilich auch in *Der lachende*

---

1 vgl. S. 1005

Mann – allerdings ist das ein zu weites Feld, würde ich sagen." (*Der lachende Mann*, Walter Heynowski, Gerhard Scheumann) Als endlich die Morgenröte erschien und Sandra sich das Grausen von den Gliedern schütteln konnte, hob sie erneut ihre Augen und sah, dass die Früchte dieser Bäume keine Leichname von Franzosen oder von afrikanischen Sklaven waren, sondern Vogelscheuchen in Menschengestalt, die die Einwohner in dieser Gegend einsetzen, um die Vögel von ihren Gärten fernzuhalten.

Bei diesem Anblick kreuzte Regina die Arme und ließ ihren Kopf hängen – wehrlos, traurig und schwermütig.

Sie verfiel in ein tiefes Nachsinnen und ihr Gesicht wurde zum leibhaftigen Ausdruck der Traurigkeit.[1]

„Warum sind Sie so bekümmert?", fragte sie Sandra. „Weil doch immer die Wirklichkeit über mich siegt. Meine sorglosen Fantasien und Rêveries halten der Realität einfach nicht stand. Wollte ich doch mit meinen Szenen das ganze Erdenrund erfüllen. Ich weiß wohl, dass meine Narrheit viel mehr meine Schwäche ist als mein künstlerischer Tatendrang. Ich selbst kann es manchmal nicht glauben, dass eine so verrückte Begeisterung wirklich meine Seele beherrschen kann." Doch Sandra fand aufmunternde Worte: „Meine liebe, tapfere Schauspielerin, seien Sie nicht traurig. Glauben Sie mir, Sie haben kein so schlechtes Los gezogen, denn Ihr krummes Schicksal kann sich jederzeit wieder geradebiegen – und zwar dann, wenn Sie es am wenigsten erwarten – vielleicht auf Umwegen. Wie oft steigen die Untersten auf und wie oft werden die Armen reich! Sie müssen nur zuversichtlich bleiben. Für alles gibt es eine Lösung, außer für den Tod."

Regina schien dennoch untröstlich, weshalb sie beschloss, ihren Burberry-Mantel umzuhängen und ihren Chanel-Seidenfoulard um den Kopf und um den Hals zu wickeln, um damit sehr französisch und sehr unnahbar auszusehen. Sie setzte sich noch ihre große dunkle Sonnenbrille auf die Nase und beschloss, am Strand spazieren zu gehen. Alleine. Wie gewöhnlich ging sie keinen Augenblick irgendwohin, ohne dabei wie eine echte Schauspielerin auszusehen. Als sie so flanierte, sah sie plötzlich eine ebenfalls in einem Burberry-Mantel, einem Chanel-Foulard und einer dunklen Sonnenbrille zurechtgemachte Dame auf sich zukommen, die zudem eine große hellglänzende Halskette mit einer schwarzen Sonne als Anhänger trug. Als die Dame nah genug war, um gehört zu werden, richtete sie mit lauter Stimme folgende Worte an Regina: „Verehrte, höchst unterschätzte, Regina de la Mancia, ich bin die Schauspielerin Black Sun, die du vielleicht bereits kennst, da ich schon berühmt bin. Ich komme, um mit dir zu kämpfen, und die Kraft deiner Schauspielkunst zu testen, damit du erkennst und zugibst, dass mein

---

1 vgl. S. 1006

Geliebter, wer er auch immer sei, unvergleichlich schöner, talentierter und bezaubernder ist als dein Duccio dal Tosco. Willst du dich feige zurückziehen oder willst du kämpfen? Sollte ich dich besiegen, so verlange ich folgende Genugtuung: Du wirst die Fahrerei als Schauspielerin ein ganzes Jahr lang aufgeben. Du wirst nach Hause fahren und dich zurückziehen, ohne den Oscar gewinnen zu wollen. Auch wirst du während dieser Zeit keine Drehbücher lesen und keine Filme ansehen, in stillem Frieden und segenreicher Ruhe zum Heil deiner Nerven und deiner Seele. Solltest du jedoch wider jeden Erwartens als Siegerin aus diesem Kampf hervorgehen, so sollst du über mein Schicksal entscheiden. Mein Leben soll deine Beute sein und mein Ruhm als Schauspielerin soll auf dich übergehen. Nun lasse dir das durch den Kopf gehen und informiere mich dann über deinen Beschluss."

Regina war in höchstem Maße betroffen und erstaunt. Sowohl über die Überheblichkeit der Schauspielerin Black Sun als auch über die seltsame Challenge. Mit strenger Gelassenheit antwortete sie deshalb: „Black Sun, ich kenne dich nicht, allerdings frage ich dich: Worin besteht dieser Kampf, zu dem du mich so hochmütig herausforderst und dem ich mich selbstverständlich bedenkenlos stellen werde, denn mein Duccio dal Tosco bleibt unübertroffen, was du nicht bezweifeln würdest, wenn du ihn persönlich getroffen hättest. Er kann gar nicht mit dem deinigen verglichen werden. Ich nehme deine Herausforderung unter deinen Bedingungen hiermit sofort an." „Die Challenge besteht aus einem Schauspiel-Performing-Battle. Wer die bessere Darstellung bietet, hat gewonnen. Deal?" „Deal! Es möge mit Gottes Beistand die Bessere gewinnen!"

Der Aufnahmeleiter schrie: „Ruhe bitte!" Die Regieassistentin: „Läuft!" Der Regisseur rief: „Kamera ab!" Man antwortete: „Kamera läuft!" Klappe! „Action!", befahl der Regisseur. Zwei Kameraleute nahmen alles auf und die Szene wurde aus diversen Winkeln mit Scheinwerferlicht überflutet. Alle Mikros standen auf On und alle warteten gespannt auf Reginas Einsatz. Im Film streckt sich zwischen gesagt und getan eben keine lange Bahn. Regina konzentrierte sich kurz, befahl sich von ganzem Herzen ihrem Duccio, nahm tief Atem, setzte sich breitbeinig auf den Küchenstuhl und begann mit ihrem Monolog, den sie mit leiser Stimme, herabgesenktem Kopf und süß-zynischer Intension wiedergab:

„Was ist das? Probierst du so dein neues Küchenmesser aus? Willst du nicht hübsch sein für Daddy? Ja, ich bin krank. Das wissen wir doch. Aber du bist ja angeblich gesund. Machst hier auf Hausmütterchen. Dabei bist du zerschnippelt wie ein verdammter Virginiaschinken. Hilf mir mal, das zu kapieren. Daise, wieso? Ich hab gedacht, du stehst nicht auf Valium. Wie funktioniert das Sicherheitsnetz bei dir? Wenn du diese Klinge in die Hand nimmst und sie über deine Haut streichst, betest du dann nicht um den Mut, sie noch tiefer reinzudrücken? Erzähl mir, wie dein Daddy dir dabei hilft, damit klarzukommen. Bin verdammt neugierig. Ja, er liebt dich. Da bin ich mir ganz sicher. Mit jedem Zentimeter seiner Männlichkeit. Jetzt pass mal auf: sie haben dich nicht entlassen, weil du gesund bist. Sie haben dich aufgegeben. Das nennst du ein Leben? Daddys Geld durchbringen. Kaufst dir irgendwelchen Schrott und Schnickschnack und frisst deine Scheiß-Hühner und wirst gemästet wie 'ne preisgekrönte Kuh. Du hast deine Umgebung geändert, ok? Aber nicht deine Situation. Ach ja, stimmt. Der Gefängnisdirektor macht dir jetzt ,Hausbesuch'. Das ist so offensichtlich. Alle wissen es, dass er dich fickt. Was sie aber nicht wissen, ist, dass es dir gefällt. Es gefällt dir. Ein Mann ist ein Schwanz ist ein Mann ist ein Schwanz ist ein Hühnchen ist ein Dad ist eine Valium ist ein Spekulum … was auch immer. Du spielst gerne Mrs. Randone. Anders kennst du es wahrscheinlich auch gar nicht."[1]

Der Regisseur schrie schließlich: „Cuuut!" Während des Monologs hatten sich die Kameras wie verrückt und wie mit eigenem Leben beseelt um sie herum geschwenkt, geneigt und gerollt. Regina sackte völlig erschöpft in sich zusammen, überglücklich, dass ihr diese Umsetzung, mit der sie absolut zufrieden war, so gelungen war. Nun war ihre Herausforderin an der Reihe. Wieder gaben Regisseur und Aufnahmeleiter ihre Anleitungen bekannt, woraufhin Black Sun anfing, wie folgt zu rezitieren:

„Besteht die Möglichkeit, dass es nicht passiert ist? Ja. Ich kann als Wissenschaftlerin nicht umhin das zuzugestehen … Weil ich das nicht kann. Ich hatte ein Erlebnis. Ich kann es nicht beweisen. Ich kann es nicht mal erklären. Aber alles, was ich ganz genau weiß als Mensch, einfach alles, was ich bin, sagt, es ist wirklich passiert. Mir wurde etwas geschenkt, etwas Wunderschönes, das mich in alle Ewigkeit verändert. Eine Vision des Universums, die uns ohne jeden Zweifel sagt, wie klein und unwichtig und wie ungewöhnlich und wertvoll wir alle sind. Eine Vision, die uns sagt, dass wir Menschen zu etwas gehören, das viel größer ist als wir … dass wir nicht allein sind. Keiner von uns – nicht eine Sekunde. Ich wünschte, dass ich das teilen könnte. Ich wünschte, dass jeder Mensch – und sei es nur für einen Moment – sie fühlen könnte, diese Hochachtung und Demut und die Hoffnung, aber das ist sicher ein unerfüllbarer Wunsch."[2]

1 Durchgeknallt, James Mangold

2 Contact, Robert Zemeckis

Während des gesamten Monologs, den sie sehr langsam und extrem gefühls-
geladen vortrug, hatte Black Sun, den Tränen nah, immer wieder geschluchzt.
Doch als absolutes Highlight und krönenden Abschluss – quasi als Apotheo-
se dramatisch-verklärter Darstellungskunst – brachte sie es doch tatsächlich
zustande, im finalen Trakt ihres Textes Blut zu weinen. Wie einer Blut wei-
nenden Madonna rannen ihr die roten Tränen über die Wangen und befleck-
ten ihren Trenchcoat. „Cuuuuut!", brach auch hier wieder der Regisseur ab.
Ganz spontan fing die Crew an, Beifall zu klatschen, so gerührt waren alle
von dieser intensiven Darbietung. Somit war Reginas Schicksal definitiv be-
siegelt. Black Sun verbeugte sich und dankte allen mit höflichen Worten. Sie
trat mit ihrem blutverschmierten Gesicht an Regina heran und sagte: „Du
bist besiegt, Schauspielerin! Du musst jetzt unsere Wette einlösen." Regina,
entthront und betäubt, sprach mit schwacher, tonloser Stimme, die wie aus
einem Grab zu kommen schien: „Duccio dal Tosco ist der beste Mann der
Welt und ich bin die unglücklichste Schauspielerin auf der Welt." „Also gut",
erwiderte Black Sun, „soll meinetwegen der Herr dal Tosco weiterhing der
beste und schönste Mann der Welt bleiben. Ich begnüge mich damit, dass
sich die große Regina de la Mancia, wie vereinbart, ein ganzes Jahr lang vom
Film und der Schauspielerei zurückzieht." Regina antwortete, sie werde alles
erfüllen, als gewissenhafte und aufrechte Schauspielerin. Das wichtigste seien
ihr Duccios Ansehen und sein guter Ruf. Nach diesem Versprechen drehte
sich Black Sun um und verließ schnellen Schrittes die Szene. Wer war sie?
Warum hatte sie Regina zum Duell gefordert? Wer hatte sie geschickt? In Reginas Kopf liefen die Synapsen Sturm, analysierten und stellten blitzschnell
Verbindungen her. Sie ging noch einmal alle Einzelheiten des Battles durch:
wanderte zu ihrer Gegnerin hin, kehrte wieder zurück. Sie war bleich und
zerfloss in Schweiß.

Sandra war ihr zu Hilfe gelaufen, hatte natürlich nichts anderes gesehen
als ihre Chefin, die ganz alleine einen Text vor einem imaginären Publikum
aufsagte. Sie war tief berührt und schrecklich um Regina besorgt und wusste
nicht, was sie sagen oder tun sollte. Es war ihr, als sei dieses ganze Schauspiel
ein Traum oder ein übler Spuk. Sie sah ihre Chefin besiegt und verpflichtet,
ein ganzes Jahr lang keinen Film anzurühren. Sie sah jede Hoffnung auf
Ruhm und Glanz zu Staub zertrampelt und vom Winde verweht. Und auch
sie fragte sich, wer wohl diese Black Sun war, die Regina immer wieder er-
wähnte.

KAPITEL 37

Worin berichtet wird, wer Black Sun ist, neben anderen Begebnissen

Selbstverständlich war **Black Sun** keine geringere als die Spiegelschauspielerin, die Regina im Kino getroffen hatte. Sie war aus dem gleichen Städtchen wie Regina de la Mancia, deren Verrücktheit und Schrulligkeit bereits alle in Sorge versetzt hatte, die sie kannten. Alle waren tief bekümmert und wollten helfen. Da die Spiegelschauspielerin eine von denen war, die die Lage am meisten bedauerten, und da alle der Meinung waren, Reginas Genesung hinge von Ruhe in gewohnter Umgebung ab, entwarfen sie eine Art Anschlag, um sie dazu zu zwingen, nach Hause zurückzukehren, da sie in dieser Zeit geheilt werden könnte. Bei ihrem ersten Treffen konnte die Spiegelschauspielerin nicht viel ausrichten, doch nach dem gewonnenen Schauspielbattle hatte Black Sun nicht den geringsten Zweifel, dass Regina ihr Wort erfüllen würde. Es ging darum, eine Frau, die einen so feinen Verstand hatte, sobald der Unsinn mit der Schauspielerei das Feld räumte, wieder in den Besitz ihrer geistigen Fähigkeiten zurückzuführen.

Niemand aus Reginas Städtchen hatte auch nur einen Gedanken darüber verschwendet, dass Reginas geistige „Gesundheit" nicht nur das Ende ihrer übermütigen und burlesken Streiche bedeuten würde, sondern auch die ihrer Assistentin Sandra, von denen jeder einzelne so erfrischend ist und jede Art von Schwermut vertreibt. Ganze sechs Tage lang lag Regina im Bett, völlig niedergeschlagen, verzweifelt und schlecht gelaunt. Ihre Gedanken kreisten allein um ihre unselige Niederlage. Sandra tröstete sie: „Lassen Sie uns nach Hause zurück und verzichten wir auf die Schauspielabenteuer. Wenn man es recht bedenkt, bin ich doch diejenige, die am meisten dabei verliert, denn ich bin es, die den Wunsch aufgeben muss, noch einmal eine bekannte Make-Up-Artistin zu werden. Alle meine Hoffnungen gehen mit Ihrer Kapitulation in Rauch auf."

„Sandra, schweig! Du wirst doch bestimmt erahnen, dass meine Zurückgezogenheit von der Schauspielerei das Sabbatjahr nicht überschreiten wird. Gleich danach werde ich mich wieder meinem ehrenvollen Beruf zuwenden. Und dann, liebe Sandra, wird es mir nicht an Verträgen fehlen, die auch für dich höchst vorteilhaft sein werden." „Ihr Wort in Gottes Ohren, Frau Manca. Wer heute verliert, kann morgen gewinnen, wenn man nicht im Bett bleibt und vor sich hin schwächelt. Mut braucht der Mensch für jeden neuen

Kampf. Stehen Sie auf, Frau Manca, denn man wartet bereits auf Sie. Man will sie nach Hause bringen." So traten die beiden Frauen den Weg nach Hause an, doch Regina wollte noch einmal die Stelle sehen, wo sie gestürzt war, und sagte:

„Hier stand einst Troja. Hier hat das Unglück mich heimgeholt.
Hier wurde mein Leben mit Dunkel umzogen. Hier stürzte ich,
um mich nie wieder zu erheben."[1]

Mitfühlend versuchte Sandra sie zu trösten: „Ich habe sagen hören, dass das Glück ein betrunkenes, launisches und stockblindes Weib ist, das niemals weiß, was es anrichtet." „Du bist ja ein richtiger Philosoph, Sandra! Deine Worte zeugen von Klugheit – ich weiß gar nicht, woher du das hast. Ich muss dir allerdings widersprechen, denn es gibt keine Fortuna auf der Welt. Alles, was auf der Welt geschieht, erfolgt nicht durch Zufall – sowohl das Gute als auch das Böse. Alles ist zielorientiert im Voraus bestimmt, gemäß einer allumfassenden Teleologie. Deshalb verstehe ich nicht, warum man zu sagen pflegt: jeder ist seines Glückes Schmied.

Vielleicht bin auch ich meines Glückes Schmied gewesen, aber nicht mit der nötigen Vorsicht – und diese Hybris ist mir teuer zu stehen gekommen. Ich hätte mir denken können, dass Blutstränen besser funktionieren als ein einfacher, wenn auch beherzter Monolog. Ich hätte mir etwas ebenso Spektakuläres ausdenken sollen. Nun gut! Ich mag zwar mein professionelles Ansehen verspielt haben, *aber ich werde nicht die Tugend des Worthaltens einbüßen.*[2] Als normaler Bürger und Mensch werde ich den Wert meiner Worte beweisen. Jawohl, ich werde mein Versprechen erfüllen! Wir wollen das Probejahr zu Hause aushalten und durch die Weltabgeschiedenheit neue Kraft für neue Schauspielabenteuer tanken. Wir werden zum edlen Beruf der Fahrenden Schauspieler zurückkehren, den ich nie aufgeben werde. Mein Kopf mag zerrüttet sein, mein Wille allerdings wird ewig währen."

Schon vor ihrer Niederlage quälten Regina viele Überlegungen, doch jetzt waren es noch viel mehr. Die Gedanken überfielen sie, wie Motten das Licht. Manche galten Duccio und seiner Verzauberung, andere hingegen kreisten um das Leben, das sie während ihrer Zurückgezogenheit führen sollte. Sie entwarf allerhand utopische Welten, in denen sie mal Schäferin, mal Sängerin, mal Schriftstellerin war; allerdings war sie sich wohl bewusst, dass Gott allein weiß, was morgen kommt. Nur Sandra wusste, dass es nicht immer regnen kann, und so verbrachte sie diesen Tag in relativer Gelassenheit, während ihre Chefin keine Ruhe fand. Würde nach der Finsternis je wieder das Licht leuchten? Würde sie ihren Duccio je wiedersehen? Seine Abwesenheit

---

1 vgl. S. 1051

2 vgl. S. 1052

schmerzte sie sehr. So reihte sich Qual an Qual und Abwesenheit an Niederlage. Sie hatte Visionen, von kleinen grünen Teufeln vom Mars, die mit Büchern, aber vor allem mit ihrem Buch, Federball spielten und sich dabei zankten und die Zähne fletschten. Diese Dämonen sagten immer die Wahrheit und brachten die Menschheit so zur Verzweiflung. Auf einmal wurden aus den Büchern DVDs, Handys und andere Supports und Devices für Filme, die sie sich mit den Schlägern zuspielten. Sie holten zu mächtige Aufschlägen aus, so dass die Eingeweide von Büchern und Filmen in tausend Seiten und ebenso vielen funkelnden elektronischen Teilchen im Kreis von Kilometern verstreut wurden.

In einer anderen Vision sah sie, wie das Interesse an der Oscar-Verleihung weltweit sank. Auch sah sie vor ihrem inneren Auge Schneewittchen aus dem Walt Disney-Zeichentrickfilm, die nicht züchtig vom Prinzen aus dem Tod geküsst wurde, sondern einem sehr unzüchtigen Bacchanal mit den sieben Zwergen frönte. Die dichterische Freiheit ging mit ihrer besiegten und bekümmerten Fantasie durch. Doch, abgesehen von ihrem inneren Auge, sah sie jetzt alle Dinge viel richtiger, als ob sie es nicht mehr nötig hätte, die Bildlegenden unter der Welt zu lesen. *Dies ist ein Hahn* oder *Ceci n'est pas une pipe* waren jetzt nicht mehr nötig, da die Realität sich ihr auf einmal von alleine erschloss.

Diesen Tag und diese Nacht zogen sie weiter, ohne dass ihnen etwas Erzählenswertes begegnet wäre, außer, dass Regina sich über alle Maßen freute, ihren Duccio bald wiedersehen zu dürfen – das hoffte sie zumindest. Voll von diesen Wünschen kamen sie mit Rosy auf eine Anhöhe, von der aus sie ihr Städtchen erblickten. Bei diesem Anblick wurde Sandra ganz sentimental. Sie fasste sich an die Brust und sagte mit Tränen in den Augen:

> „Meine, unsere Heimat! Deine Töchter kehren zu dir zurück, wenn nicht mit Ruhm und Reichtum, so doch mit viel Erfahrung. Empfange mit offenen Armen mich und deine Tochter Regina de la Mancia, die zwar von anderen besiegt wurde, die allerdings stolze Siegerin über sich selbst ist, was der größte Sieg ist, den man erlangen kann."[1]

„Hör auf mit diesem Blödsinn. Du bist nicht Kirk Douglas als Odysseus und das ist nicht das geliebte Ithaka. Allerdings komme ich mir durchaus wie ein alter Bettler vor. Auch scheint es mir, ich hätte die ganze Rückfahrt lang geschlafen", sagte Regina, „lass uns in unsere Stadt einfahren und uns überlegen, wie wir unsere poetischen Gedanken in Taten umsetzen wollen." So fuhren sie den Hügel hinunter, ihrer Heimat entgegen und Sandra wollte ihr antworten, doch wurde ihre Aufmerksamkeit durch einen auf dem Feld

---

1 vgl. Die Fahrten des Odysseus, Mario Camerini

fliehenden Hasen angezogen. Sie zeigte auf ihn und Regina reagierte mit einem: „Malum signum, malum signum! Ein Hase hoppelt weg, ich fühle mich nicht gut und Duccio lässt sich weder sehen noch hören. Wenn ich in der *Precrime* arbeiten würde oder wäre ich selbst ein *Precog*, könnte ich dann in meinen Visionen das Sterben in der Zukunft voraussagen oder es vereiteln?" *(Minority Report*, Steven Spielberg) „Wie das?", fragte Sandra. „Vielleicht sollte ich mir fremde Augen einsetzen lassen, oder mich impfen lassen, zur Täuschung aller Scanner. Sag mir, wie hoch wäre die Wahrscheinlichkeit, dass ich meinen eigenen Tod vorhersehen könnte?" „Ach was, Frau Manca, wie immer übertreiben Sie. Schon manch andere haben vor Ihnen große weiße Hasen gesehen, die sonst niemand sah. Doch dieses Bunny hier habe auch ich gesehen, also ist es echt und lebt nicht nur in Ihren Halluzinationen. Ich könnte es sogar fangen und es Ihnen in den Schoß legen. Und wenn wir annehmen, der Hase sei Duccio dal Tosco, dann könnten Sie ihn nach Herzenswunsch hegen und liebkosen. Das ist doch kein böses Zeichen. Außerdem sind Sie doch Christin, und Christen glauben nicht an Vorzeichen. Denken Sie nicht mehr daran, sondern fahren Sie lieber in unsere Stadt zurück."

Sandra rief Reginas Neffen an, um ihre Ankunft anzukündigen, der wiederum den Psychotherapeuten informierte, der wiederum die Friseuse und die Putzfrau verständigte. Als die beiden Frauen ankamen und aus Rosy stiegen, warteten bereits alle auf sie und Regina umarmte sie aufs Innigste.

Sogar Sandras Mann Johannes und ihr Kind waren herbeigeeilt. Mit unordentlichem Bart und einem labbrigen Trainingsanzug kam er an, um seine Frau zu begrüßen, und als er sah, dass sie nicht so fein angezogen war, wie seiner Meinung nach eine erfolgreiche MUA es sein müsste, sagte er ihr: „Wie kommst du daher? Du siehst eher aus wie ein Hippie als eine berühmte MUA." „Ach sei still!", antwortete Sandra.[1]

„Es ist nicht alles Gold, was glänzt. Aber es glänzt auch nicht alles, was Gold ist. Ich werde von Frau Manca schon noch bezahlt werden." „Na, dann ist ja gut", meinte Johannes, „ist ja auch egal, wo und wie du Geld verdienst."

Das Kind umarmte seine Mutter und fragte sie, ob sie etwas mitgebracht habe. Sandra küsste beide, nahm sie bei der Hand und so gingen sie in Richtung ihrer Wohnung und ließen Regina in der ihrigen unter der Obhut ihres Neffen und in der Gesellschaft aller anderen zurück. Regina wartete nicht erst lange, sondern nahm den Psychotherapeuten und ihren Neffen zur Seite und erzählte ihnen in Zeitraffer alles über ihre Niederlage und die Verpflichtung, ein ganzes Jahr lang zu Hause zu bleiben und auf die Schauspielerei

---

1 vgl. S. 1092

verzichten zu müssen, was sie buchstäblich einhalten wollte. Sie habe den Entschluss gefasst, dieses Jahr in Einsamkeit zu verbringen und ihren Gedanken über die Liebe freien Lauf zu lassen. Nur die Musik, die dürfe ihr niemand nehmen, denn sonst würde sie auf der Stelle sterben. Alle hofften natürlich, sie könne während dieses Jahres geheilt werden, weshalb sie ihr in allem zustimmten, was sie sagte. Der Psychotherapeut lobte ihren vernünftigen Entschluss über alle Maßen und bot ihr an, sie während der ganzen Zeit kostenlos zu therapieren. Regina bedankte sich und somit verabschiedeten sich alle von ihr mit der Bitte, gesund zu bleiben, auf sich Acht zu geben und sich in den nächsten Tagen und Wochen erst einmal so richtig selbst zu verwöhnen. Sie solle es mit der Musik allerdings nicht übertreiben, die neue Irrwege öffnen könnte, und lieber ein ruhiges und ehrbares Leben führen, mit vielen Spaziergängen an der frischen Luft, leichter Kost und einem schönen Hobby wie Häkeln. Die Musik, das sei ein Geschäft für hartgesottene und abgehärtete Leute, die von klein auf für einen solchen Beruf erzogen werden.

Sie sprachen so, weil sie genau wussten, wie sehr sich Regina von Kunst beeinflussen ließ und wie schnell sie eine Kunstform nicht nur genießen, sondern selbst ausüben wollte. Vielleicht wäre sie als Nächstes als Fahrende Sängerin in die große weite Welt hinausgezogen, um ihr Glück mit einer abgefuckten Band zu versuchen oder um Woodstock 2.0 zu organisieren. Das musste um jeden Preis vermieden werden, in dem Bewusstsein, dass Regina noch mehr Niederlagen und Misserfolge nicht überlebt hätte. „Schweigt!", antwortete Regina. „Ich weiß ganz genau, was ich zu tun habe. Bringt mich jetzt ins Bett. Ich glaube, ich fühle mich nicht gut." So halfen ihr die Haushälterin und die Friseuse, sich hinzulegen und bereiteten ihr noch eine kleine Mahlzeit vor. Regina schien bestens verpflegt.

KAPITEL 38

Wie Regina de la Mancia erkrankt, ihr Testament verfasst und stirbt

Die menschlichen Dinge währen nicht ewig, das ist allgemein bekannt. Von Anfang an geht es mit ihnen bergab, bis sie am Ende ganz stillstehen. Da Regina nicht das himmlische Privileg hatte, auf ihrem Weg zu verweilen, kam auch ihr Leben an sein Ziel, als sie es am wenigsten erwartete. Vielleicht war es der Kummer über ihre Niederlage oder auch einfach nur das Schicksal, doch plötzlich wurde sie von einem Fieber befallen, das sie über eine Woche lang das Bett hüten ließ. In dieser Zeit kamen häufig ihre Freunde zu Besuch: der Psychotherapeut, die Friseuse, ihr Neffe und sogar der Magister. Und Sandra, ihre brave Assistentin, wich ihr nicht von der Seite. Alle versuchten, sie aufzuheitern und ließen sie auch viel Musik von der Art hören, die sie liebte. Doch trotz alledem blieb Regina in ihrer Schwermut gefangen.

Die Hausärztin kam täglich, um ihr den Puls zu fühlen und den Blutdruck zu messen. Sie war mit Reginas Allgemeinbefinden gar nicht zufrieden und empfahl ihr, sich einem kompletten Check-up im Krankenhaus zu unterziehen. Regina wollte das aber nicht, sondern zog es vor, weiter daheim zu fiebern und zu verkümmern. Sie schien von einer ruhigen Ergebung heimgesucht, während Sandra und alle anderen sie unter Tränen baten, doch ins Krankenhaus zu gehen und alles zu tun, um wieder gesund zu werden. So vergingen die Tage, das Fieber blieb konstant hoch und die Ärztin diagnostizierte akute Depression mit extrem hoher Suizidgefahr. Sie erwog schon eine Zwangseinweisung, wollte allerdings Regina nicht abrupt aus ihrer gewohnten Umgebung reißen, die sie doch eigentlich hätte heilen sollen. Regina bat oft, alleine gelassen zu werden, weil sie ein wenig schlafen wolle. Das taten sie und so kam es, dass Regina in einem Zug fast 24 Stunden lang wie im Koma durchschlief. Alle befürchteten schon, sie würde aus diesem Tiefschlaf nicht mehr erwachen, doch sie lagen falsch. Als sie erwachte, rief sie laut: „Allmächtiger! Ich danke Dir für Deine Barmherzigkeit!" Der Neffe horchte aufmerksam und hatte generell den Eindruck, seine Tante sei vernünftiger und klarer im Kopf als während der vorangegangenen Tage. „Was meinst du damit, Tante? Was meinst du mit dieser Barmherzigkeit?"

„Gott war barmherzig zu mir. Ich kann wieder klar denken, bin befreit von allen Schatten der Unbesonnenheit und der Narrheit,

die meinen Geist durch das verwünschte Ansehen der ekelhaften Filme in ihrem Bann hielten. Jetzt erkenne ich ihre Nichtigkeit und ihre Lügen. Ich bereue, diesen Irrtum so spät erkannt zu haben, denn vielleicht werde ich keine Zeit mehr haben, diesen Fehler wiedergutzumachen.[1]
Wie kann ich mich läutern? Ich fühle mich dem Ende nah. Ich möchte nicht sterben und meinen Namen mit dem Zusatz *Clown* hinterlassen.

Lieber Neffe, rufe alle hier an mein Krankenlager, denn ich möchte mein Testament machen. Rufe auch einen Pfarrer, denn ich möchte ein letztes Mal beichten." Als alle kamen, rief sie ihnen entgegen: „Wünscht mir Glück, liebe Freunde, dass ich fortan nicht mehr Regina de la Mancia sein werde, sondern Donatella Manca, die Gute, wie mein Lebensstil es bewiesen hat. Ab heute bin ich eine Feindin von Bertolucci und all den anderen seiner Bande. Jetzt sind mir alle gottverhassten Filmgeschichten verhasst – ebenso wie das Fahrende Schauspielertum.

Jetzt erkenne ich meine Dummheit und die Gefahr, in die mich das Sehen dieser Filme gebracht hat.[2]
Durch Gottes Gnade bin ich jetzt klüger und finde sie abstoßend."

Als sie sie so reden hörten, waren sie alle davon überzeugt, sie sei zweifellos von einer neuen Unvernunft befallen worden, und Sandra sprach in halber Lüge: „Gerade jetzt, Frau de la Mancia, wo wir in Erfahrung gebracht haben, dass der Fluch über Duccio dal Tosco aufgehoben worden ist und Sie vielleicht eine neue Karriere in der Musik starten können, gerade jetzt wollen Sie uns verlassen? Reden Sie kein dummes Zeug, sondern werden Sie lieber bald wieder gesund." „Mein bisheriges dummes Zeug", erwiderte Regina, „waren wahre Geschichten – die mir nur geschadet haben. Ich fühle, liebe Freunde, dass meine letzte Stunde bald schlagen wird. Also lassen wir den ganzen Unsinn und holt mir lieber einen Pfarrer, der mir die Beichte abnimmt, und einen Notar, der mein Testament verfasst. Das ist kein Spaß mehr."

Alle sahen einander verstört an und waren über Reginas Äußerungen mehr als verwundert, und obwohl sie sich nicht ganz sicher waren, ob Regina wirklich im Sterben lag, schenkten sie ihr dennoch Glauben, denn sie sahen, wie rasch sich eine Verrückte in einen vernünftigen Menschen verwandelt hatte. Sie hielten das durchaus für eine Art Todesahnung und wollten ihr nicht widersprechen. Außerdem fügte Regina noch viele weitere, bestimmte und extrem vernünftige Bemerkungen hinzu, dass sie am Ende völlig von ihrem klaren Verstand überzeugt waren.

---

1 vgl. S. 1097

2 vgl. S. 1097

Der Pfarrer kam und bat alle, den Raum zu verlassen und blieb mit ihr allein. Er nahm ihr die Beichte ab. Auch der Notar kam und als Sandra ihn sah, kullerten ihr die ersten Tränen über die Wangen. Als der Pfarrer aus Reginas Zimmer kam, sagte er:

> „Ich denke, sie stirbt wirklich und ich denke auch, dass Donatella Manca, die Gute, wieder bei vollem Verstand ist. Wir können nun alle hineingehen, damit sie ihr Testament hinterlassen kann."[1]

Bei dieser Nachricht brachen alle in Tränen aus und konnten es kaum fassen. „Bringen wir sie schnell ins Krankenhaus! Wir können doch nicht zusehen, wie sie uns einfach wegstirbt." „Aber das will sie doch nicht", seufzte Sandra. Regina war stets freundlich und liebenswert zu allen gewesen, sowohl als Donatella Manca, die Gute, als auch als Regina de la Mancia, und deshalb von allen geliebt und geachtet – nicht nur von ihren Verwandten und Freunden, sondern von allen, die sie kannten.

Der Notar ging mit den anderen hinein und Regina begann, ihm ihre letzte Verfügung zu diktieren: „Das ist mein Wille: Sandra Wanst, die ich in meinem Wahn als Assistentin eingestellt habe, soll als Lohn für ihre Treue, ihre Freundschaft und für ihre liebenswerte Einfalt 30.000 € erhalten." An dieser Stelle wendete sie sich zu Sandra und sagte ihr:

> „Bitte vergib mir, treue Freundin, dass du meinetwegen verrückt schienst – ebenso verrückt wie ich – und dass ich dich zu demselben Irrtum verleitet habe, in den ich gefallen war, nämlich, dass Fahrende Schauspieler jemals im Filmgeschäft Erfolg hatten oder dass ich als solche jemals hätte Karriere machen können."[2]

„Ach", rief Sandra in Tränen aufgelöst, „sterben Sie bitte nicht, liebe Chefin. Bitte leben Sie weiter für viele lange Jahre. Es ist doch unsinnig, sich einfach so sterben zu lassen, ohne dass man umgebracht wird, sondern nur wegen einer leichten Depression. Stehen Sie auf, verlassen Sie das Bett und dann wollen wir hinaus in die Welt und es mit der Musik versuchen. Die passt sowieso besser zu Ihnen als die Filmerei. Vielleicht finden wir dann an der nächsten Ecke Ihren Duccio dal Tosco, der auf Sie wartet, so schön und wohlriechend wie noch nie. Wer heute besiegt ist, kann morgen der Sieger sein – das sagen Sie doch immer, und ich glaube fest daran." Alle stimmten dem zu, nickten mit dem Kopf und flehten Regina an, Sandras Worten Folge zu leisten.

„Nur mal langsam, liebe Freunde! Das Haus ist leer heute Morgen", antwortete Regina, „das letzte Nacht noch voller Gäste war. Ich war geistesgestört und bin jetzt wieder bei klarem Verstand. Ich war Regina de la Mancia

---

1 vgl. S. 1099

2 vgl. S. 1100

und jetzt bin ich Donatella Manca, die Gute. Ich wünsche nur, dass ihr mich weiterhin schätzt und liebt, wie ihr es vor meiner Verrücktheit getan habt. Der Notar möge weiter vermerken, dass ich mein restliches Vermögen meinem Neffen hinterlasse. Unter der Bedingung, dass er niemals eine Schauspielerin heiraten wird, oder eine Frau, die in irgendeiner Weise im Filmgeschäft arbeitet. Sie soll am besten gar nicht wissen, dass Filme überhaupt existieren. Die hier anwesende Gouvernante soll den ausstehenden Lohn zuzüglich weiterer 3.000 € bekommen.

Außerdem bitte ich den hier anwesenden Notar, die Schriftstellerin aufzusuchen, die den Roman Regina de la Mancia geschrieben haben soll, und sie in meinem Namen so nachdrücklich wie möglich um Verzeihung zu bitten, dass ich sie ungewollt einen so großen Nonsens schreiben ließ. Ich verlasse dieses Leben mit dem Selbstvorwurf, dass ich ihr den Anlass zu einem derartigen Stuss gab."[1]

Hiermit endete das Testament. Regina fiel daraufhin drei Tage lang in einen komatösen Tiefschlaf, der ihre Freunde in Panik versetzte. Doch sie atmete ruhig und regelmäßig und alle bemühten sich, sie so gut wie möglich zu umsorgen. In der Wohnung herrschten ständige Angst und Schrecken, doch trotzdem aß der Neffe, trank die Putzfrau und war Sandra relativ beruhigt, denn die sichere Aussicht auf ein schönes Erbe dämpft beim Erben den Schmerz über das Dahinscheiden eines geliebten Menschen.

Schließlich erwachte Regina ein letztes Mal, sprach sich erneut nachdrücklich gegen die Filmwelt aus und starb dann ruhig und christlich in ihrem Bett. Die Anwesenden ließen ihrem Wehklagen und ihren Tränen freien Lauf und konnten es nicht fassen, dass Donatella Manca, die Gute, auch Regina de la Mancia genannt, aus dem zeitlichen Leben geschieden war. Der Notar erstellte sofort die Sterbeurkunde, um zu vermeiden, dass sie von irgendwelchen Schriftstellern von den Toten auferweckt und weitere Geschichten von ihren Taten geschrieben würden.

Das war das Ende der erfinderischen Dame Regina de la Mancia aus der Toskana.

Regina ist, lieber Leser, allein für mich entstanden – und ich wohl für sie. Sie handelte, ich schrieb es nieder. Ich denke, wir waren von Anbeginn füreinander bestimmt und bilden eine unzertrennliche Einheit. Es war meine Absicht, alle Menschen durch Regina de la Mancia für die Welt des Films zu begeistern und sie gleichzeitig erkennen zu lassen, dass es immer erhebender ist, sich mit Riesen zu messen als mit Ameisen, die die Sonne niemals zum Stillstand zwingen werden.

---

1 vgl. S. 1101